JN232179

さよならの夜食カフェ

マカン・マラン おしまい

古内一絵

中央公論新社

KAZUE FURUUCHI

目次

第一話　さくらんぼティラミスのエール　5
第二話　幻惑のキャロットケーキ　77
第三話　追憶のたまごスープ　155
第四話　旅立ちのガレット・デ・ロワ　227

さよならの夜食カフェ　マカン・マラン　おしまい

装画　西淑
装幀　鈴木久美

第一話

さくらんぼティラミスのエール

色とりどりのビーズを詰めた小瓶（こびん）が、棚の中に所狭しと並べられている。

　秋元希実（あきもとのぞみ）は、虹色のモザイクのような棚をぼんやりと眺めた。淡いパステルカラーから、ビビッドな原色まで。一体どれだけの種類があるのだろう。もちろん、色だけではない。

　硝子（ガラス）、アクリル、ウッド、メタル――。素材や形も多岐（たき）にわたる。

　商店街に古くからあるビーズ専門店は、小規模ながら品ぞろえが豊富なことで有名だった。わざわざ遠くから買いにくる顧客もいるらしい。

　子供の頃から、希実はこの店が大好きだった。祖母と買い物に出かけるたび、必ず寄ってくれるようにせがんだ。砂金のようにキラキラと輝く小粒のシードビーズや、小花や棗（なつめ）の形のクリスタルビーズは、幼い希実の眼に、本物の宝石そっくりに映（うつ）った。

　この店に足を踏み入れ、色とりどりの小瓶を手にするときは、いつだってわくわくと胸を躍（おど）らせていたはずだった。

　もちろん、今だって――。

　なぜか小さな溜（た）め息（いき）が漏（も）れて、希実は小首を傾（かし）げる。

　どうしたのだろう。単に、今日は気分が乗らないのだろうか。

　ふと、硝子棚に映る自分の制服姿が眼に入った。胸に結ぶエビ茶色のリボンと、ピンクベージュのブレザー。プリーツのたっぷり入ったスカート。

　ほっそりした色白の希実に、清楚（せいそ）な制服はよく似合う。

この制服に身を包むのが、ずっと夢だった。

希実が通うのは、この界隈では〝お嬢様〟が通うことで知られている名門の女子校だ。

基本は中高一貫の学校だが、試験にパスすれば高等部からでも編入できると知り、希実はなんとしてでもこの学校に入りたいと張り切った。亡き母が少女時代に憧れていた学校だと、祖母から聞かされたからだ。昨年、合格通知を手にしたときは、本当に嬉しかった。決して安い学費ではないのだろうが、町工場に勤める父の進一も手放しで喜んでくれた。

〝希実が、一番可愛かったぞ〟

入学式にやってきた父は、明らかに自分たちより裕福そうな保護者とその娘たちを見回しながら、得意そうに囁いた。すぐに仲の良い友達もできて、憧れの学校での生活は順調にスタートした。

あれから一年。

希実は三月に十六歳になるとすぐに、高校二年生になった。ようやく高一の年齢に追いついたと思ったのに、あっという間に二年生だ。早生まれは、味噌っかすのような気がして焦ってしまう。

〝クラスで一番若いんだから、いいじゃん〟

〝そうだよ。私なんて四月生まれだから、新学期が始まった途端、いの一番にオバサンだよ〟

仲の良い友人たちは、そんなことを言って笑っていたけれど。

高等部は三年間クラス替えがない。編入した自分を温かく迎えてくれた仲間たちと離れずに済むことに、希実は安堵していた。

それなのに。最近になって、なにかが変わってしまった気がする。

特に、今年のバレンタインデーをきっかけに、友人たちの態度がどこかよそよそしい。

でも、どうして——?

私は優枝を激励しただけなのに。

仲間内の一人、優枝の煙たいものでも見るような眼差しを思い出し、希実はふいに心許ない思いに囚われる。

そんなことない。こんなのただの思い過ごしだ。私は皆から好かれているはずだもの。

心に念じながら、棚に眼を移す。

つまらないことを考えるのはやめよう。とにかく、今日は新しいビーズを選ぶのだ。可愛くて、安くて、見栄えがして、それから、それから……。

勢い込んで小瓶に手を伸ばした途端、誰かと指がぶつかった。相手の顔を眼にした瞬間、希実は「ひっ」と息を呑む。水色の制帽をかぶった人相の悪い男が、こちらを睨みつけていた。

「あんたもこれ買うの？」

同じ小瓶に手を伸ばしたまま、男が声をかけてくる。

ナ、ナンパだ……！

希実は慌てて手を引っ込めた。

「いや、だからさ、あんたもこれ買うのかって聞いてんの。よければ、あんたが欲しい分だけ先に取って……」

希実は男の言葉をまともに聞いていなかった。こんな柄の悪そうな男が、ビーズ専門店にくるわけがない。恐らく、希実を目的に店に入ってきたのだろう。

自惚れを抜きにして、希実の容姿は平均を上回る。過去にも、何度か質の悪いヤンキーにつき纏われたことがあった。この男の眼つきは、そのときのヤンキーにそっくりだ。

逃げなきゃ。

焦って踵を返したとき、スクール鞄の先が他の小瓶に当たった。綺麗に並べられていた小瓶が、ドミノ倒しのように崩れる。希実の顔から血の気が引いた。

床に落ちた拍子に小瓶の蓋があき、金色のビーズがばらばらと散らばっていく。

大変なことになってしまった。

「おい！」

しかし、背後から男の声が響いた途端、希実は出入り口に向けて脱兎のごとく駆け出していた。

「おい、こら、待てぇっ」

男の怒鳴り声が店内に響き渡る。騒ぎを聞きつけて、店の人がこちらにやってこようとするのが眼に入った。けれど、もう後戻りはできない。

一目散に店の外に走り出た瞬間、希実はどしんと誰かにぶつかった。額が厚いビニール板のようなものに跳ね返され、一瞬めまいがする。顔を上げてハッとした。

黒いニット帽をお洒落にかぶった大柄な男性が、不思議そうに希実を見下ろしている。ビニール板のように感じたのは、男性の胸板だったらしい。

「いきなり飛び出してきて、どうしたの」

顔を覗き込まれ、どきりと鼓動が高鳴る。若くはないが、目鼻立ちのくっきりした、とてもハンサムな男性だ。

この男性には見覚えがある。

ビーズ専門店に男性客がくるのは珍しいが、希実はこれまでにも何度かこの人を見かけたことがあった。いつもたくさんの種類のビーズを、袋一杯買っていくのだ。日本人離れした長身と秀でた容貌から、モデルとか、ファッション界にかかわる人なのかもしれないと想像した覚えがある。

「あなた、大丈夫？」

再び声をかけられ、希実はハッと我に返った。

ヤンキーがビーズを蹴散らして迫ってくる様が脳裏に浮かび、背筋が凍る。男性から飛び離れ、希実は地面を蹴って駆け出した。途中、人や自転車にぶつかりそうになったが、希実の頭の中は、店から離れることだけで一杯だった。走って、走って、商店街の端までたどり着き、ようやく息をつく。

あの後、お店の中は一体どうなってしまったのだろう。ビーズの入った小瓶がドミノ倒しのように崩れていった光景を思い返すと、さすがにきまりが悪くなる。

でも、私のせいじゃない。なにもかも、ナンパしてきたヤンキーの責任だ。

希実は自分に言い聞かせ、大きく息を吐いた。

五時を過ぎているのに、まだ空が明るい。桜が散ってから急に寒さがぶり返していたが、日一日と日が長くなってきている。たまごの黄身のような太陽が浮かんでいる西の空を、希実は見るともなしに眺めた。

これでしばらく、あのお店にはいけなくなってしまった。なんだか気分が乗らないと思ったのは正解だ。今日は本当に、運が悪い。

鞄を抱えなおし、希実はとぼとぼと商店街を歩き始めた。

結局お目当てのビーズを買うことができぬまま、希実は一人で家まで帰ってきた。木造アパートの階段を上り、突き当たりの部屋の扉のノブに鍵を差し込む。

「ただいま」

誰もいない部屋に声をかけて、希実は靴を脱いだ。八畳の居間の奥に、六畳の二間。古いけれど、父と娘が二人きりで暮らすには充分の広さだ。

流しで手を洗い、希実はすぐに居間の仏壇に向かった。ハルジオンを活けてあるコップの水を取り替え、線香に火をつけて手を合わせる。顔を上げると、二つの位牌の隣に飾られた写真の中の、母と祖母の笑顔と眼が合った。

母の雅子は、希実がまだ幼い頃に進行性の病気で他界した。写真の中の母は、白髪や皺が目立ち始めたクラスメイトたちの母親と違い、いつまでも若いままだ。

素直で豊かな黒髪。大きな鳶色の瞳。

恐らく発病前の姿なのだろう。まだ二十代の母は、本当に綺麗だ。

母が亡くなった日のことを、希実はあまりよく覚えていない。物心ついたときから床についていた儚げで優しい人が、いつの間にかいなくなってしまったという印象だった。

ただ、誰かに遠く置き去りにされたような感覚が、今もまだ心の奥底に燻り続けている。

母が入院して以来、希実はずっと、母方の祖母を母親代わりに育てられた。

〝希実ちゃんは、若い頃のお母さんにそっくり〟

祖母からそう言われるたび、希実は成長していく己の容姿の中に、亡き母の面影を探していた。

常に傍らで慈しんでくれた祖母も、三年前の冬に肺炎をこじらせて急逝した。希実の高校合格を報告できなかったことが、今も心に残っている。

でもね、おばあちゃん――。希実、合格したんだよ。お母さんが憧れていた高校で、頑張ってるんだよ。

漂う白檀の香りにつつまれながら、希実はそっと眼をつぶる。

だから、どうかちゃんと見ていてね。

希実の思いに応えるように、線香の灰が香炉の中に静かにこぼれ落ちた。

立ち上がり、カーテンを引きに行く。窓辺に映った自分の容姿は、確かに写真の母によく似ている。ただ、元気だった頃の母と比べると、希実は少し痩せすぎだ。いくら食べても太らないのは、体質なのだろうか。もう少しふっくらしたら、本当に母そっくりになれるのに。

曖昧な記憶をつなぎとめようとするように、希実は窓に映った自分を見つめた。

せっかく母の夢をかなえたのだ。最後まで、しっかりついていかなくっちゃ。

無意識のうちに、希実は己に活を入れる。

自室に入ると、希実は鞄からスマートフォンを取り出した。グループトークアプリを開いたが、誰からもメッセージはきていない。自分の送ったメッセージに、二人の既読数が示されているだけだ。希実の仲良しグループは五人。他の二人は、希実のメッセージを読んでもいないことになる。

新学期が始まって、忙しいのは分かるけれど――。

面白くない気分に襲われ、希実は今度はインスタグラムを立ち上げた。

昨日アップした画像の「いいね！」の数字がまた増えている。ハートマークの隣に表示された数字を見るうちに、希実は少し気持ちが晴れるのを感じた。

〝すごく可愛いですね！〟〝手作りのビーズアクセがお似合いです〟

完成したアクセサリーをつけた自撮り画像には、ＳＮＳ上でしかつながりのない人たちからの称賛コメントも寄せられている。

友人たちの反応が悪いとき、希実はＳＮＳの世界で憂さを晴らすようにしていた。

ここなら、必ず誰かしらは希実の言動に反応してくれる。

希実は今の学校に通うようになってから、会話の中心に入れないと激しい焦りを覚えるようになった。ただでさえ中等部からエスカレーター式に進級してきた生徒が多いので、大人しくしているとクラスで幽霊のようになってしまう。幸い、今の仲間たちからは、希実は好意的に受け入れられていた。手製のビーズアクセサリーを披露（ひろう）したとき、仲間たちは眼を丸くした。

〝本当に上手〟〝こんなの作れるなんて、尊敬しちゃう〟

〝希実って、可愛いだけじゃなくて器用なんだね〟

インスタグラムの「いいね！」やコメントと同様に、皆がそろって称賛してくれた。気をよくした希実は、時折、アクセサリーをプレゼントしては、仲間たちから大いにありがたがられてきた。

今年のバレンタインデーまでは――。

スマートフォンの画面が急に暗くなる。希実はブラウザを閉じて、スマートフォンをテーブルに置いた。

高一のバレンタインデーは特別だと言われる。希実自身はたいして関心がなかったが、次の年の二月ではすぐに受験シーズンに入ってしまうため、一番自由がきく高二になる直前に、彼氏を作っておきたいと考える女子は少なくないらしい。

希実たちのグループでも、優枝が隣町の男子校の生徒に告白することになった。希実は優枝のために張り切ってネックレスを作った。恋愛運が上がると言われる、天然石ラピスラズリまで奮発した。

残念ながら、結果は玉砕（ぎょくさい）だった。

ただ、それだけのこと――。

希実は小さく息をつく。

なのに、あの日以来、優枝の様子はどうもおかしい。せっかくラピスを使ったのに、お礼もろくに言ってくれなかった。

届かぬ思いなんて、誰にだってあるのに――。

いつしかじっと考え込んでいる自分に気づき、希実は頭を振る。

くさくさしていても仕方がない。今日はビーズが買えなかったけれど、余りもので新作を作ろう。前回はブレスレットだったから、今回はヘアピンにする。

小さなヘアピンならビーズをたくさん使わなくて済むし、模造ダイヤモンドのラインストーンを使えば、それなりに華やかにも見えるだろう。きっと皆、喜んでくれるに違いない。

希実は早速トレイの上にビーズを出した。ビーズを選り分けていくうちに、持ち前の集中力が顔を覗かせる。真ん中に大粒のラインストーンを配し、周囲をシードビーズで作った花弁で囲っていく。ビーズをつなぐときは、テグス糸を引き締めながら編み、ワイヤーをねじ切るときは、できるだけ根元近くにペンチを入れるのが綺麗に仕上げるコツだ。

こうした技術を、希実はすべて祖母から遊びながら教わった。

〝お母さんも手芸が好きだったのよ〟

そう聞くと、益々熱中して取り組んだ。母の好きだったことは全部やらなければと、なぜか駆り立てられてしまうのだ。最初は糸でビーズをつなぐだけだったが、希実がなにを作っても、祖母は心から誉めてくれた。

〝希実は上手だね〟〝希実は可愛いね〟

ビーズに糸を通していると、今でも祖母の優しい声が、耳の奥に甦る。

夢中になって作業を続けているうちに、くしゃみが出た。いつの間にか身体が冷えている。昼間はあんなに明るかったけれど、四月半ばの夜はまだ寒い。

希実の家は、居間にしか暖房設備がない。居間に移ろうかとも考えたが、作業中のビーズや工具を持っていくのが面倒だ。希実は押入れから毛布を引っ張り出してきて、膝にかけた。

ふと、冷暖房どころか、空気清浄機まで備わった、友人たちの可愛らしい部屋が脳裏をよぎる。

クラスメイトとの親交が深まるにつれ、お互いの家を訪問する機会があった。当初希実は、大きな庭のある豪邸（ごうてい）や、高層のタワーマンションにすっかり臆（おく）してしまったが、友達もその両親たちも、分け隔てなく温かく迎え入れてくれた。

〝母の夢をかなえたくて、この学校にきたんです〟

そう話すたび、奥様然としたクラスメイトの母親たちは、染み入るほど優しい眼差しで希実を見た。

〝うちは、皆と違って古いアパートなの〟

へりくだる希実に、「そんなことないよ」「気にしないで」と、誰もが明るく笑った。

友達を迎えるときは、父の進一も小遣いを奮発してくれた。他のクラスメイトたちの家のように、母親の手作り料理でもてなすことはできなかったが、デリバリーのピザやファストフード店からテイクアウトしてきたハンバーガーを、皆でわいわい騒ぎながら食べた。

あんなに楽しかったんだもの。

狭い居間一杯に響いていた仲間たちの笑い声を、希実はうっとりと思い浮かべる。

私たちは、絶対に大丈夫。

一段落したところで、希実は大きく伸びをした。根を詰めていたせいで、すっかり肩が凝（こ）っている。腕のつけ根から肩を回した後、スマートフォンを手に取る。製作途中のヘアピンを写真に撮った。

〝今、新作を製作中だよ。全員分作るから、楽しみにしててね〟

写真を添付したメッセージを、グループトークに送信する。スマートフォンの画面をじっと見つめ、希実は自分のメッセージに既読マークがつくのを待った。

程なく小さくベルを鳴らす音が響き、メッセージが届く。

〝お疲れ、希実。あんまり無理しないでね〟

一番乗りは和葉(かずは)だ。

ショートカットでボーイッシュな和葉は、中等部から進級してきたクラスメイトが多い中で気後れしていた希実に、最初に声をかけてくれた友達だった。

次々とメッセージが届く。最後は、優枝からも返信がきた。

〝サンキュー〟〝楽しみにしてるね〟

ほらね、やっぱり大丈夫。

希実の心の中に、安堵が湧いた。ほっとしたせいか、急にお腹(なか)が空(す)いてくる。時計に眼をやると、既に八時を過ぎていた。

父は今日も遅いのだろうか。

このところ、進一は残業続きだ。希実はスマートフォンをテーブルの上に伏せて、台所へ向かう。ご飯を炊(た)こうかとも考えたが、面倒くささが先に立ち、結局買い置きのカップ麺に手を伸ばした。

朝の目玉焼きは、進一が二つで、希実が一つ。それは、祖母が朝食の支度(したく)をしてくれていたときからの秋元家の決まりだ。

昨夜も遅く帰ってきた進一のために、希実はたまごを焼いていた。

食卓には進一が買ってきたコンビニのおにぎりが並んでいる。以前は、祖母が毎朝炊き立てのご飯と味噌汁を用意してくれていたが、今はたまごを焼くだけで精一杯だ。

「希実、学校はどうだ。二年生になってから、なにか変わったか」

おにぎりの包装フィルムをはがしながら、父が声をかけてくる。

「なにも変わらないよ。うちらの学校、クラス替えないし」

希実は努めて自然にそう答えた。

「二年から、選択科目だものな。希実は文系だろ」

「私、物理とか数学とか、全然駄目だもの」

「お母さんと同じだな」

希実が卓袱台(ちゃぶだい)に置いた目玉焼きに醤油(しょうゆ)をかけて、父が笑う。希実の両親は、この町で育った幼馴染(おさななじ)み同士だった。

「なあ、希実。大学も好きなところにいけよ。このまま上の女子大にいってもいいし、他のところにいってもいい」

寝不足気味なのか、進一が少し赤い眼で希実を見る。

「うん、そうする」

希実は頷(うなず)いたが、正直、今後どうしたいのかは、はっきりと分からなかった。

お母さんは、どこの大学にいきたかったんだろう――。

それさえ分かれば、その通りにするのに。大学のことは、祖母に聞きそびれてしまった。

「そうしろ、そうしろ」

希実の逡巡に気づかず、進一は笑っている。その白髪が随分増えた気がする。

「今日も遅くなるの？」

「そうだな。悪いけど、一人で食べてくれな」

進一が鞄を持って立ち上がった。

「夕飯の食費は足りてるか」

「うん」

食費は問題なかったが、たまには父と一緒に夕飯が食べたかった。一人だと、どうしてもカップ麺やコンビニの弁当ばかり食べてしまう。

先に家を出る進一を見送ってから、希実は洗い物をするため流しに立った。昨夜遅くまでアクセサリーを作っていたせいか、頭がぼんやりする。気づくと、洗い終えた皿に再び洗剤液をかけてしまっていた。

いつもより少し遅い時間に、希実は家を出た。高校は歩いてもいける距離だが、今日はバスに乗ることにした。通勤時間と重なっているため、やってきたバスは混んでいた。後方の扉からバスに乗り込み、希実は顔を輝かせる。前のほうに立っている乗客の中に、和葉のショートカットが見えた。和葉は手元のスマートフォンを覗き込んでいる。いたずら心を起こし、希実はそっと後ろから近づいた。いきなり耳元で囁きかけて、びっくりさせるつもりだった。

だが、まさに声をかけようとした瞬間、希実はハッと息を呑んだ。

和葉の手にしたスマートフォンの画面に、グループトークアプリが表示されている。そこに並ぶ吹き出しの中の文字が、眼に飛び込んできた。

〝昨日のインスタ見た？　相変わらずだよね〟

〝盛り盛りの自撮りで、イイネ集めちゃって、マジ痛い〟

〝絶対自分のこと、超絶可愛いと思ってるんだよ〟

微かな受信音をたてて、吹き出しが増えていく。次々と受信するメッセージを読むのに夢中で、和葉は背後の希実にまったく気づかない。

希実は息を殺し、バスの一番後方に身を隠した。太ったサラリーマンの陰で、そっと自分のスマートフォンを取り出してみる。希実のグループトークの画面は、昨日の和葉たちからの返信で終わっていた。

あれは、また違うグループの会話だ。

違うグループ――？

胸がどきりと音をたてる。そこに、希実はメンバー招喚されていない。

それに、あの内容。あれって、まさか……。

その先を考えようとすると、喉の奥が干上がったようになった。

停止ボタンのブザーが鳴り響き、希実はびくりと肩をすくめる。いつの間にか、学校前のバス停に着いていた。スマートフォンを手にした和葉が、勢いよくバスを降りていく。

希実は窓越しに、和葉のショートカットが遠ざかる様子を窺った。振り返ることもなく、和葉は校門の角を曲がる。

「すみません、降ります」

バスが発車する寸前に、希実は声をあげてのろのろと降り口に向かった。

その日は授業の内容が、ほとんど頭に入ってこなかった。原因は、朝から続いている頭痛のせいだけとは思えない。昼休みになっても、希実はまだぼんやりしていた。

教室に溢れる話し声が、ぐるぐると渦を巻く。ざわめきや笑い声は絶え間なく続いているが、すべてが自分を素通りしていくように感じられた。

いつもと同じように、希実は和葉や優枝たちと机をつき合わせて昼食をとっていた。

希実たちの学校には、給食の制度がない。希実はほぼ毎日購買部でパンを買っているが、他のクラスメイトたちは皆、可愛らしいランチボックスを持参していた。

隣の席の和葉は、全粒粉パンのサンドイッチをかじっている。向かいに座った優枝のランチボックスは、掌よりも小さい。過剰なダイエットをしている割に、小太りの優枝の体重はまったく減る様子がなかった。脂物は絶対に食べないと宣言していたが、額にも顎にも脂性のニキビが浮いている。

購買部で買ったカレーパンを口に運びながら、希実はクラスの様子を見回した。

教室のあちこちに机を合わせた小さな島ができている。島にはタイプのよく似た子たちが集まり、それぞれ、楽しげに語り合っている。

一見、とても平和な光景だ。

皆がなによりも恐れている〝ぼっち〟はどこにもいない。

小島が浮かんだ教室の海は、怖いほど凪いでいる。

「この間、伯母さんが講師をしている音大のコンサートがあってね……」

一番に弁当を食べ終えた優枝が、口火を切って喋り始めた。

「あ、あそこの音大ってバイオリンが有名なんだよね」

優枝の隣のクラスメイトが大きく頷く。

また、知らない話題――。

希実は密(ひそ)かに眉を顰(ひそ)める。

最近優枝は、よくこうやって希実の知らない話題を持ち出すのだ。

「コンチェルト、よかったよ」

「いいなぁ、コンチェルト、コンチェルト」

優枝につられ、他のメンバーたちも「そうだね、そうだね」と、相槌(あいづち)を打ち出した。

「いいね！」と称賛。女子の会話は、ネットでもリアルでも大差ない。

和葉は黙ってサンドイッチを食べていたが、皆が盛り上がっている話題については当然知っている様子だった。

ついていけないのは、希実だけだ。

以前なら、強引に話題を変えることも平気だったが、今日はどうしてもそれができない。

自分がメンバー招喚されていないグループトークアプリの画面に見入る、和葉の姿を目撃してしまったからだ。

あそこで話題にされていたのって、まさか……。

急になにかが恐ろしくなり、希実は食べかけのカレーパンをナプキンの上に置いた。

「ねえ！」

勢い込んだあまり、上ずった声が出てしまう。

「私、ヘアピン作ってきたんだ」

希実はスクール鞄から小分けにしたビニール袋を取り出した。優枝たちの視線が、希実の手元に集まる。ようやく皆から相手にされた気がして、希実の気持ちが逸(はや)った。

「今回はね、中央にラインストーンを使ってみたんだ」

キラキラと輝くラインストーンを中心に、鼈甲(べっこう)色のビーズを花弁のように配したプチフラワーのヘアピンは我ながら上出来だ。

「へー、可愛いじゃん」

黙々とサンドイッチを口に運んでいた和葉が、一番に袋をあける。

「サンキュー、希実」

和葉が明るい表情で、希実を見た。その口調も眼差しも、以前とちっとも変わっていない。一瞬、希実は今朝のバスの中で見た光景は、悪い夢ではなかったかと思う。

或(あ)るいは自分とは関係のない、別の誰かのことだったのか。

「可愛いね」

他のメンバーたちも、思わずといった調子でヘアピンに見惚(みと)れる。

そのとき、小さな呟(つぶや)きが響いた。

「こんなの頭につけてたら、カラスに襲われたりして」

微かな悪意の滲(にじ)んだ口調に、希実は弾かれたように顔を上げる。優枝が腫(は)れぼったい一重目蓋(ひとえまぶた)の奥から希実を見ていた。

「ほら、だって今、カラス、校庭でもうるさいんだもん」

言い訳するように、優枝が肩をすくめる。優枝の態度に、ヘアピンを受け取りかけていた他の二人も困惑した表情を浮かべた。

「じゃあさ、私が全部もらうよ」

和葉がいきなり身を乗り出し、全員分のヘアピンをかき集めようとする。

「ちょっと、待ってよ。いらないとは言ってないでしょ」

途端に優枝が慌てた。

「大体、和葉、そんな短い髪に、こんなに一杯ヘアピンつけたって仕方ないでしょ！」

優枝の抗議に、全員からどっと笑い声があがる。希実も無理に笑った。

「嘘、嘘。冗談だから。希実、いつもありがとね」

取り繕うように、優枝が希実を拝むふりをする。

「気にしてないよ」

希実は敢えて屈託なく頷いた。

大丈夫。だって、私たち、仲良しだもの。

こんなこと、なんでもない。だって、ただの冗談だもの。

「でも、優枝。最近、お弁当箱小さすぎじゃない？　あんなんで足りるの？」

ようやく会話に入れたことに満足し、希実はわざと大きな声を出した。

「美容のためにも、もう少し食べたほうがいいよ。最近、肌とか荒れてるし」

優枝の眼元がぴくっと引きつる。

一瞬、周囲がしんとした。希実の島が静かになると、教室のざわめきが甦った。

「毎日、カレーパンとかクリームパンとか、菓子パンみたいなのばっかり食べてる希実に、そんなこと言う資格ないでしょ」

和葉が淡々とした口調で続ける。

「購買部にはサラダもあるんだから、希実こそ気をつけなよ」

「でも私、なに食べても太らないから……」

むしろそれは、希実のコンプレックスだった。

「もう少し太れれば、若い頃のお母さんみたいになれるんだけどな」

ふと気づくと、辺りが再びしんとしていた。

いつの間にか、自分たちの島だけに妙な雰囲気が立ち込めていることに、希実は眼を瞬かせる。

一体、どうしたというのだろう。

「ねえ、希実」

ふいに、優枝が声をかけてきた。その顔が不自然に赤い。

「希実って、本当にアクセサリー作りが上手だよね」

挑むような口調で告げられ、希実は曖昧に頷く。

「ただの趣味だけど……」

「趣味でもすごいよ。心から尊敬しちゃう」

大げさに声をあげる優枝の口元が、微かに震えているように見えた。

「でも私、どうせならもっと可愛いアクセが欲しいな」

もっと可愛いアクセ——？

戸惑う希実に、優枝が畳みかけてくる。

「ねえねえ、もうすぐゴールデンウイークじゃない。休みに入ったら、皆でお洒落してどっかいこうよ」

有無を言わさぬ眼差しで、優枝は希実を見据えた。

「それに、私今月誕生日だから。それまでに、可愛いアクセ作ってよ。こんな、色とか形とかかぶってるやつじゃなくて、もっと特別なやつ」

上出来だと思っていたへアピンを「かぶってる」と告げられて、希実は言葉を呑み込んだ。

「希実ならできるよね。すっごく楽しみ！」

強引に話を切り上げると、優枝はぷいと横を向いた。

随分と横柄な注文だ。希実はなんだか呆気に取られてしまう。

思わず視線を彷徨わせると、和葉がこちらを見ていた。口元がなにかを言いたげに動いたような気がしたが、和葉は結局なにも言わずに眼を伏せた。


「ねえ、お父さん」

その晩、希実は遅くに帰ってきた進一に声をかけた。

「ああ、希実。まだ起きてたのか。そろそろ寝ろよ」

進一が上着を脱ぎながら振り返る。眼の下に隈ができているようで、希実は少し心配になった。

風呂の追い焚きスイッチを入れてから、希実は居間に戻ってくる。

「もうすぐお風呂、沸くから」

「ああ、悪いな」

進一は胡坐をかいて、テレビのスイッチを入れた。深夜のバラエティー番組で、お笑い芸人とグラビアアイドルが早食い対決をしている。たいして面白くもないその番組を、父はぼんやりと眺めていた。

「お父さん、少しお小遣いをもらってもいい？」

多少の躊躇いはあったが、希実は思いきって切り出してみる。

「食費、足りないのか」

心なしか、父が真顔になった気がした。

「そうじゃなくて。でも、ゴールデンウイークに、友達と遊びにいくことになったから」

希実は言葉を濁す。本当はそれだけじゃない。新しいビーズを買うためだ。

「希実」

進一が、改まったように希実を見た。

「友達とは、うまくいってるのか」

希実は内心冷やりとする。なぜ父は、そんなことを聞くのだろう。

「うまくいってるよ。だから、一緒に遊びに出かけるんだもの」

「それもそうだな」

父が少し乾いた笑い声をあげる。

「あんまり無駄遣いするなよ」

進一は財布から千円札を数枚引き抜いて希実に渡した。

「お父さん、ありがとう」

「足りなかったら、また、いつでも言いなさい」

父がいつもの穏やかな表情に戻っていることを認め、希実は安堵する。

「俺は風呂に入るから、希実はもう寝なさい」

そう言いつつ、進一は卓袱台の前から動こうとしなかった。

「お父さんも早く寝てね」

おやすみなさいと言葉を交わし、希実は自分の部屋に入る。しばらくすると、追い焚きが完了したチャイムが流れたが、父はまだテレビを見ているようだった。

襖をしっかりと閉め、希実は小さく息をつく。スマートフォンを起動し、ビーズのネットショップにアクセスしてみた。ヤンキーに絡まれた日以来、商店街のビーズ専門店にはいっていない。ビーズの小瓶を次々に倒してしまったことを思い起こすと、おいそれと足を向ける気になれなかった。

それでも、新しいビーズが必要だ。

こんな、色とか形とかかぶってるやつじゃなくて、もっと特別なやつ――。

昼間の優枝の声が甦る。

せっかくヘアピンを作ったのに、なぜまたこんなことを頼まれなければいけないのだろう。

バレンタインデーのときだって、とっておきのネックレスをプレゼントしたのに、優枝はろくにお礼も言わなかった。

いくら自分がふられたからって――。

そんなの、母との記憶がない自分に比べたらなんでもない。

音大のコンサートとか、コンチェルトとか、いっつも知らない話題を持ち出すし。

友達って、面倒くさい。

希実は無意識に唇を嚙む。

いくつかのビーズショップを物色した後、グループトークアプリを開いてみた。昨夜から、画面にはなんの変化もない。誰からも、新しいメッセージは届いていない。

バスの中で見た和葉の様子が脳裏をよぎり、急に不安な思いが込み上げる。

あれは、一体、なんだったのだろう。

面倒くさくても仕方がない。だって、友達なんだもの。

自身に言い聞かせるように繰り返す。

大丈夫。私たち、友達なんだから。

希実は強く目蓋を閉じた。

ゴールデンウイーク初日の土曜日は、夏のような暑さになった。

一張羅（いっちょうら）の水色のワンピースを着た希実は、駅前に向かって商店街を急いでいた。

希実の住む町は、南口と北口では全く違う様相を見せる。新線の急行がとまるようになってから急に開発の進んだ南口には、ショッピングモールや和葉や優枝たちが暮らすタワーマンションがそびえ立っているが、希実が住んでいる北口側は、古い商店街が続く下町だった。

野菜を山のように積んだ段ボールがいくつも並ぶスーパーマーケットの前を通りながら、希実はバッグの中を確認する。

腑（ふ）に落ちない思いと戦いながらも、希実は優枝のためにビーズアクセサリーをこしらえた。毎晩遅くまで取り組み、今日の明け方近くに、ようやくそれは完成した。

トップにパール形のビーズを使い、チェーンに四葉のクローバーのモチーフを散らしたネックレスだ。パープルとメタルグリーンのビーズを使用し、色合いも大人っぽく仕上げた。

包装紙にくるんだネックレスがバッグの中に入っているのを認め、希実は足を速める。

父の朝食準備に手間取り、また家を出るのが遅れてしまった。最近父は、残業の他にも、土日の出勤が増えていた。

今年は早くから猛暑が予測されているが、四月の末とは思えないほど日差しが強い。希実は小走りになりながら、駅へ向かった。優枝たちとは、ショッピングモールの入り口で待ち合わせをする約束だった。

力作のアクセサリーを見れば、優枝は喜ぶだろうか。そうなれば、最近自分たちの間でなんとなく燻っていたわだかまりも綺麗に消えていくだろうか。

一縷(いちる)の期待が、希実の足を急がせる。

北口から続く長いコンコースを抜けると、ようやく南口のショッピングモールが見えてきた。吹き抜けの螺旋(らせん)階段が印象的なモールは、輝く巻貝のようだ。地下に入っている生鮮食品売場の野菜や果物は、北口のスーパーの二倍以上の値段がすると聞く。

入り口付近のベンチに、優枝たちの姿が見えた。

目隠しになっている観葉植物の向こうから、声が漏れ聞こえてくる。

「相変わらず、遅いね。希実」

「あの子が時間通りにきたことなんかないじゃん。学校にくるのだって、いっつもぎりぎりだし」

観葉植物の前で、希実は立ちすくんだ。

「せっかく仲間に入れてあげてるのにねー」

「あの子、私たちがいなかったら、完全に〝ぼっち〟じゃん」

「未(いま)だに自分が〝アウェイ〟なこと、分かってないのがすごいよね」

「分かるわけないよ。あの子、すごい鈍感だもの」

背中を向けている優枝たちは、こちらに気づいていない。それでも、希実は一番大きな植物の陰に身を隠した。

「大体さー、北口に住んでるような人が、無理してうちらの学校にこなくてもいいのに」

「あの子、うちにくるたび、〝亡き母のためにこの学校にきたんですぅ〟とか、悲劇のヒロインみたいなことばかり言うから、うちのママなんてすっかりほだされちゃって、〝希実ちゃんと仲良くしてあげなさい〟ってうるさいんだよね」

「ああ、うちも」

話しているのは優枝と二人のメンバーだ。和葉はベンチに腰かけて、黙って文庫本を読んでいる。

「父子家庭が大変なのは分かるけど、なにかというと、不幸語りして話題の中心に収まろうとするのやめてほしい」

「それ、分かる。最初は可哀そうだと思って優しくしてたけど、二年目になると、さすがにうざったくなってきたわ」

希実は、自分の足が震え出すのを感じた。バスで見た、和葉のスマートフォンの中の会話――。

あれは、やっぱり自分のことだったのだ。

今までもずっと、自分だけが知らないやり取りが、仲間たちの間には存在していたのだろう。

「インスタには、崇拝者がいっぱいいるみたいだけどね」

「盛り盛りの自撮りで、可愛い私アピールとか、マジ痛いし」

「完全に、お姫様気取りだよね」

嘲るように笑う三人の髪に、希実が作ったラインストーンのヘアピンが光っている。

「可哀そうでも、可愛いでも、ちやほやしてもらえるならＯＫなんだよ。それに、インスタだと、あのぼろっちいアパートとか写らないし。あ、こういうこと言っちゃ、いけなかったんだっけ」

「はい、差別発言。優枝、アウトー！」

どっと笑い声があがった。

そんなことないよ。気にしないで――。

古いアパート住まいを気にした希実に、優しく笑ってくれていた仲間たちの姿はどこにもない。

「でもさ、希実、ちゃんとアクセ作ってきたかな」

「それくらいしか、あの子と一緒にいるメリットないもんね。私も、自分の誕生日のとき、頼んじゃおうっと」

バッグの中のネックレスが石のように重くなる。

心のどこかで優枝の笑顔を期待していた自分の甘さを、希実は強く恥じた。勢いよく踵を返し、鏡のような床を蹴って走り出す。

「あ……」

優枝たちがこちらに気づく気配がしたが、希実は振り返らなかった。今きた道を、一目散に駆け戻る。

「希実、待って！」

背後で和葉の声がした。希実は歯を食いしばり、コンコースに向かって走った。

自分を揶揄する声の中に、和葉のものはなかった。それでも、あの場にいた全員が許せない。

「こないで！」

希実は全身で叫んだが、和葉は追い縋ってくる。

「希実、待ってってば」

ついにコンコースの入り口で腕をつかまれた。

「やめて！」

希実は反射的に振り払う。悔し涙が眼の端に滲んだ。

「……ごめん」

和葉が腕をつかむ手から力を抜いた。

「でも、ちょっとだけ、話を聞いてほしい」

あまりに真剣に頼むので、希実は渋々和葉と一緒に駅前のロータリーに向かった。

ゴールデンウイークにもかかわらず、北口のロータリーには数台のタクシーがとまっているだけで、人気(ひとけ)がなくがらんとしている。強い日差しだけが、辺りに降り注いでいた。

「あのさ」

柱の陰で、和葉が希実に向き直る。

「実は優枝、摂食(せっしょく)、やっちゃってるんだよね」

和葉の言わんとしていることがよく分からず、希実は眉根(まゆね)を寄せた。

「最近の優枝のランチボックスの小ささ、あれ、異常でしょう？　夜中にドカ食いして、吐いてるらしい」

希実は黙って和葉の言葉を聞いていた。

「バレンタインデーのときに、優枝が告(コク)った相手が質(たち)の悪い奴(やつ)でさ。ただふっただけじゃなくて、優枝の体形のこととか、散々ディスったらしいんだよ」

和葉がゆっくりと腕を組む。

「それで、優枝は今、ちょっと普通じゃないんだよね」

もっともらしく溜め息をつく和葉を、希実はじっと見つめた。

「だから？」

「え……」

和葉が戸惑うように、希実を見返す。

「優枝が摂食障害だから、なんだっていうの？　そんなの、私とは関係ない」

悪いのは、心ない言葉で優枝を傷つけた男子ではないか。

「第一そんなこと、私、ちっとも知らなかったもの」

「それは、そうだろうけど……」

和葉が急にしどろもどろになる。

「大目に見ることは、できないかな」

「なんで」

希実は視線に力を込めた。

「なんで私が、大目に見なきゃいけないの」

答えられない和葉に、希実は背中を向ける。数歩足を進めたとき、背後で声が響いた。

「だって、友達じゃん！」

わずかに振り向くと、和葉が真剣な表情で希実を見ている。

「私はこんな形で、希実と仲違(なかたが)いしたくないよ。それにね……」

和葉が語調を強くした。

「希実だって悪いんだよ。優枝がふられたとき、そのこと、インスタグラムに書いたでしょ」

小さく息を呑んだ希実に、和葉が畳みかけてくる。

「〝せっかくラピスを使って応援したのに、ザンネン〟とか書いたよね」

「だって……」

希実は言葉に詰まった。

それは、優枝がきちんとお礼を言ってくれなかったからだ。メッセージを送っても返事がこなかったから、憂さ晴らしに書いただけだ。

「別に私、悪気なんて……」

「悪気がなくたって、悪いよ！」

和葉が大声で遮る。

「自分がふられた話題で、〝いいね！〟とか集めてるの見ちゃったら、誰だって腹が立つでしょう。それに、知らなかったって言うけど、優枝を見てれば、ある程度は想像がつくはずだよ。なのに、この間だって、肌荒れしてるとか、自分は太らないとか、平気で言っちゃって。私だって、これ以上かばいきれないよ」

自分は、かばわれていたのか。

希実はそのことにもショックを受けた。

「優枝の気持ちも少しは分かってあげなよ」

沈黙を了承と受け取り、和葉が希実の肩に手をかける。

「ね、戻ろう。今日だって、すてきなアクセ、作ってきてくれたんでしょう？　それを見れば、優枝もさすがに反省するはずだよ」

〝でもさ、希実、ちゃんとアクセ作ってきたかな〟

〝それくらいしか、あの子と一緒にいるメリットないもんね〟

先程の優枝たちのやり取りが、生々しく甦る。

「やめてっ」

希実は和葉の手を振り払う。

唖然とする和葉を、希実はきっと睨み返した。

「私、知ってるんだよ。和葉たち、私を外してグループトークしてるよね。それに、私のメッセージに返信くれるのって、私が皆のためにアクセ作ってるときだけだよね」

希実は和葉の眼を見据える。

「ビーズアクセだって、ただじゃないんだよ。材料費だってかかるし、作るのに手間も時間もかかるんだよ」

最初はそんなこと、一つも苦にならなかった。喜んでもらえるだけで、希実自身も嬉しかった。しかし、善意が当たり前の如く受け取られるようになってから、自分たちの関係は既に倦み始めていたのかもしれなかった。

「うちは……。和葉たちの家みたいに余裕があるわけじゃないから。ビーズ代一つだって、結構大変なんだよ」

声が震えてしまわないよう、お腹に力を入れる。

「そんなことも分かってもらえないなら、友達でいてもらわなくて構わない」

希実は強い口調で言い切った。和葉が口元を引き締める。

二人が黙ると、周囲がしんとした。高架の上から、電車の走行する音が響いてくる。

「そこまで言うなら、私も言わせてもらうけど……」

やがて、和葉が口をひらいた。

「希実にお母さんがいないのは、別に私たちのせいじゃない」

冷たい口調に、希実は頬をぴしゃりと打たれたようになる。

「希実はなにかっていうと、すぐにお母さんのことを持ち出すけど、そのたび、私たちがどれだけ気を遣ってきたか、知らないでしょ？」

母のことを口にせずにいられないのは、そうしていないと、希薄すぎる母との記憶が本当に消えていってしまいそうな気がするからだ。常にどこかで燻っている、遠く置き去りにされた心持ちに、絡めとられてしまいそうになるからだ。

だが、それを説明する言葉が見つからず、希実はただ茫然と和葉を見つめた。

「希実に悪気がないのも、希実の家が父子家庭で大変なことも、ちゃんと分かってる。でもね、優枝や私にだって、それなりに大変なことはあるんだよ」

和葉が口をつぐむ。

それ以上、互いに言葉を交わすことができなかった。

いたたまれなくなり、希実はうつむいたまま踵を返す。足を引きずるようにして、コンコースを歩き始めた。もう、和葉が追ってくる気配はなかった。

再び商店街に戻り、スーパーマーケットの前まできたとき、ふいに膝から力が抜けた。心の中が、すっかりがらんどうになってしまった気がする。希実はバッグをあけて、プレゼント用に包装したパールトップのネックレスを取り出した。

包装紙をばりばりと裂き、スーパーの前のごみ箱に投げ捨てる。

「ちょっと待って」

そのとき、突然、低い声が響いた。

背後から大きな影が動く。捨てたばかりのネックレスを、大柄な男性が拾い上げていた。

「これ、あなたが作ったの？」

振り返った男性の顔に、どきりと鼓動が高鳴る。

先日、ビーズ専門店から飛び出したときにぶつかった、あの黒いニット帽をお洒落にかぶったハンサムな男性だった。

「とっても上手にできてるじゃない。どうして捨てちゃうの？」

男性が真顔で尋ねてくる。

「……もう、いらなくなったから」

「どうしていらないの？」

「だって……」

もう、友達はいなくなった。

そう思った瞬間、鼻の奥がつんとした。眼の前がかすみ、急に涙が込み上げる。

貢物をしてまで、友達でいてほしいとは思わない。

でも。でも――。

〝希実にお母さんがいないのは、別に私たちのせいじゃない〟

和葉の厳しい口調が耳朶を打つ。

〝私はこんな形で、希実と仲違いしたくないよ〟

同時に、真剣な表情が甦り、涙がとまらなくなっていた。

しゃくりあげる希実を、ニット帽の男性は静かな眼差しでじっと見ていた。


玄関をあけると、ハーブのような爽やかな香りが全身を包み込んだ。板張りの廊下は年季を感じさせるが、綺麗に磨き込まれて黒光りしている。

棚の上に仄暗くともる岩塩ランプを、希実はぼんやりと見つめた。

「一緒に運んでもらっちゃって、悪かったわね」

スーパーのビニール袋を手にした大柄な男性が扉を閉めると、バンブーチャイムがからころと軽やかな音を立てる。

「上がってちょうだい。新じゃがの袋は厨房に入れておいてもらえると助かるわ」

靴を脱いだ男性が、みしみしと廊下を踏んでいく。高いところにある頭頂が、天井につかえそうだ。大柄な後ろ姿を見つめ、希実はふいに不安に襲われる。

柔らかな物腰につられ、つい誘われるまま一緒にきてしまったけれど、果たして知らない男性の家に一人で上がり込んでよいものだろうか。

「どうしたの」

男性が振り返ったとき、希実はびくりと肩をすくめた。テレビを騒がせる、陰惨なニュースが脳裏をよぎる。

「あら、嫌だ」

突如、男性が口元に手を当てた。

「そういえば、私、男だったわね」

おかしくてたまらない様子で、男性がくすくすと笑い出す。希実は呆気に取られて男性を見つめた。

「そうよねぇ。私みたいな大きなオジサンに、いきなり家に入れと言われたら、普通の高校生は怖いわよねぇ」

一頻り笑った後、男性は少し真面目な顔になった。

「でも安心して。ここはお店なの。奥の部屋には、他の人たちもいるから」

「お店……？」

改めて周囲を見回し、希実はハッとした。岩塩ランプが照らす棚の上には、トルマリンのはめ込まれたリングホルダーが置いてある。リングホルダーには、天然石や珊瑚を使った繊細で美しいアクセサリーがいくつもかけられていた。

棚に敷かれた布の先にも、ビーズを編み込んだエキゾチックな縁飾りが揺れている。

「すてき……」

「そうでしょう？」

思わず声を漏らすと、男性が得意そうに頷いた。

「うちのお店の服飾品や小物は、ほとんどがオーダーメイド。私が一からデザインして、お針子さんが一つ一つ手作りした一点ものばかりなの」

道理でビーズ専門店でこの男性を何回も見かけたはずだ。男性は、やはりファッション関係者だったのだ。

希実はようやく安堵して靴を脱いだ。ふかふかのスリッパに履き替えて、新じゃがの詰まった袋を厨房に運び入れる。新しくはないが、大型の冷蔵庫とオーブンを備えた、清潔で使い勝手のよさそうな厨房だった。

「ありがとう、助かったわ」

新じゃがの袋を受け取り、男性が穏やかな笑みを浮かべる。

「よければ、仕事場を見ていかない？　今の時間は、お針子さんたちがアクセサリーを作っているはずだから」

「いいんですか」

希実の声が弾んだ。元々、このまま一人で誰もいない家に帰るのは嫌だった。今日を境に優枝たちとのわだかまりが消えるのではないかと期待していたのに、まったく逆の結果になってしまった。その虚しさが、希実を一層人恋しくさせていた。

しかも、お針子さんたちの仕事場だなんて。

玄関先で見たすてきなアクセサリーの数々を思い出し、希実は期待で胸を躍らせる。

「ぜひ、見学させてください」

希実は勇んで男性の後に続いた。プロのアクセサリー作りの現場を見学させてもらえるなんて、滅多にないチャンスだ。これで胸の奥のひりひりとした痛みを、少しは忘れることができるかもしれない。

しかし、廊下の奥の小部屋の扉があけられた瞬間、眼に飛び込んできた光景に、希実は言葉を失った。

絨毯の上に置かれたいくつものクッション。居心地のよさそうなクッションにもたれ、何人もの人たちが針仕事をしている。色とりどりのウイッグをかぶったその人たちは――。

「オネエさん、おかえりなさぁあああーいって……」

真っ赤なロングヘアのウイッグをかぶって扉の向こうに立っているのは、どう見ても人相の悪い男だった。テレビで見たことはあっても、こんなに完璧に女装した男性を目の当たりにするのは生まれて初めてだ。

しかも。

オ、オネエさん、い、い――？

希実は思わず、背後の男性を振り返る。

小さな子供と話すとき、女言葉になる男性はたまにいる。それと同様、年下の自分に合わせて話すあまり、女言葉に傾いているのかと思っていたのだが。

どうやら、それは違ったらしい。

ここって、一体……。

希実の胸元に、じわりと冷たい汗が湧く。

「あ、お前っ！　いつぞやの女子高生！」

突如、ロングヘアの男が大声をあげた。

間近で男の顔を見直し、希実の背筋が凍りつく。

真っ赤なウイッグと厚化粧のせいで一瞬分からなかったが、眼つきの悪い男は、以前、ビーズ専門店で、自分につき纏ってきたヤンキーだ。

「きゃぁああああっ」

悲鳴をあげて飛び退ろうとした途端、赤いロングヘアのヤンキーにむんずと手首をつかまれた。

「なにが、きゃーだ、このJK！　ビーズ倒すだけ倒して、さっさと逃げやがって。あの後、こっちがどんだけ大変な目に遭ったか、分かってんのかよ。ここで会ったが百年目だ！」

ヤンキーに迫られ、希実は焦る。

「だってそれは、あなたが絡んできたから……」

「はぁあああっ？」

ヤンキーが悪鬼の如く顔を歪めた。

「あたしがいつ、あんたなんかに絡んだって言うのよ。あたしは、あんたもこのビーズ買うのかって、聞いただけでしょ」

「だって、だって……」

希実は子供のようにべそをかく。

〝いや、だからさ、あんたもこれ買うのかって聞いてんの。よければ、あんたが欲しい分だけ先に取って……〟

脳裏のどこかに残っていた、男の声が甦った。

よくよく思い返してみれば、確かにそんなことを言われていたのかもしれない。ただ、あのときの自分は、それが全く頭に入ってこなかった。

「だってじゃねえよ、勝手に思い込んで逃げやがって」

赤い髪のヤンキーが、希実の手首を締め上げた。

「あの後お店がどうなったか、お前には想像ができないのかよ。ビーズがあっちこっちに散らばるわ、転がるわで、本当に大変だったんだぞ。しかも結局、後から店にきたうちのオネエさんが全部買い上げて、店に弁償(べんしょう)したんだぞ！」

「だ、だって……」

希実の声が消えそうになる。

「だから、なにがだってなんだよ！」

「そんなこと、私、知らなかったんだもの……」

「知らなかったじゃねえよ、お前が知ろうともしないで、さっさと逃げただけだろうが！」

〝知らなかったたって言うけど、優枝を見てれば、ある程度は想像がつくはずだよ〟

ヤンキーの怒声に、今しがたの和葉の声が重なった。

大丈夫、大丈夫。私たち友達だから。

何度も自分に言い聞かせた声が、遠くで虚しく木霊(こだま)する。

本当のことを知ろうともしないで、なんでも自分に都合よく思い込んで――。

〝分かるわけないよ。あの子、すごい鈍感だもの〟

ああ、それは、決して優枝たちの意地悪だけではなかったのだ。彼女たちをそう仕向けた原因が、自分自身の中にもあった。

早くに母を亡くした自分は、甘やかされてきた。

父からも、祖母からも、きっとそれ以外の人からも、ずっと。

〝希実は上手だね〟〝希実は可愛いね〟

〝すてきですね〟〝お似合いですね〟

自分もまた、いつの間にか、善意を当たり前の如く受け取るようになっていたのだ。

誉められることばかりに慣れて、己の中の欠落と真剣に向き合おうとはしなかった。

亡き母の少女時代の夢をかなえようとしていると人に話せば、誰からも感心される。

話題の中心になって、注目してもらえる。

そうすれば、居場所ができる。

それに。

もっともらしく語ることで、実際にはあまり記憶のない母のことを、つなぎとめられるような気もしていた。

〝お母さんはなにが好きだったの？〟〝お母さんはどうしていたの？〟

祖母に尋ねては、その通りにしないと気が済まなかった。

そうしていないと、遠い昔に置き去りにされてしまった心持ちに、取り込まれてしまいそうだったから。

「っ……」

希実の口から小さな呻き声が漏れる。

本当は、知っていたのに。

自分のために、周囲が無理していたことを。

父が毎日残業したり、休日出勤したりしているのは、希実を今の学校に通わせるためだ。

甘いものや揚げ物が大好きな優枝が、クリームパンやカレーパンを平らげる自分を羨ましそうに見ていたことにだって薄々は気づいていた。

和葉が幾度となく、さりげなく自分をたしなめていたことも。

それなのに――。

視界が揺らぎ、涙が溢れそうになる。

「なに、べそかいてんだ。この、自分勝手な、思い込みＪＫめっ！」

ヤンキーの怒声の中に、記憶にないはずの母の声が響く。

「ご、ごめんなさい……」

真っ赤なロングヘアのヤンキーに重なる母の幻に、希実は声を震わせる。

真似ばかりしていたのだって、実際は母のためじゃない。自分一人でなにかを決めるのが怖かった。

「今更謝って済むと思うか！」

ヤンキーにつかみかかられ、希実はついに声をあげて泣き出した。

「ジャダさん、もういいじゃない」

そのとき、部屋の奥から穏やかな声が響いた。

涙に濡(ぬ)れた眼を上げ、希実はハッとする。一瞬、亡き祖母が現れたのかと思った。

だが、真っ白な髪をクリスマスローズのシルクフラワーがついたバレッタでまとめている老婦人は、希実の祖母よりもずっと背が低かった。

「そのお嬢さん、ちゃんと謝ってるじゃないの。許してあげましょうよ」

老婦人が柔和な笑みを浮かべる。

「ま、それもそうか」

ジャダと呼ばれたヤンキーは、老婦人の言葉にころっと真顔に戻った。ようやく手首を解放され、希実はほっと息をつく。

「これ、この子が作ったのよ」

頃合いを見計らったように、それまで黙っていた背後の男性が、おもむろにパールトップのネックレスを取り出した。部屋中の視線が一斉にネックレスに注がれる。

「まあ、上手！」

老婦人が少女のように両手を合わせた。

「ふん、それなりね」

ジャダも不貞腐(ふてくさ)れたように鼻を鳴らす。

「あなた、ビーズアクセサリー作りが趣味なの？」

「そうみたいよ」

老婦人の問いかけに、大柄な男性が先に答えた。

「商店街のビーズ専門店で、よく会うものね」

片眼をつぶられ、言葉に詰まる。顔を覚えていたのは、希実だけではなかったようだ。

「そうだ！　あなたもここで、ジャダさんからアクセサリー作りを習わない？」

老婦人が嬉しそうに掌を打った。

「え……」

「とってもすてきなのよ」

戸惑う希実に、老婦人が作りかけのネックレスを差し出す。その複雑な編み込みに、希実は眼を奪われた。ふんわりとした水色の糸の中に、クラシカルなパールビーズがいくつも輝いている。

「これ、どうやって作るんですか」

ビーズにただ糸を通すだけでは、こんな凝った仕上がりにはならない。つい身を乗り出すと、ジャダが不敵な笑みを浮かべた。

「知りたいか、ＪＫ」

「は、はい」

涙をぬぐって、希実は神妙に頷く。

「これはね、秘密兵器を使うのだ。じゃじゃーん！」

ジャダがエプロンのポケットから、筒のようなものを取り出した。

「それって、リリアンですか」

「分かってんじゃん」

背中を力一杯叩(たた)かれ、希実はつんのめりそうになった。

「リリアンの編み機、正式にはニッターっていうのよ。これを使って上手にビーズを編み込んでいくとね、ものすごく凝ったアクセサリーができちゃうわけ。まさに大人のリリアンよ」

リリアンなら、子供のときに祖母と一緒に遊んだことがある。筒の上についた五つのピンに、星形になるように糸をからげていくのだ。繰り返しからげていくうちに、筒のお尻の部分から、チェーンのようなリリアン編みが出てくる。編んでいる間は楽しいのだが、完成するリリアン編みは、ちょっと蛇(へび)みたいであんまり可愛いとは思えなかった。

それがビーズを編み込むと、こんなに繊細なニュアンスになるのか。

「編み目を変えたり、シングルやダブルで編んだりすることで、全然違う雰囲気になるっていう寸法よ。緩く編んで、ふんわりエアリーな感じにも、きっちり編んで、メタリックな感じにもできるわよ」

得意げに鼻をうごめかせるジャダの後ろで、金と銀のウイッグをかぶったお針子が、手にしたアクセサリーをそれぞれ掲げてみせる。柔らかな糸にクリスタルビーズを編み込んだネックレスは可憐(かれん)な仕上がり、太い糸にウッドビーズを編み込んだチョーカーはプリミティブな仕上がりだ。

「ジャダさんは教え方が上手だし、すごく楽しいのよ。練習用のビーズは私のを使うといいわ。ニッターも余分にあるし」

老婦人の誘いに、希実は胸の高鳴りを隠すことができなくなった。

「あの……、本当に、教えてもらえるんですか」

おずおずと尋ねると、再び力一杯背中を叩かれた。

「あんたにその気があるならね！」

呟(せ)き込む希実に、ジャダがメモを突きつける。

「ただし、比佐子(ひさこ)さんと一緒に、あたしの助手を務めてもらうわよ。まずはこのメモの通りに、ビーズを仕分けしてちょうだい」

メモにはビーズの種類と個数が書きつけてあった。

ピンクのベリービーズ、百二十個。アクアブルーのクリスタルビーズ七十個。シェルパーツ四個、淡水パール二十個……。

いつもビーズ専門店に通っている希実には、難しくない注文だった。

「喜んで！」

希実が答えると、比佐子さんと呼ばれた老婦人が小さく手を叩いた。

「よかったわ。実は私はこの店のお針子さんじゃなくて、ここでお裁縫（さいほう）を習ってる味噌っかすなの。一緒に習ってくれる人ができて、心強いわ」

希実の心に純粋な喜びが湧く。

母の真似をしていただけではなく、やはり自分は、ビーズアクセサリー作りが好きなのだ。

改めてそう思わせてくれたのが、会ったばかりの真っ赤なウイッグをかぶった奇妙な男や、見知らぬ老婦人であることに、希実は不思議な気分になる。

「それじゃあ、ジャダ、頼んだわよ」

事の成り行きを見守っていた男性が、深い海から響くような声をあげた。

「りょうかーい。こっちは任せといて、オネエさん」

ジャダの敬礼に、ハンサムな男性はきゅっと口角を上げてから扉をしめた。

「さて……。まず、大事なことなんだけど」

男性がいなくなると、ジャダは小さく息をついた。

「あたしのこと、まさかおかまだと思ってんじゃないだろうな、ＪＫっ！」

いきなり大声で怒鳴りつけられ、希実は仰天する。

「あたしたちはね、おかまじゃなくて、品格のあるドラァグクイーンなの。ここにいる以上は、そのことを、ちゃーんと頭に叩き込んでちょうだいね」

怯(おび)える希実の耳元で、比佐子が囁いた。

「これは、マカン・マランのお約束事なの」

「マカン……？」

耳慣れない言葉に聞き返すと、比佐子が茶目っ気たっぷりに片眼をつぶる。

「あなた、初めてよね。それじゃ、お楽しみにね」

お楽しみ。その響きに、希実はなんだかわくわくしてくる。

仲良しだと思い込んでいた友人たちを失った日に、こんな不思議な出会いがあるなんて。

「でも私だって、ＪＫじゃありません。私、秋元希実と言います」

つい気が大きくなって言ってしまってから、ハッと我に返った。これだから、「空気が読めない」と陰口を叩かれるのかもしれない。再び怒鳴りつけられるのではないかと、希実は身構える。

「あら、これまた一本取られたわ」

だがジャダはけろりとした表情をしていた。

「あんた、たまには骨があること言うじゃないの。よろしく、希実っち、あたしはジャダよ」

希実っち？

高校でも呼ばれたことのない愛称に眼が丸くなる。

「私は比佐子です。今日は一緒に頑張りましょうね」

祖母の面影のある老婦人にニッターを手渡され、希実は恐縮した。

「あの、本当に、使っちゃっていいんですか」

知っている。比佐子が練習用にと用意してくれたテグス糸やビーズが無料でないことは、希実も痛いほど

「私が誘ったんですもの。遠慮しないでね」

比佐子は柔らかく微笑む。

「ありがとうございます」

希実が頭を下げると、ジャダが満足そうに頷いた。

「そうそう。感謝の気持ちって大事よね。親切に慣れっこになるのは、ただの無作法よ」

ヤンキーくささの抜けない厚化粧の奇妙な男なのに、ジャダの言うことは真っ当だ。ジャダの正しさと比佐子の優しさを、しっかり胸に刻んでおこうと希実は思う。

ジャダのメモに従って、希実はまず、大量のビーズを仕分けした。

ペリドットやガーネットやアクアマリン等の天然石や、淡水パールやシェルパーツなど、普段、あまり使うことのできない高価なビーズは、触っているだけで楽しかった。

リリアンには、一番ベーシックな四目のシングル編みから挑戦した。四本ピンに時計回りにテグス糸を絡め、渡りの部分に小さなビーズを入れていく。一巡終わったら、また一巡。ブルー、シルバー、ゴールドとビーズの色を変えながら、丁寧にテグス糸を絡めていく。基本は、子供のときに遊んだリリアン編みと同じだ。

細やかな手仕事に、希実も比佐子もあっという間に没頭した。ニッターのお尻から複雑にビーズが絡んだ美しいループが現れたとき、希実は満足の溜め息を漏らした。友達をつなぎとめるために義務のようにアクセサリーを作っていたときとはまったく違う、純粋な充実感が込み上げる。

時間が経つのを忘れ、希実は糸をからげる作業に集中した。

「あたしさー、小中学生のとき、女子が遊んでるリリアンを、やってみたくて仕方なかったのよねえ……」

やがて、手本を示してくれていた手をとめ、ジャダがしんみりと呟く。

「高校は男子校だったしさ、偏差値低いし、あたしもバカだし、ヤンキーになるくらいしかやることなかったのよね。あの頃は、本当に不毛だったわ。今は好きなだけお裁縫や手芸ができて、すごく幸せ」

実感のこもった言葉に、希実も顔を上げた。

男子校のことはよく分からないけれど、リリアンをやりたいと希求する少年が、学校の中に居場所を見出せなかっただろうことだけは容易に想像できた。

自覚ができていただけ、ジャダのほうが自分より大人だったのかもしれない。

本当は、裕福なお嬢さんばかりが集う学校の中で、希実もずっと異質だったのだろう。

「それにしても、あんた、なかなかうまいわね。これなら、ここのお店は無理にしても、手作り市くらいなら、すぐに出品できるわよ」

ジャダが感心したように、希実の手元を覗き込む。

「それ、いい考えね！」

傍らの比佐子がすかさず呼応した。

「ね、希実ちゃん、もしよければ、今度一緒に手作り市に参加してみない？　私の目下の目標なの」

「手作り市って、なんですか」

「私たちみたいな手芸好きが、作品を持ち寄る民間のバザーよ。事前に申請すれば、誰でも出店できるの。今度、この町の神社でも開催されることになったのよ」

老眼鏡をかけてスマートフォンを操作する比佐子を、ジャダがくすくすと笑う。

「比佐子さんって手芸は裸眼なのに、スマホは老眼鏡よねー」

「慣れないから見にくいの。でも、これって本当に便利だわ」

差し出された画面に、手作り市の募集要項が現れた。

「出店が決まったら、ツイッターやインスタグラムでお知らせをしようと思ってるの」

比佐子の高齢者らしからぬ発言に、希実は驚く。

「比佐子さんって、インスタやってるんですか」

「全部、ジャダさんや裕紀君に設定してもらっただけですけどね」

裕紀というのは、比佐子のアパートの上の階に住んでいる漫画家の青年だそうだ。見かけによらず、比佐子の交友関係は随分と広い。

「実は、私もインスタやってるんです」

胸が少しだけ疼く。

現実では与えられない承認欲求を埋めようと、希実はそれを利用していた。

「あら、じゃあ、相互フォローしましょう」

それまではただの数字でしかなかった「いいね！」の向こうに、比佐子のような生身の人間がいることを、希実は初めて実感する。彼らもまた現実であったことを、今更のように思い知る。

ふいに、扉の向こうから澄んだベルの音が響いた。

「まあ、もうそんな時間？」

比佐子が首を傾げる。

「今日は土曜日だから、いつもより早いのよ。でも、切りもいいし、お腹だってすっかりペコペコよ！」

ジャダが手早く片づけを始めた。

「ほら、希実っち、なにぼさっとしてんのよ。せっかく仕分けしたビーズが混じらないように、ちゃんとトレイに入れてちょうだい。働かざる者、食うべからず！」

ジャダにどやされ、希実も作業途中のビーズを種類ごとにトレイにまとめていった。色とりどりのウイッグをかぶったドラァグクイーンたちが針仕事の手をとめて、伸びをしたり、腕を回したりしている。

「さ、マカン・マランのお時間よ！」

いち早く片づけを終えたジャダが、扉をあけた。

「あの、マカン・マランって……」

傍らの比佐子に問いかけようとしたとき、温かな香りが希実の鼻孔を擽った。その瞬間、希実の胃腸が盛大に動き出し、くぅーっと小さな音をたてる。

「やだ」

希実は赤くなってお腹を押さえた。思えば、今日は朝食を食べたきりだ。家を出るときにはまだ、和葉たちと一緒に遊びにいくつもりだったからだ。

一抹の寂しさに襲われる希実に、比佐子がにっこりと微笑む。

「マカンは食事。マランは夜。ここで、夜だけオープンするカフェの名前よ。オーナーのシャールさんは、夜食という意味で使ってるって言ってたわ。インドネシアの言葉なんですって」

シャールさん。インドネシア――。

比佐子が繰り出す言葉を、希実はなかなか呑み込めない。それでも、扉の向こうから漂ってくる食欲をそそる匂いには、身も心も抗えそうになかった。

ジャダたちの後をついて広い部屋に入り、希実は眼を見張る。

籐の椅子、アンティーク調の竹のテーブル、仄かな明かりが漏れる、鳥籠のようなランプシェード――。カウンターの上では、真鍮の蛙が捧げ持つキャンドルホルダーの上で、蠟燭の炎がゆらゆらと揺れている。ランプや蠟燭に照らされた仄暗い店内には、美しいピアノの旋律が静かに流れていた。

雑誌の中でしか見たことのない、アジアの隠れ家リゾートに迷い込んだのかと錯覚してしまう。子供の頃から住んでいる下町の商店街の外れに、こんな秘密めいたカフェがあったなんて……。

「皆さん、お疲れさま」

カウンターの奥から、低い声が響いた。

うっとりしかけていた希実は、カウンターの奥の人物を眼にした途端、すべての夢から醒めたようになる。

真っ白に塗り込んだ肌に、クレヨンで描いたようなアイライン。鳥の羽根のようなつけ睫毛に、真っ赤に塗り込まれた大きな唇。高いところにある頭には、ショッキングピンクのボブウイッグが揺れている。

それが、あの黒いニット帽のハンサムな男性だと理解するまでに、数十秒が費やされた。

長身と胸板の厚い立派な体格とのギャップのせいで、ワイン色のナイトドレスを纏った姿は、ジャダや他のドラァグクイーンたちが束になってかかってもかなわないほど強烈だ。

あああ、もったいない……。

偽らざる感想が、希実の胸に込み上げる。

優しく微笑むハンサムな男性の面影が、どぎつい厚化粧とドレス姿の向こうに儚く消えていく。

「あなた、お名前は？」

ショッキングピンクのウイッグを揺らして男が希実を見た。

「秋元希実です」

「そう。希実ちゃんね。私のことはシャールと呼んでちょうだい」

女装の男の真っ赤な唇が、ゆったりと弧を描く。

やはり、この人がこの店のオーナー、〝シャールさん〟だ。

「これからは賄いの時間なの。私はあなたにも食べてもらいたいんだけど、おうちに連絡しなくて大丈夫？」

「はい。今日は、家族はうちにいないので……」

シャールの問いかけに、希実は曖昧に頷く。

父は希実が友達と出かけたと思っている。きっと、今日も帰りは遅いだろう。希実の胸の奥が微かに痛くなった。

「それじゃ、始めましょうね」

うつむく希実をシャールはじっと見つめたが、やがて囁くようにそう言った。

カウンターの上に、大きな耐熱皿が置かれる。厚底の皿の蓋をしているのは、よく見るとこんがりと焼けたパイ生地だった。

「まずは切り分けるところから、注目してもらいたいの」

シャールがもったいぶって、ナイフを取り出した。パイ生地にさっくりとナイフを入れた瞬間、ふわっと湯気が立ち上る。

その甘い香りに、全員から風のような溜め息が漏れた。

「わぁっ、綺麗」

パイの切れ目から現れた豊かな色彩に、希実は歓声をあげた。

ヤングコーン、アスパラガス、スナップエンドウ、カボチャ、リーキ、プチトマト、カリフラワー、ブラウンマッシュルーム……、希実が運ぶのを手伝った、新じゃがも。色とりどりの野菜がたっぷりと顔を覗かせた。

「今時の野菜は甘いわよ。さくさくのパイ生地と一緒に召し上がれ」

オーブンで蒸し焼きにしてあるから、栄養も旨みもしっかり閉じ込めて逃がさないの。さくさくのパイ生地と一緒に召し上がれ」

真っ白な皿に取り分けられた色鮮やかな野菜に、希実はまず眼を奪われる。今が旬の立派なアスパラガスは、白、緑、紫と三つの種類が取りそろえられ、スナップエンドウも艶々と輝いている。鮮やかな緑のバジルソース、濃い赤のトマトソース、爽やかな黄玉色のレモンソルトソースも美しく、食べてしまうのがもったいないくらいだ。

それでも立ち上る香りに我慢ができず、希実はまず、ホワイトアスパラガスを口にした。繊維が舌の上でほろりと崩れ、バジルソースの絡んだ甘い果肉のような中身が口の中一杯に広がった。

唾液腺が刺激され、顎のつけ根がきゅうっと痛くなる。頬っぺたが落ちるとは、このことか。

「美味しい……」

思わず声が出ていた。

「本当ね。カリフラワーもほくほくよ」

比佐子が幸せそうな笑みを浮かべる。

さくさくのパイはそのまま食べても美味しいが、皿の底に溜まった野菜のエキスをつけて、しんなりさせてから食べるのも、また格別だった。

希実はこの日、缶詰ではないヤングコーンと、白と紫のアスパラガスを初めて食べた。新鮮なヤングコーンは芯まで柔らかく、粒々とした歯触りが最高だ。

春ニンジンの豆乳クリームスープ、赤玉葱とオクラのあえもの、インゲンとカシューナッツのカレースパイス炒め、蒸したてのクミンライスなどが、所狭しとカウンターに並べられる。

「これ、全部一人で作ったんですか」

次々と饗される料理に、希実は感嘆の眼差しを注ぐ。

「たいしたことはしてないのよ」

カウンターの向こうで、シャールが長いつけ睫毛を瞬かせた。

「メインのベジタブルパイは、耐熱皿に野菜を詰めて、ニンニクとバジルとオリーブオイルのソースをかけてパイ生地で蓋をしたら、オーブンに突っ込んでおくだけだし、スープやつけ合わせは作り置きだし、後は、クミンライスを炊いただけ」

簡単に言ってのけるが、コンビニ弁当ばかり食べていた希実にとっては、久しく食べたことのない本格的なご馳走だ。

「春から夏に向かうこの季節は本当に野菜が美味しいから、新鮮なものを選べば、手を加えなくても、なんとかなっちゃうのよ。要は素材の美味しさね」

シャールの言葉に、料理のほとんどが野菜尽くしであることに気づく。しかし、そんなことを意識させる隙がないほど、どの料理にも豊かな味わいと、しっかりとした食べ応えがあった。

「ここって、ベジタリアンのお店なんですか」

「どうかしらねぇ」

希実の問いに、シャールは首を傾げた。

「一応私の料理はマクロビオティックを参考にしてるんだけど」

「マクロビオティック……」

「簡単に言うと、薬膳みたいなものね。でもそれだって、いい加減なものよ。毎日のことだから、それほど厳密にはできないの」

シャールが鷹揚な笑みを浮かべる。

「でもね、大事なのは無理せず継続することよ。うちは、昼のダンスファッション専門店が本職で、夜のマカン・マランは元々はお針子さんたちへの賄いから始まったの。お針子さんたちの中には、月曜から金曜まで、普通にお勤めしている人もいるしね。平日はどうしても遅い時間のお夜食になっちゃうから、胃もたれしない、身体に優しい食事を考えているうちに、今のスタイルになったんだと思うわ。それに……」

シャールが首に巻いたスカーフをゆっくりと撫でた。

「私自身の必要に迫られて……っていう面もあるわね」

「必要？」

語尾に微かに不穏なものを感じ、希実は聞き返す。

「とにかく、せっかく夜遅くまであいてるお店なんだし……」

シャールが語調を明るく変えた。

「残業帰りの人たちには、胃に負担のかかる動物性のものより、深夜に食べても翌日に残らない、美味しくて栄養満点の野菜料理をたっぷり食べさせてあげたいじゃない」

その言葉に、希実はふと父の進一を思った。

毎朝目玉焼きを作るだけではなく、遅く帰ってくる父のために、温かな野菜スープを用意することができたら、どんなに喜んでくれるだろう。

父が希実のことを思うように、希実もまた父のことを思いやりたいのだと、ようやく自覚することができた。

それからは、ただ美味しいものを食べて、和やかに語り合う時間が、穏やかに過ぎていった。

ジャダと比佐子が楽しそうに世間話をしているのを、希実は不思議な気分で眺めていた。

話題のほとんどは希実の知らないことばかりなのに、疎外感(そがいかん)や居心地の悪さを感じることは全くなかった。優枝たちと一緒にお昼を食べているときは、少しでも話題についていけないと、あんなに心細くなったのに。

話題の中心になろうと躍起(やっき)になっていたのは、薄々そこに自分の居場所がないと気づいていたからなのだろう。温かなお茶を飲みながら、希実はそっと眼を伏せた。

ほとんどの皿が空になると、ジャダたちはお針子部屋に引き上げていったが、希実は比佐子と一緒にカウンターに残った。そろそろ帰宅するという比佐子は、このお店のすぐ近くのアパートに独りで住んでいるのだという。

「あの……」

静かなクラシックが流れる店内で、希実はシャールに声をかけた。

「先日は、すみませんでした」

「なんだったかしら」

間近に見つめられると、まだ少しだけ怖い。厚化粧を施(ほどこ)した彫りの深い顔立ちは、異界からやってきた魔女のようだ。

「ビーズ専門店で、私、勝手に勘違いしてビーズをこぼして、それなのに、逃げちゃって……」

希実はしどろもどろになりながら続けた。

「私がこぼしたビーズ、弁償していただいたんですよね」

「気にしないで。元々、買おうと思っていたものだから」

「それに、今日もこんなにご馳走になって……」

亡き母のことを話して、同情を買ったわけでもない。

それなのに、どうしてこんなに優しくしてくれるのだろう。

自分は幼くて、無神経で、愚かだった。優しくしてもらえる資格なんて、本当はどこにもない。

「お代なら、ちゃんともらったわよ」

項垂れる希実の前で、シャールが首に巻いたスカーフをそっとずらしてみせる。そこに、パープルとメタルグリーンのビーズの輝きがあった。パールトップのネックレスは、シャールの太い首に巻くとチョーカーのようだが、それはそれで味わいがあった。

しかし。

「シャールさん……」

希実は小さく眼を見張る。

スカーフの奥に隠されていたのは、ネックレスだけではなかった。希実はそこに、大きな手術痕があるのを見てしまった。

この人はきっと、なにか大病をしたのだ。

「でも、なんだって、これを捨てたりしたの」

スカーフを元に戻し、シャールが改めて問いかけてくる。

静かな眼差しに誘われるように、希実はぽつりぽつりと事の顛末を話し始めた。

何度も沈黙し、とりとめもなく話してしまったのに、シャールも比佐子も辛抱強く最後まで話を聞いてくれた。

「結局私は、学校でも自分に都合よく、勘違いばっかりしてたんです」

大丈夫、大丈夫。私たち友達だから。

そんなふうに、自分自身も騙し続けてきた。

「本当は、あの学校に私の友達は一人もいませんでした。私はかばわれたり、便利がられたりしてただけです」

希実は開き直ったように背筋を伸ばす。

「でも後少しの辛抱です。来年は受験だし、大学で学部が変われば、ちゃんとした友達ができるはずです」

そうであってほしいと、希実は願いも込めて言い切った。

「そうかしら」

だが、シャールの声がカウンターの上に低く響く。

「え？」

情けなく眉を寄せて聞き返した希実を、シャールはじっと見つめた。

「どれだけちゃんとした友達ができたとしても、そういう行き違いがなくなることはないと思うわ。どこにだって起きるし、あなたたちの年代に限ったことでもない。大学にだって、大人の間にだって、そういうことは、これから先もずうっとあるの」

ずうっと、という言葉に力を込められると、希実の心にも憂鬱なものが湧く。

「そんな……」

それでは一体、この先どうすればいいのだろう。

助けを求めるように傍らの比佐子を見たが、比佐子もシャールの言葉を否定しようとはしなかった。

「難しいわよねぇ」

シャールがカウンターの端の扇子に手を伸ばす。

「脅かすわけじゃないけれど、社会に出てからのほうが、そういうことは深刻よ。私にだって、山ほど身に覚えがあるわ」

「ほ、本当ですか」

希実は意外に思って身を乗り出した。

「そりゃそうよ」

シャールがゆったりと微笑む。

「誰だって、自分に都合よく、勘違いしたいですもの」

希実の肩に手を置き、シャールが身を屈めた。

「あなただけじゃないのよ」

視線を合わせて力強く囁かれ、塞いでいた心がほんの少しだけ軽くなる。こんな異次元からやってきた魔女みたいな人でも、自分と同じ思いを抱えることがあったのだ。

「ただ……」

孔雀の羽根の扇子を広げ、シャールがじっと考え込む。

「友達とか友情って言葉に期待しすぎるのって、あんまりいい結果を生まない気がするわ」

息を詰める希実の前で、シャールは扇子をゆらゆらと揺らした。

「友達に限ったことではないわね。親子とか恋人とかでもそうでしょうね。特別な関係になるとつい嬉しくて、相手に多くを期待したくなっちゃうけど、期待って簡単に甘えに変わるから」

「甘えちゃ……駄目なんですか」

思わず呟いてしまう。

幼い頃に母を亡くしてから、祖母や父にずっと可愛がられ続けてきた。あの甘やかな世界がなかったら、自分は到底、喪失感に耐えられなかったと思う。

その途端、シャールが扇子でバシッとカウンターを叩いた。

「甘えたいわよ、私だって！」

野太い声で叫ばれ、希実はびくりと首をすくめる。傍らの比佐子が噴き出した。

「そうね。この歳になっても、私もまだ甘えたいわ」

「でしょ、比佐子さん」

比佐子とシャールが眼を見かわして笑う。

「だから、難しいって言ったのよ」

シャールが鳥の羽根のようなつけ睫毛を伏せて、ウインクしてみせた。

白髪の老婦人と女装の大男が肩を揺らして笑っているのを、希実は唖然として眺めた。「甘えたい」「甘えたい」と連呼する二人を見るうちに、しかし、いつしか不思議と心が落ち着いてくるのを感じた。

たびたび行き違いが起こる儘ならない人間関係は、この先もずっと続く。けれど、難しいことをそのまま解決せずに抱えていても、こんな風に誰かと笑い合うことはできるのだ。

もしかしたら、それが大人になるということなのだろうか。

ふと、娘であり、妻である人を失った後も、自分の前ではいつも笑顔を絶やさなかった祖母と父の姿が浮かんだ。二人だって、希実と同様に悲しかったはずだ。それなのに、そんなことはおくびにも出さず、孫であり、娘である自分を慈しみ続けてくれたのだ。

「でもね」

一頻り笑った後、シャールが口調を改めた。

「あなたが友達関係を無理やり続けるために、一生懸命作ったビーズアクセサリーをこれ以上差し出さなかったのは、正解だったと私は思うわ」

海の底から響くような深い声で、シャールは続ける。

「あなたがそうしたいなら、それはいいの。私だって、お料理を人に振る舞うのは大好きだから。でも、それを少しでも苦しく感じるようになったら、続けては駄目。一時の慰め(なぐさ)を得るために、あなたの大事な技能を、誰かに理不尽に差し出してはいけないわ」

凛(りん)とした眼差しに、希実は射すくめられたようになった。

あんなにもったいなく思えた厚化粧やドレス姿が、いつの間にか高貴に見える。

眼の前に、誰よりも美しく気高い女王が立っている気がした。

「でも……」

希実の声がかすれる。

「私が、友達のことを無神経に傷つけてきたのは、事実だと思うんです」

和葉に突き放され、ジャダに怒鳴りつけられて、初めて自分の幼さを思い知った。

祖母と父に長年守られてきた自分は、人の痛みに無自覚だった。

「それは、お互いさまということよ」

シャールが身を屈めて囁く。

「幼いのは、摂食障害になったあなたのお友達も同じ。傷ついたから、なにをしてもいいってものではないのよ」

長いつけ睫毛の奥から、シャールはじっと希実を見つめた。

「自分を憐れむのって癖になるの。だって、傷つくのって楽ですもの」

希実はハッとして、シャールを見返す。希実もまた、無意識のうちにずっと、不幸自慢をしていたのかもしれなかった。

「自戒も込めて思うのよ。私みたいな若くもない病気持ちの大きなおかまが、自分を憐れみ出したりしたら最悪だわ。だからね、私は逆のことをすることにしてるの」

「逆のこと……？」

不思議に思って聞き返した希実の前で、シャールがぽんと掌を打つ。

「そうだ！　今日はちょうどいいものがあるのよ。お楽しみにしましょうか」

お楽しみ――。

その言葉に、希実は比佐子と顔を見合わせた。

「ちょっと待っててちょうだいね」

扇子を畳み、シャールはそそくさとカウンターの奥に消えていく。

「実は昨夜のデザートのあまりものなんだけど……」

次に戻ってきたとき、シャールの手には、ココアパウダーのかかったケーキの皿があった。

「まぁ、美味しそう。ティラミスかしら」

比佐子が嬉しそうに頬を染める。

ケーキの上には、旬の走りの艶やかなさくらんぼが載っていた。

「ティラミスはティラミスでも、一味違うのよ。まずは食べてみて」

フォークですくって口に入れると、すっと溶けてしまう。なんとも軽やかな美味しさだ。

「とってもさっぱりしてるのに、コクがあるわ。でも、チーズのくどさが全然ないのね」

「チーズじゃないのよ、比佐子さん」

ティラミスがマスカルポーネチーズをたっぷり使うケーキであることは、希実でも知っていた。

もう一口、食べてみる。やっぱり雲のように軽い。それでもしっかりとしたティラミスの味わいがある。

「ティラミス……ですよね」

「もちろん、そうよ」

シャールが得意げに頷く。

「一体、なにが違うのかしら」

比佐子が首を傾げた。

チーズでなければ、なにを使っているのだろう。

半分近く食べたところで、希実と比佐子は降参した。

「実はココナッツクリームに、白味噌と甘酒を加えてるの。マスカルポーネを使ったティラミスはそれだけで味が濃いから生の果物とは合わせづらいけど、このティラミスなら、さくらんぼの爽やかな酸味にぴったりよ」

「白味噌と甘酒！　確かに両方とも発酵食品ですものね。それで、こんなに軽やかな美味しさになるのね」

　シャールが語った正解に、比佐子が感嘆の声をあげる。

「ティラミスなのに、全部植物性の食材で作ってあるの。カロリーとコレステロールは断然低いし、美容にいい酵素やビタミンはたっぷり。深夜のお楽しみにしても、罪悪感がないでしょ」

　シャールがいたずらっぽく片眼をつぶった。

　希実も今度はさくらんぼと一緒に食べてみた。瑞々（みずみず）しい酸味が、さっぱりとした甘さを絶妙に引き立てる。

「美味しいものを食べると、元気になるわね」

　比佐子がしみじみと呟いた。

「その通り」

　シャールが満足そうに大きく頷く。

「自分を憐れむ暇（ひま）があったら、私は自分を元気にするほうを選ぶわ。実はね……」

　もったいをつけるように、シャールは真っ赤な唇の前に人差し指を立ててみせた。

「ティラミスってね、イタリア語で〝私を元気にして〟っていう意味があるのよ」

「まあ」

　比佐子が眼を丸くする。こんなに有名なケーキなのに、希実もこの日初めてその意味を知った。

「私たち、本物の大人にならなきゃね」

　シャールが穏やかな眼差しで希実を見る。

「人と人がつき合っていく限り、仲違いとか、勘違いとかは、決してなくなることがないの。どれだけ歳を重ねても、人間関係は悩ましいものよ。完全な友達なんて、どこにもいないわ。でもだからこそ、私たちは思いやりを学べるのかもしれないし」

シャールの言葉に、比佐子がそっと頷いた。

「好きなものがある私たちは強いはずよ」

シャールがきゅっと口角を上げる。蠟燭の炎に照らされ、その笑みが魔女めいた。

「美味しいものを食べるのでも、すてきなアクセサリーを作るのでも、なんでもいいの」

スカーフの奥のネックレスを大切そうに撫でながら、シャールが希実と比佐子の顔を交互に眺める。

「自分を憐れみたくなったら、誰かに八つ当たりしたり、甘えたりしないで、自分で自分の機嫌を上手に取って元気になる。それこそが、大人の嗜み（たしな）というものよ」

揺らめく蠟燭の明かりに照らされるカウンターの向こう側。

ワイン色のナイトドレスを纏った巨大な女王が、厳か（おごそ）な笑みを湛え（たた）て静かにたたずんでいた。


その晩、希実は進一が帰ってくるのを遅くまで待っていた。

「なんだ、希実、先に寝てればいいのに」

深夜に戻ってきた父は、希実が居間にいるのを見て驚いた顔をする。

「明日、日曜だから」

進一が脱いだ上着を衣紋掛け（えもんか）に吊（つ）るしてから、希実はお茶を淹れ（い）に台所に立った。

「明日はお父さんも休めるの？」

「ああ、少しはゆっくりできるよ」

卓袱台の前に座る背中が酷く（ひど）疲れて見える。お湯が沸くのを待ちながら、希実は胸が痛くなった。

「希実、今日は友達と楽しかったか」

「うん」

湯呑みを卓袱台の上に置いてから、希実はリリアンで作ったブレスレットを取り出した。銀のビーズを黒いテグス糸で編み込んだ、男性がつけてもおかしくないものだ。

「これ、プレゼント」

「お！」

進一が眼を輝かせる。

「希実が作ったのか。さすがはお母さんの娘だなぁ」

相好を崩す父を見つめながら、希実は打ち明けた。

「でも、これ、学校の友達と作ったんじゃないの。学校の友達とは、一緒に出かけなかった」

「希実」

早速ブレスレットを腕にはめた進一が、改まったように希実を見る。

「学校、続けられそうか」

「……学費、やっぱり大変？」

希実は下を向いた。

「学費のことじゃない。それくらいは、お父さんがなんとかする。でも、もし居心地が悪いなら、無理して続ける必要はない」

「知ってたの？」

希実の声が震える。

お茶を一口飲むと、進一がぼそっと呟いた。

「男親、舐めんなよ」

「え？」

聞き返した希実を遮るように、父が顔を上げる。

「お母さんの夢をかなえるために、希実が無理する必要はないんだよ」

二人が黙ると、居間がしんとした。どこからか救急車のサイレンの音が遠く聞こえる。

「きっと……、お母さんに怒られるよね。大事なことを自分で決めないで、全部、お母さんの真似をして。そんなことがお母さんの望みじゃないって、叱られるよね……」

〝なに、べそかいてんだ。この、自分勝手な、思い込みＪＫめっ！〟

昼間のジャダの怒声に、母の声が響いた気がしたことを思い出す。

ジャダの言葉を借りて、亡き母が自分の思いを訴えてきたようにも感じられた。

「希実、ちょっと待ってな」

湯呑みを置き、ふいに進一が立ち上がる。希実を居間に残し、父は自室に消えていった。

しばらく経った後、進一は白い紙に包まれた大きなものを持って現れた。

「お母さんとおばあちゃんからは、希実が成人するまで待てって言われてたんだけどな……」

言い訳しながら、進一が紙を開く。

希実は大きく眼を見張った。紙の中から、美しい藤色の振袖が現れた。

「お母さんとおばあちゃんが、二人でこしらえたんだ。袖の模様を見てごらん」

袖の部分に、密やかに下を向いて咲く薄紫の花がある。

「カタクリの花だよ。三月二十四日、希実の誕生花だ。その花は、お母さんが刺繍したんだ」

まるで大事な言葉を囁くように、清楚な花はそっとうつむいて咲いている。

進一が慈しむように、母が刺した刺繡を撫でた。

「お母さんは元々身体が弱くて、子供が産めないって言われてたんだ。だから……」

父の眼差しが希実をとらえる。

「希実が産まれてきてくれて、お父さんもお母さんも、心の底から嬉しかった。希実という名前はね、お母さんがつけたんだ。希実は別に無理なんかしなくたって、初めからお父さんたちの希望（のぞみ）そのものなんだよ」

胸の奥底から熱いものが込み上げ、カタクリの花が揺らいだ。涙が着物の上に落ちないように、希実は両手で顔を覆（おお）う。それでも指の間から涙が溢れ出し、希実の手の甲を濡らした。父が差し出してくれたティッシュを受け取り、心から悟る。

遠く置き去りにされていたわけではない。無理して追いかける必要なんて、どこにもなかったのだ。

希実が二十歳になる未来で、母は祖母と一緒に自分を待っていてくれた。

そしてその心は、常に自分の名前の中にあった。

「お父さん……」

嗚咽（おえつ）をこらえ、希実は父に告げる。

「私、早く大人になるからね」

ふっと息を漏らして笑い、進一が泣きじゃくる希実の頭の上に掌を置いた。

「ゆっくりでいい。希実が早く大人になったら、お父さんは寂しいよ――」

父が風呂に入っている間に、希実は着物を丁寧に畳んで簞笥（たんす）の抽斗（ひきだし）にしまった。

それから、スマートフォンを取り出し、和葉にメッセージを送った。

〝今日はごめんね。今までかばってくれてありがとう〟

けれど翌朝グループトークアプリを開くと、メンバーが全員消えていた。

和葉にメッセージが届いたのかどうかは、分からなかった。

今年は例年より十日も早く梅雨入りした。

夏のようだったゴールデンウイークとは打って変わり、ここ一週間、どんよりとした曇り空が続いている。希実は今にも雨が降り出しそうな曇天を眺めながら、屋上で弁当を食べていた。

皆が恐れている〝ぼっち〟は、実際になってしまうと、それほど大変なものでもなかった。

柴漬けのおにぎりと、蒸し野菜。自炊も始めてしまえば、それほど面倒ではない。最近、希実は毎晩、野菜のたっぷり入った味噌汁を作り、朝食にもそれを父と一緒に食べている。

〝希実はなにをさせても上手だなぁ〟

父は相変わらず一人娘の自分に甘くて、なにを作っても喜んで口にしてくれた。

クラスメイトと一緒にいることはなくなったが、希実の毎日はそれなりに忙しい。

放課後は比佐子と一緒にジャダの助手を務めながら、より精度の高い手芸を習っている。ジャダは比佐子には優しいのに、希実には厳しく、少しでももたつくとすぐに雷が落ちるので気が抜けない。

同時に、早めの受験勉強も始めた。

皆と同じようにそのまま上の女子大にいくのではなく、奨学金制度が充実している国立大学を受験することを、希実は自分で決めた。それまでは高校生活を、一人で謳歌するつもりだ。

否、一人きりではないのかもしれない。

プチトマトを口に放り込み、希実は空を見上げる。

先週の日曜日、希実は初めて比佐子と一緒に手作り市に参加した。安くて質のいい希実と比佐子のビーズアクセサリーは、手作り市でも評判だった。インスタグラムとツイッターの宣伝効果もあり、商品はあっという間に売り切れた。

希実はもう、インスタグラムを憂さ晴らしに使ったりはしていない。発信したいことがあれば、SNSの使い方も変わる。自撮り写真を載せることもやめた。SNSが現実につながっていることを、しっかり認識したからだ。現実には、善良な面もあれば、邪悪な面もある。今までおかしな人に絡まれなかったのは、運がよかっただけなのだ。

プチトマトを咀嚼しながら、希実は初めての手作り市の様子を思い返す。

商品が完売する直前に、思いがけない人物が開催場所の神社に現れた。きっと、希実のインスタグラムを見て、情報を知ったのだろう。

たった一人でやってきた和葉は、リリアン編みで作った、爽やかなグリーンのビーズのネックレスを選んだ。

〝四百五十円です〟

そう告げたものの、希実はなかなか和葉からお金を受け取ることができなかった。もじもじしている希実の掌に、和葉は怒ったような顔で五百円玉を押しつけた。

〝五十円のお返しになります〟

交わした言葉はたったそれだけだ。

でも、今でも和葉はそのネックレスを制服の下につけている。

夏服の襟元にちらりとビーズが光るたび、希実はとても嬉しくなる。グリーンのネックレスは、和葉によく似合っていた。

「さて、食後のお楽しみ……」

弁当を食べ終えた希実は、デザートの袋を取り出した。

シャール直伝の甘酒ティラミス。ジャダから手芸を習う合間に、希実はシャールの賄い作りも手伝うようにしている。そこに、ジャダから〝マナチー〟と呼ばれている、優しいＯＬが加わることもあった。

手順さえ覚えれば、ケーキ作りは思ったほど難しくなかった。

〝当たり前じゃない。私たちは、やろうと思えばなんだってできるのよ〟

出来栄えに驚く希実とＯＬに、シャールはいつも嫣然（えんぜん）と笑うのだった。

今回は、ココナッツクリームの中に、さくらんぼのコンポートを忍ばせた。一口かじると、さくらんぼの酸味が軽やかな甘さの中に溶け込んで――。自然と口角が上がってしまう。

〝ぼっち〟で〝アウェイ〟な高校生活はまだまだ続く。

そしてその先にも、勘違いやすれ違いが続く、悩ましい人間関係が待っている。

でも、私、大人にならなきゃね。

その先に、母と祖母が待ってくれている。

今度こそ、きっと大丈夫。

だって、ティラミスの意味は――。

ナイトドレスを優雅に纏った異界の女王の囁きが、風のように耳朶を打った。

甘い一匙(ひとさじ)を口に含み、希実は心にそっと唱える。

負けるな、私。ふれふれ、私。

第二話　幻惑のキャロットケーキ

打ちっ放しコンクリートの店内に、影絵のような陰翳が躍る。

大ぶりの鬼灯や、彫刻を施した瓢簞や竹の中にＬＥＤ電球を仕込ませた照明は、京都在住の若手アーティストに特注して取り寄せたものだ。

これが本当の日本らしさかと問われれば、首をひねる人も多いだろう。けれど、瓢簞や竹から漏れる明かりにぼんやりと照らされた店内が、異国情緒の漂う非日常感を醸し出しているのは紛れもない事実だった。

非日常――。それこそが、料亭「ＡＳＨＩＺＡＷＡ」の若きオーナーシェフ、芦沢庸介がなによりも大切にしているコンセプトだ。

昨年、三十歳になったとき、庸介は高輪に念願の自分の店を出した。

一人前になるまでに十年。板長になるにはそれ以上の修業時間が必要とされる日本料理界において、異例ともいえる早さの独立だった。

〝世界一のレストラン〟で修業した、日本料理界の革命児。それが、庸介最大のプロフィールであり、キャッチフレーズだ。世界一という言葉の強さが、異例の独立に必要なすべてにおいて、万能の後押しをしてくれた。

フレンチのシェフを思わせる真っ白な料理服に身を包んだ庸介は、にこやかに店内のテーブルを回っていた。

今日は〝インフルエンサー〟と呼ばれる、ネットやＳＮＳ界で絶大な影響力を持った人たちによるクラウドファンディング形式のパーティーが行われている。貸し切り宴会のようなものだが、集まってくるほとんどのインフルエンサーたちが現実世界（オフライン）では初対面だということと、事前に発売されるチケット制の料金の一部が、主催するインフルエンサーにも還元されるところが、従来のバンケット事業とは異なる。

庸介は、こうした目新しい事業に率先して取り組んでいた。

インフルエンサーの中には芸能界に顔のきく人が多く、彼らが話題にすることで、映画やテレビのプロデューサー、華やかな女優やモデルたちがたびたび店を訪れてくれるようになる。ときにはここで出会ったインフルエンサー同士が意気投合して、新たな起業に結びつくケースもあった。自分の店「ＡＳＨＩＺＡＷＡ」が画期的な事業の出発点になるなら、それ以上の宣伝効果はないと庸介は考えている。

日本料理の料亭が、伝統と文化の伝承をなによりも重んじると決めつけてきたのは誰だろう。フレンチやイタリアンでは、同世代で独立するシェフが大勢いるのに、なぜ日本料理の料理人だけが、一人前になるまでに十年の修業時間を必要とされるのだろう。

調理学校時代、その疑問を抱いたときから、庸介は敢（あ）えて日本料理を専攻に選んだ。

誰も因習を打ち破ろうとしないのなら、自分がその手始めとなってやる。

そうでなければ、日本料理を目指す料理人はそのうちいなくなるだろう。

事実、調理学校でも二年目に専攻を決めるとき、日本料理を選ぶ生徒は多くなかった。しかし見方を変えるなら、それだけライバルが少なく、人手が不足している業界だということだ。

やると決めたらとことんやる。

庸介には昔から、野心のためには努力を怠（おこた）らない根性があった。〝ゆとり〟などと称されることを良しとしていられるのは、ただの坊ちゃん嬢ちゃんに過ぎないと、庸介は考えている。

　地方からやってきた庸介にとって、東京は夢をかなえるための舞台だ。

　情報も、チャンスも、資本も、地元にはなかったなにもかもがそろっている。やろうと思えばなんだってできる。愚にもつかない理由をこねて、それをつかみにいこうとしない人たちが大勢いることのほうが、庸介には理解しがたかった。

「芦沢ちゃん」

　次のテーブルに挨拶に向かおうとしたとき、背後から声をかけられた。振り返れば、顔馴染みのキー局のプロデューサーが手を振っている。

「ようこそ、堀口さん」

　庸介は踵を返し、奥のテーブルに向かった。次のテーブルの隅でぽつんと一人でビールを飲んでいた男があからさまにムッとした表情を浮かべたが、後でご機嫌伺いをすればよいと割り切った。堀口のような忙しい男は、途中で帰ってしまうことが多いからだ。

「いらしていただけて嬉しいです」

　愛想のいい笑みを浮かべ、庸介は堀口に近づく。

「ＢＩＮさんには何度か番組に出てもらったことがあって、その関係でね」

　ビールのコップを傾けながら、堀口は今回の宴席の主催者であるインフルエンサーのハンドルネームを口にした。

「しかし、七月に入ってから急に暑くなったねぇ。これでまだ梅雨が明けてないって言うんだから、先が思いやられるよ」

　今年は梅雨に入った途端、五十年ぶりとも言われる寒気が長く日本列島に居座ったが、七月に入ると打って変わって真夏日が続いていた。局勤めのためか、堀口はマスコミ関係者には珍しく、きっちりとしたスーツを着ている。

「お味はいかがですか」

「いや、最高だよ。先付けの茶巾状になったアスパラ豆腐も美味しかったけど、この鮎の前菜も絶品だね」

　七月に旬の鮎を前菜に使うのは料亭としては一般的だが、庸介はそこに「ＡＳＨＩＺＡＷＡ」ならではの演出を盛り込んでいた。

「このムース状のソースはなんなの」

「鮎の内臓です」

「内臓？」

　意外そうな顔をする堀口に、庸介は頷く。

「天然物の新鮮な鮎は、内臓が一番香り高いんです」

　その内臓を出汁で溶き、亜酸化窒素ガスでムース状に仕立てているのだ。

「面白いねぇ。こんな食べ方をしたのは初めてだよ」

「恐れ入ります」

　庸介は恭しく頭を下げる。亜酸化窒素ガスで食材をムース状にするのは、師匠であるマサヤ・アルトゥール・ミサカからの直伝だった。

〝僕が提供したいのは単なる美食ではなく、興奮に満ちた体験であり、まったく新しい発見なんだ〟

美食ではなく、体験と発見。

師匠の口癖は、今でも庸介の座右の銘になっている。

それは、庸介が一番大切にしている店のコンセプト――〝非日常〟に通じる。

今から三年前に遡るマサヤとの出会いは、庸介の人生を文字通り一変させた。彼との邂逅なくして、現在の自分はあり得ないと庸介は率直に思う。

日系ブラジル人マサヤ・アルトゥール・ミサカは、サンパウロの日本人街にある日本料理店「ジパング」の総料理長だ。

飲食業界に携わる人間の中で、「ジパング」の名前を知らない者はいない。欧米のフードライターや美食家たちが投票して決める世界的なコンテストで、「ジパング」は連続四回〝世界一のレストラン〟の称号に輝いた超有名店だった。その〝世界一のレストラン〟の総料理長が、東京の外資系五つ星ホテルが主催するプロアマ問わずの創作和食コンテストの審査委員長に招聘されたと聞き、庸介は一も二もなくコンテストに応募した。

割烹料亭の板長や経営者の中には、日本で修業したわけでもないマサヤの料理を邪道だと笑うものも大勢いる。だがそんなことは、庸介にとってはどうでもよかった。異端であろうが邪道であろうが、マサヤが世界的に認められた天才料理人であり、「ジパング」が〝世界一のレストラン〟という称号を持つことだけは、紛う方なき事実だ。

コンテストで見事優勝した庸介は、期間限定で東京に出店した「ジパング」のホールスタッフを務めることになった。準優勝に当たる審査員特別賞を受賞した、三歳年下の料理人と共に――。

庸介の脳裏に、気の弱そうな笑みを浮かべた、小柄で痩せ型の料理人の姿が浮かぶ。

「ところで芦沢ちゃん、忙しいのは重々承知してるんだけど、近々、うちの番組にまた出てもらえないかな」

堀口の言葉に、庸介はハッと我に返った。

「もちろんですよ」

　それが料理をしたこともないアイドルたちが作る〝汚料理〟を食べさせられる番組だと聞かされ、一瞬気分が萎えそうになったが、背に腹は替えられない。メディアの露出の中でも、テレビほど影響力の大きいものはないからだ。

「助かるよ。芦沢ちゃんはルックスがいいからね。それだけでも数字が取れるし」

　堀口が機嫌よさそうに笑う。

「もちろん、店の宣伝もきちんとさせてもらうよ。あ、そうだ。うちの番組のスポンサーを紹介するよ。なにかのタイアップにもつながるかもしれないから、話をしてみたらどうかな」

「ありがとうございます」

　これこそが、インフルエンサーによるクラウドファンディングパーティーの醍醐味というものだ。異業種とのタイアップにも、庸介は積極的に取り組んでいる。

　新しい販促営業の糸口に胸を躍らせ、庸介は堀口と共にスポンサーがいるというテーブルへ足を向けた。


　立ち並ぶ高層ビルの向こうに、東京の夜空を真っ赤に焼く炎が広がる。湾岸のコンビナートのフレアスタックだ。石油を精製するときに発生する余剰ガスの処理は、一晩中続く。

　クラウドファンディングパーティーから二週間後。堀口から出演を依頼されたテレビ番組の収録を終えた庸介は、ホテルのスイートルームから窓の外に広がる湾岸の夜景を眺めていた。

　ここにも眠らないものがいる――。

　スコッチの水割りを手に、一定のリズムを刻んで吐き出される炎を見つめる。

等間隔で夜空を焦がし続ける営みは、都会の心臓の脈拍のようだ。幹線道路を行きかうトラックや車の列も、決して途切れることがない。

こうして一晩中働いている自分もまた、東京の細胞の一部なのだと庸介は思う。

港湾の夜景を一望できるホテルのスイートルームは、このところ庸介の定宿になっている。この日もテレビの収録が押しに押し、帰りは深夜十二時を過ぎた。

都内のマンションに帰ってもよかったのだが、なんだか面倒になり、結局店の近くのこの部屋にきてしまった。いっそのこと、マンションを引き払って、ホテル住まいにしたほうがよいのではないかと、庸介は半ば本気で考え始めている。

週に一度ハウスキーピングを頼んでいるとはいえ、アルコールやコーヒーが常に完備され、シャワーも浴びっぱなしでよく、ベッドメイキングの必要もないホテル暮らしは、男の一人暮らしにはなにかと便利なのだ。

スコッチのグラスを手にしたまま、庸介はノートパソコンの前に戻った。

メールソフトを開けば、たった数時間の間にファイルつきのメールが何十と溜まっている。マネジメントスタッフが前もってカテゴリー分けしてくれているが、眼を通すだけで一苦労だ。スコッチの水割りを啜り、庸介は溜め息をつく。

それにしても、酷い一日だった。

今日の収録には、堀口は一度も顔を出さなかった。

キー局の番組といっても、実際の現場は下請けプロダクションに丸投げされているのがテレビ業界の実情だ。これは別段今に始まった話ではないが、予算が切り詰められているせいなのか、最近現場プロデューサーの仕切りがどんどん雑になってきている。

この日はまず、MCを担当する人気タレントの入りが延々遅れ、数時間を無駄にさせられた。遅れの説明も、事前顔合わせもないままなし崩し的に収録が始まり、空回りするアイドルたちの〝汚料理〟実況を盛り立てるため、ゲストコメンテーターの庸介は悪戦苦闘しなければならなかった。現場プロデューサーが自分の仕切りの悪さを棚に上げ、「もう少し気のきいたコメントくれないと」と、横柄な口調で言ってきたときには、本気で殴りつけてやろうかと思った。

先程届いたマネジメントスタッフからのメールによれば、別撮りで行われた店への取材も散々だったらしい。約束の時間に撮影クルーが現れず、結局一番忙しいタイミングでカメラが厨房に入ることになったという。

それでもテレビの影響力を考えると、彼らを無下にすることはできない。

庸介はリモコンでテレビのスイッチを入れてみた。深夜のバラエティー番組では、ちょうどお笑い芸人とグラビアアイドルが新しくオープンしたラーメン店を取材しているところだった。

「やばーい！　超美味しい～！」

握り箸でラーメンを啜ったアイドルが、おおげさな声をあげる。これで、明日からこのラーメン店には行列ができることだろう。

たわいもない——。

一瞬、庸介は白けた気分になる。

しかし、この実態の希薄なたわいなさこそが、東京という街の情想を握っている。

事実、「ASHIZAWA」の予約が未だに半年先までフルブッキング状態で、大手食品メーカーとのタイアップも次々に決まっているのは、〝世界一〟の後押し以上に、庸介のメディア戦略が功を奏しているからだ。

映像メディアというのは不思議なもので、繰り返し取り上げられていくことで、素材も人もどんどん磨かれる。最近では庸介も、タレントや役者と一緒にライトを浴びることに緊張を覚えなくなった。庸介の元々恵まれた背格好や容貌も、テレビ向けのアイコンとしてうまく機能している。東京の――延いては日本の主要都市の情想をつかむために、テレビとのつき合いは今後も続けていかざるを得ない。

庸介はスタッフからのメールに、店内取材のビデオは必ず事前に確認させてもらうようプロデューサーに伝える旨を指示した。

スタッフへの返信を終え、次の添付ファイルを開く。百貨店とタイアップした〝世界一のおせち〟の企画書が現れた。調理スタッフたちが提案してきている品書きに眼を通し、庸介は首を横に振る。どれも今一つ斬新さに欠けていた。これでは人の心に残る「ＡＳＨＩＺＡＷＡ」のおせちとはいえない。

原価を上げてもいいので献立を考え直すようにと返信し、庸介は息を吐いた。

百貨店のおせちの予約は十月頭には開始される。七月の半ばともなれば、それほど潤沢な時間は残されていない。そろそろ自分も献立作りに参加したほうがよいかと考えながら、庸介はつけっ放しになっていたテレビを消した。

期間限定で東京のホテルに「ジパング」が出店したとき、マサヤから何度も料理にＮＧを出された過去がふと甦り、庸介は苦笑した。今となっては、弟子の料理に駄目出しをしていた師匠の気持ちがよく分かる。

あのとき、自分以上に料理を突き返されていた、若い料理人は、今頃、どうしているだろう。

昨年、「ＡＳＨＩＺＡＷＡ」のオープニングレセプションにきてくれた香坂省吾の気弱そうな笑みが、脳裏をよぎる。コンテストで自分に次ぐ準優勝を果たした省吾は、「ジパング」最年少のホールスタッフだった。生真面目で基本に忠実だけれど、融通がきかないタイプで、亜酸化窒素ガスや鮮やかな着色料を多用する「ジパング」の奇想天外なメニューについてこられず、いつも厨房の片隅で縮こまっていた。

一年前のレセプションで急に貧血を起こして倒れた省吾は、体調を崩しているようなことを口にしていたが――。

今年もらった年賀状に、元々修業していた料亭の見習いに戻ったという報告が書いてあったときは、本気で眼を疑った。自分と同じく「ジパング」のホールスタッフを務めた経歴を持ちながら、なぜそれを活用しようとしないのだろう。〝世界一〟のキャッチフレーズさえあれば、道はいくらでも拓けるのに。

元いた場所に戻ることなど、自分には到底考えられない。

調理学校の研修時代からお世話になった大手料亭の調理人の中には、現在の庸介の活躍を面白く思っていないものもいるらしい。〝邪道〟〝恩知らず〟〝成り金〟。公然と囁かれている陰口は、時折庸介自身の耳にも入る。

だが、それが一体なんだろう。

庸介は視線を上げて、窓の外に広がる夜景を眺めた。

そんなものは、この眠らない街に星屑のようにちりばめられたチャンスをむざむざと見過ごしている人間たちの怨嗟に過ぎない。悔しかったら、自分もさっさとチャンスを手に入れて、好きなだけ儲けて、好きなだけやりたいことをやればいい。できないのは、単に覚悟がないからだ。

料理人だって、スポーツ選手や起業家同様、若いうちから数億を目指して稼ぐべきだ。

それが、調理学校に入ったときからの庸介の目標だった。

ふと庸介の脳裏に、故郷の古い町並みが浮かぶ。

庸介は瀬戸内海に面した山口県の小さな町で生まれた。ほとんど人のいないゴーストタウンのような商店街で、名物の赤い金魚提灯だけが寂しく風に揺れていた。

あの半分眠ったような刺激のない町から、なんとしてでも脱出したかった。

庸介の眼の先に、フレアスタックの赤い炎が閃く。真っ赤な炎の先端が、故郷の町の名物の金魚提灯の尾ひれに重なった。

ようやく、あそこから抜け出したんだ。

スコッチをあおり、庸介は眼を閉じる。

目蓋の裏を、日に焼けた父親の顔がよぎった。瀬戸内海に面した段々畑。夕日に輝く金色の蜜柑――。その光景を、懐かしく思わないわけではない。

庸介の実家は、柑橘類を生産する果樹園農家だった。冬は柚子や温州蜜柑、夏は夏蜜柑や日向夏を栽培していた。途中から観光農園にも乗り出したが、元々観光名所の乏しい町にやってくる人は少なかった。

庸介が幼い頃から、果樹園の経営はいつもかつかつだった。収穫の手伝いをさせられていた庸介も、自分の家が決して裕福でないことを子供ながらに自覚していた。

両親が多忙だったため、庸介は当たり前のように自炊を覚えた。誰に教わったわけでもないのに、味つけや火加減や水加減を失敗したことがなく、高校時代に近所の洋食屋でアルバイトをするようになってから、どうやらそれが自分の才能であるらしいことに気づかされた。

東京の調理学校に、成績優秀者には奨学金返済が免除される制度があることを知り、それからは意識的に料理を勉強するようになった。調理学校の三年間、庸介は脇目もふらずに研修に没頭し、見事成績優秀者に選ばれた。そこからの活躍ぶりは言わずもがなだ。

それなのに、あのクソオヤジ……。

スコッチを飲み干し、庸介は口元を手の甲でぬぐう。

昨年「ＡＳＨＩＺＡＷＡ」をオープンしたとき、実家の農園の柑橘を高値で仕入れようと持ちかけたにもかかわらず、父はそれを断った。これまでの出荷先を優先したいというのが理由だったが、本音は一人息子が果樹園を継がなかったことへの腹いせだろう。

〝信用のおける、古くからの取引先を大事にしたい〟

もっともらしくそう返されたとき、それではまるで「ＡＳＨＩＺＡＷＡ」が信用に足らないと告げられているのと同じではないかと不快になった。

まったく、どいつも、こいつも……。

どうして眼の前にある成功をつかみ取ろうとしないのだろう。

なんだかむしゃくしゃしてきて、庸介はミニバーから新しいウイスキーを取り出した。

陰口を叩(たた)いたり、元いた場所に戻ったり、新しい局面を受け入れることができなかったりするのはすべて怠慢(たいまん)だ。

そもそも、息子を「庸介」などと名づける父親なのだ。庸という文字が平凡を表すと知ったときは、肩透かしを食らった気分になった。

なにが平凡だ。そんなところに甘んじているから、先に進めないいんじゃないか。

金魚提灯が軒先に揺れる故郷の町並みは、静かで美しい。

瀬戸内の温暖な気候に育まれる柑橘は、瑞々(みずみず)しく甘い。

それでも訪れる人を増やさなければ、そこに意味はない。いつまでも平凡に甘んじていたら、結局は尻すぼみになって消えていく。

話題先行でなにが悪い。俺は平凡の先にいってやる。

気分転換をしようとメールチェックから一旦離れ、庸介はツイッターを開いた。広報スタッフに運営を任せている店の公式SNSの他に、庸介は個人でもツイッターアカウントを持っている。インフルエンサーたちと気軽につながるためだ。テレビ出演をするようになってから、フォロワー数は十万人を超えた。十万といったら、生まれた町の人口の三倍以上だ。今では庸介自身も、立派なインフルエンサーだった。

山のように届いている返信（リプライ）をざっとチェックする。ほとんどが一般アカウントからの落書きめいたメッセージやファンレターだが、ときとして重要な相手からの返信が紛れ込んでいることがある。若いインフルエンサーやアーティストの中には、個人のメールアドレスを持たず、SNSのアカウントのみを連絡手段にしている連中がいるのだ。

「は？」

画面をスクロールするうちに、出演番組の告知をした自分のツイートを引用しているツイートに読み捨てにできない文言を見つけ、庸介はマウスを操る手をとめた。

〝この間「ASHIZAWA」にいってきたけど、高いばっかりで、美味しくなかったね。第一にご飯が最低。品書きには炊（た）き立てって謳（うた）ってあるのに、炊き立ての香りが全然しない。〆（しめ）に手を抜いちゃ駄目でしょう〟

ツイートは続く。

〝ここのオーナーシェフ、テレビばっかり出てるけど、料亭の基本を一からおさらいしたほうが

いいね。一般家庭の電子ジャーで温めておいたようなご飯を「炊き立て」って謳うのは、食品偽装なんじゃないの〃

こいつ……。

庸介は新しく作ったウイスキーの水割りをあおった。

わざわざ引用リツイートをしてきたということは、こちらに批判のツイートを読ませる意図があってのことだ。アンチツイートなどいつもなら捨て置くのだが、疲れが溜まっていたこともあり、余計に神経が逆撫(さかな)でされた。

メカドッグというハンドルネームのアカウントは、ネーム同様、機械化された犬のイラストをアイコンにしている。アイコンにカーソルを合わせれば、フォロワーも数十人程度の一般アカウントだ。大方庸介のツイートを引用して、注目を集めたいだけの手合いだろう。

〝フォロー外から失礼します。やっぱ、「ASHIZAWA」ってまずいんだ〃

〝無理して予約待ちなんかしなくて大正解〃

〝〆に、電子ジャーのご飯ってｗｗｗｗ〃

〝食品偽装、乙〃

しかもそこに追従するリプライがずらずらと並んでいる。

「うるせえよ」

我知らず、庸介は舌打ちしていた。

こちらがどれだけ手間と努力と無理を押してきたと思っている。ここ何年も、ぐっすり眠ったことなどない。疲れ果ててベッドに倒れ込むのは、いつだって夜明け前だ。

アルコールがきいてきたのか、頭の中がぐらぐらと揺れる。

〝もう少し気のきいたコメントくれないと〟

横柄な口調で注文をつけてきた現場プロデューサー。

〝あいつ、うちの板長に海外研修にまで連れていってもらったのに、コンテストなんかに出やがって、今じゃ、「ジパング」以外では修業してませんって顔してやがる〟

〝なにが世界一だ。仮にも日本料理の料理人が、欧米の権威にすがりやがって〟

研修時から世話になった料亭の板長には事前に独立の話はしていたのに、兄弟子たちは今でも庸介を悪し様に罵る。

〝信用のおける、古くからの取引先を大事にしたい〟

せめてもの親孝行と思って申し出た提案を、あっさり拒否してきた父。

昨年、レセプション時の料理サンプルに味つけをしていないと知ったときの、省吾の愕然とした表情。

どいつもこいつも、挑戦できない自分を棚に上げて、こちらを腐すような真似ばかりしやがって。

気づくと庸介は、苛立ちまぎれにキーボードを叩き始めていた。

〝あのさ、炊き立てご飯の香りがどんなものか、本当に分かってツイートしてるの？　電子ジャーってなんのことだよ。うちの店は、すべて、土鍋でご飯を炊いているんだけど〟

書き始めたらとまらなくなり、もう一つツイートする。

〝知りもしない人間が、安易な憶測でものを書くのはやめてくれ。大体、食品偽装ってどういう言いがかりだよ。うちは、契約農家から米を仕入れてる。事故米を使った覚えなんて一つもない〟

ツイートボタンをクリックして、ウイスキーをあおった。

そろそろシャワーを浴びなければ――。

頭では分かっているのだが、なぜか視線をツイッターの画面から離すことができない。そのとき、小さな通知音が響いた。ブラウザの片隅に、メカドッグのアイコンが浮かんで消える。

「マジかよ……」

庸介は思わず呟（つぶや）いた。明け方の四時近いというのに、メカドッグがリプライを寄こしている。

〝炊き立てのご飯の香りくらい、普通に生活している日本人なら誰だって知ってるよ。その基本ができてないから、お宅は駄目だって言ってるの〟

続けざまに通知音が鳴った。

〝それに、事故米を使ってないから食品偽装じゃないって考え方自体、料亭としてまるでなってないね。事故米なんて、もってのほかだろ。炊き立てって謳っていながら、炊き立てを出していない時点で、立派な食品偽装だよ〟

〝高級ホテルのレストランでも、絞り立てとか言って、解凍した冷凍ジュースを出すくらいだしな。そもそも、五つ星とか、外資とかに頼るお前らは、端（はな）から詐欺師（さぎし）体質なんだよ〟

次々にタイムラインに流れてくるメカドッグからのリプライに、庸介は呆（あき）れ果てた。

一体、なんなんだ、こいつ。ストーカーみたいにこちらのツイートに纏（まと）わりつきやがって……。

酔いで熱くなった頭のまま、庸介はキーボードに指を載（の）せる。

〝こっちは仕事で起きていただけだけど、こんな時間にアンチツイートを垂れ流すなんて、君は優雅なニートかな。五つ星ホテルや外資に敵愾心（てきがいしん）があるなら、無理して近づかなければいいじゃない〟

すぐさまリプライの通知音が鳴った。

〝敵愾心じゃなくて、正当な抗議をしてるだけだろが。実際、五つ星ホテルのレストランでバナ

メイエビをシバエビ、ブラックタイガーをクルマエビ、加工肉をビーフステーキと謳って客に出してた事件があっただろ〝

〝誤表示とか言って逃げやがって。誰がどう考えても食品偽装だろうが〟

その事件は庸介も記憶に新しかった。同時期に日本料理界でも、捕獲量の少ない高級魚クエの代わりにアブラボウズを代用していた水産業者や料亭が、相次いで摘発を受けている。

〝アブラボウズだって、食通の間では美味として知られた魚なんだが、名前がアブラボウズじゃねぇ……〟

それをクエと〝通称〟したくなる業者や料亭の気持ちも分からないではないと、板長が苦笑していたのをよく覚えている。名称を偽ったのは、確かに違法だ。

でも――。

庸介には割り切れない思いが微かにある。晴れの日として選んだ高級レストランのメニューに、牛脂注入加工肉という表示がされていたら、どんな気分になるだろう。

そもそも高級飲食店が加工肉など使うなというのはもっともな意見だが、本当に高級食材だけを扱っていたら、メニューの価格はどんどん跳ね上がる。

けれど、ほんの少し背のびして〝非日常〟を味わえる空間に足を運びたいと思う客層だって一定数いるはずだ。そうした客層を迎え入れるために、ある程度価格を抑えたメニューを用意するとなれば、高級食材ばかりを扱えないというのもまた店側の本音だろう。

調理学校を卒業したばかりの頃、庸介はたった一人で西新宿のホテルの高層階に店を構える有名料亭に乗り込んでいったことがある。

一張羅のスーツに身を包み、これは視察なのだと自らに言い聞かせて妙に気負っていた二十代の自分は、今思い返せば随分と滑稽だ。正直に言って、そのとき食べた料理の味はたいして記憶に残っていない。

だが、大きな窓の外に広がっていたクリーム色の夕景や、日が落ちるにつれ、立ち並ぶビルの向こうにどんどんはっきりと見えてきた丹沢山地と富士山の黒々とした稜線は、今でも鮮明に覚えている。

あれは、庸介が初めて経験した〝非日常〟だった。

そしてもう一つ。

印象の薄かった料理の中で、唯一忘れられなかったものがある。

最後の水菓子として綺麗にカットされた夏蜜柑が出てきたとき、庸介はなぜか涙が溢れてとまらなくなった。

幸い周囲の人たちは、一人で食事をしている若い庸介に注意を払っていなかった。どっしりとした備前焼の皿の上に鎮座した夏蜜柑の房を口に運びながら、庸介は声を殺して泣き続けた。

あのとき、なぜあんなにも涙が出たのかは、今でもよく分からない。

ただ、売れても二束三文、酷いときには余剰生産で大量に腐らせてしまうこともある実家の果樹園の夏蜜柑と、一目で作家ものと分かる皿の上に美しく並んでいる橙色の房が同じものであるとは、到底思うことができなかった。

〝土鍋で炊いたご飯が電子ジャーのご飯に思える君に、バナメイエビとシバエビの味の違いが分かるのか。もしかしたらホテルは君みたいな人のために、親切心で分かりやすいほうの名称を使ったんじゃないの。だから偽装じゃなくて誤表示なんだよ〟

気がつくと庸介は、なにかを吐き出すようにキーボードを叩いていた。

〝そもそも外食産業は、夢を売る仕事でもあるんだ。俺は自分の店では、皆に日頃の鬱憤を忘れて存分に夢を見てほしい。こんな時間に攻撃的なツイートをしている君にそれが分かるとも思ってないけど。うちは決して安い店じゃないから、無理してきてくれなくて結構だ。さようなら〟

ツイートボタンをクリックすると、どっと疲労感が込み上げる。顔を上げれば、うっすらと空が白み始めていた。

庸介は叩きつけるように、ブラウザを閉じた。パソコンをシャットダウンし、ふらふらと立ち上がる。少しは横にならないと、さすがに体力がもたない。今日は、新浦安で食品メーカーとの打ち合わせが入っている。

せめてシャワーを浴びなくては。

そう思うのに、身体がどうしても言うことを聞かない。シャツのボタンを少し外すと、庸介はそのままベッドの上に倒れ込んだ。

眼が覚めると酷い頭痛がした。頭頂部がずきずきと痛む。

結局、数時間浅い眠りを漂っただけで、庸介はホテルをチェックアウトした。ロビーでブラックコーヒーと一緒に鎮痛剤を流し込み、タクシーに飛び乗る。後部座席に身を沈めた途端、鎮痛剤のせいか、恐ろしいほどの眠気に襲われた。ドアにもたれ、庸介は意識を失うように眠り込んだ。

気がついたとき、タクシーは京葉線と並んで東京湾沿いを走っていた。七月の強い日差しの中、東京湾がきらきらと輝いている。東京で見る海は、故郷の瀬戸内海と違い、晴れた日にも青く見えない。大型のタンカーや中小の船舶を浮かべた海は、鈍い銀色の光を放っている。

緑の小島を抱える静かな青い海を見慣れている庸介の眼に、東京湾はいつも巨大な水溜まりの如く映った。その灰色の水溜まりの中ほどに、恐竜が向かい合ったような東京ゲートブリッジが聳えている。

目蓋をこすり、庸介は軽く伸びをした。少し眠ったせいか、頭痛がかなり和らいでいる。タクシードライバーが寡黙な人で助かった。中には、テレビで顔の知られた庸介に盛んに話しかけてくるドライバーもいて、そういう人の相手をするのは正直骨が折れるのだ。

シャツのポケットからスマートフォンを取り出し、庸介は現地で落ち合うことになっているスタッフにメッセージを送った。東京湾を渡れば、目的地の新浦安はすぐだ。

既読とほぼ同時にスタッフからのメッセージを受信する。スタッフからのリマインドで、そろそろ欧米メディアが再び世界一のレストランを選定する時期が近づいてきたことを、庸介は思い起こした。

最近、「ジパング」は、北欧の新進レストラン「チャヤハ」に押され気味だ。「ジパング」が推奨するのが興奮に満ちた体験と新しい発見なら、「チャヤハ」のコンセプトはライフスタイルだった。北欧の大地と暮らしをテーマに、「チャヤハ」は高級レストランとは思えない素朴な料理を演出するという。店名の「チャヤハ」もゲール語で「家」を意味するらしい。

しかし、メニューに苔を用いることがあると聞いたとき、庸介はいささか呆れた。美食に飽いた西太后が、農村のトウモロコシ饅頭に感激したといった類の流れなのだろうか。

どの道、庸介は大枚はたいて苔を食べさせられるのは御免だった。師匠のマサヤに激励のメッセージを送るようスタッフに指示し、庸介はメッセージアプリを閉じた。

ツイッターのアイコンが眼に入り、しばし考える。

そう言えば――。

明け方、妙な一般アカウントとやり合ったのだったっけ。

アルコールが入っていたこともあり、かなり本気になってしまった。相手は一晩中ネットサーフィンをしているような、粘着質なタイプだったが。

〝さようなら〟と、一方的に切り上げた後、あいつは一体どうしただろう。

確か、メカドッグだったか……。

庸介はツイッターのアイコンをタップしてみた。

相変わらず、ファンレターめいたリプライや「いいね！」は大量に届いているが、その後メカドッグからの返信はきていなかった。庸介がメカドッグに宛てた反論への「いいね！」の多さに、恐れをなして逃げ出したのかもしれない。

所詮はそんなものだろう。

庸介は軽く息を吐く。大体このメカドッグとやらは、本当に自分の店にきたことがあったのだろうか。「ＡＳＨＩＺＡＷＡ」は予約を取るのも大変だし、今のところほとんどのお客は接待利用者だ。そもそも、明け方に粘着ツイートを送ってよこすようなニートがこられる店ではない。

結局は、有名オーナーシェフがいる店を腐して注目を集めたかっただけなのだろう。

つまらない奴（やつ）だな――。

転じた視線の先に、〝夢の国〟として有名な大型アミューズメントパークの城が現れた。

努力さえ惜しまなければ、東京こそが〝夢の国〟なのに。

やろうと思えば、シンデレラが暮らす城も、噴煙を上げる火山だって手に入る。一晩中、著名人のツイートを見張っている時間を、なぜもっと有意義に使おうとしないのだろう。

白々とした思いが、庸介の胸に湧いた。

だがそんな薄気味の悪い小物を相手に本気になった自分も、いささか大人げなかったかもしれない。反論ツイートを消しておこうかと、庸介は自分のツイートを遡った。

〝誤表示とか言って逃げやがって。誰がどう考えても食品偽装だろうが〟

メカドッグのリプライがまた眼に入ってしまう。

食品偽装。庸介はどうしてもこの言葉に引っかかりを覚える。

漁獲量の少ない魚に代用魚を使っていた時代をよしとするわけではない。バナメイエビをシバエビ、ブラックタイガーをクルマエビと表記するのはやっぱり違法だろう。

だが、漁獲量のあまりの減少から、今では代用魚が本家の魚そのものとして流通している場合もある。例えば、現在〝子持ちシシャモ〟として流通しているのは、かつてシシャモの代用魚だったカラフトシシャモだ。シシャモとカラフトシシャモは同じキュウリウオの仲間ではあるものの、厳密に言えばまったく違う魚だ。本物のシシャモは今では本シシャモと呼ばれているが、滅多に流通していない。

バナメイエビやブラックタイガー同様に本来代用だったカラフトシシャモが、今でも〝子持ちシシャモ〟として受け入れられているのは、本家のシシャモと名称が似ていたせいもあるかもしれない。もしカラフトシシャモの名称が、アブラボウズ並みに不気味だったら、代用が公表されたときにもっと大きな問題になっていたのではないだろうか。

おまけに現在の食品安全基本法では、調理名に関しては「通称」が罷(まか)り通るという曖昧(あいまい)さが残っている。そう考えてみると、表記問題というのも案外実態の希薄な情想だ。

バナメイエビだって養殖に適しているだけで、決して品質が劣るエビではない。養殖場の取れ高によっては、シバエビとの価格差もそれほど大きくはないし、エビチリのように濃い味つけをする料理なら、食感の良いバナメイエビはむしろ適しているとも言える。

〝もしかしたらホテルは君みたいな人のために、親切心で分かりやすいほうの名称を使ったんじゃないの。だから偽装じゃなくて誤表示なんだよ〟

売り言葉に買い言葉とはいえ、自分はそんなに間違ったことは言っていないのではないかと、庸介はツイートを削除しかけていた指をとめた。それに、「ＡＳＨＩＺＡＷＡ」でこれらの食材を扱ったわけでもないのだ。

ツイッターなんて、元々個人の呟きの場なんだしな――。

「どちらにとめましょうか」

ふいにタクシードライバーから声をかけられ、庸介は我に返った。

いつの間にか、車は新浦安の広い公道を走っていた。背の高いパームツリーの並んだ真っ直ぐな道。埋め立て地の上に整然と築かれた町並みは、いつ見ても、昔板長に連れていってもらったシンガポールを思わせる。

シンガポールは、庸介が初めて訪れた外国だ。

大手料亭に就職した直後、腕と容貌の良さを買われ、庸介はシンガポールのフランチャイズ店で数ヶ月間働かせてもらったことがあった。注文を取ったり、料理を運んだりが主の下働きではあったが、異例の抜擢(ばってき)だった。料亭の兄弟子の中には、このことを〝海外研修までさせてもらったのに裏切った〟と、未だに根に持っている連中もいる。もっとも庸介からしてみれば、板長への礼は充分に尽くしたたし、料亭を裏切ったつもりなど毛頭ない。

このときに現地で学んだ〝シングリッシュ〟が、後に「ジパング」の現地スタッフとの交流に役に立ったのだから、人生はなにが幸いするか分からないものだ。人生に無駄なことはないなどと宗教家のようなことを言うつもりはないが、真剣に取り組んだことなら、いつかは誰かやなにかが応えてくれるはずだと、庸介は信じていたかった。

道路沿いにいくつかあるホテルの内の一つを、庸介はタクシードライバーに告げた。ドライバーは頷いて、ホテルの構内に続く地下道に向けてハンドルを切る。

海に面し、パームツリーやカナリーヤシが茂る整然とした町並みは、本当に当時のシンガポールのようだ。

シンガポールでも、色々とあったっけ――。

当時のことを思い出し、庸介の口元に苦笑がのぼる。

そのとき手にしていたスマートフォンが光り、着信のアイコンが現れた。スタッフがホテルに到着したらしい。

「もしもし」

スマートフォンを耳に当て、庸介は会話に意識を集中させた。

電話の着信音がひっきりなしに響き渡るオフィスの中、庸介はノートパソコンのブラウザを閉じた。こんな中では、とても仕事にならない。

八月に入ってから、庸介にとって予期せぬ出来事が立て続けに二つも起きた。

どちらも、いきなり野良犬に嚙(か)みつかれたような、災難としか言いようのない事態だった。

「堀口さんから連絡はあったか」

マネジメントを担当しているスタッフに声をかけると、蒼(あお)い顔で首を横に振られた。スマートフォンからもパソコンからも、何度も連絡やメッセージやメールを入れているのに、堀口からはまったく返信がない。恐らく逃げられているのだろう。

大きく息を吐き、庸介は窓の外に視線を向けた。午後七時を過ぎると、窓の外は既に暗い。蒸し暑さは頂点に達していたが、日は少しずつ短くなってきているようだ。

「社長」

スケジュールを担当しているスタッフが、上ずった声をかけてくる。

「年内のクラウドファンディングパーティー、ほとんどがキャンセルになりました」

庸介は一瞬、息を呑んだ。

「BINのもか」

「……はい」

動揺を隠せないスタッフを前に、庸介は無言で口元を引き締める。チケットの還元で、あれだけ稼がせてやったのに――。

〝芦沢さんとは、常にwin‐winっすよ〟

二十代のインフルエンサー、BINの調子のよい笑顔が脳裏に浮かんだ。

庸介はスマートフォンを手に廊下に出ると、すぐさまBINに連絡を入れる。数回の呼び出し音で、通話はすぐにつながった。インフルエンサーのBINは、食事中も入浴中も、睡眠中でさえ絶対にスマートフォンを手放さないと聞く。

「あれー、芦沢さん、なんすかぁ?」

まったく悪びれた様子のない応答に、庸介は眉間に皺を寄せた。

「今、スタッフに聞いたんですが、年末のクラウドファンディングパーティー、キャンセルって本当ですか」

「そりゃ、仕方ないっすよ。今、会場が『ＡＳＨＩＺＡＷＡ』じゃ、チケット売れっこないじゃない」

ＢＩＮは当たり前のように言い放つ。

「俺らのつながりってネットがメインっすから、そこでこれだけ燃えちゃうと、さすがに無理ゲーなんで」

「でも、もとはといえば、記事やまとめサイトを作ったのは、ＢＩＮさんのパーティーにきていたライター崩れじゃないですか」

庸介が語気を強めると、「いや、それこそ無理ゲーだから」とＢＩＮは開き直った。

「チケット買ってるのは、現実(オフ)ではあったことない相手っすから、どんなのがくるかなんて責任持てませんよ。それに、炎上のきっかけ作っちゃったのは、芦沢さんなんだし。トツアカなんて放っておけばいいのに、マジレスするなんて、ありえないっしょ」

トツアカ――炎上を目的に突撃してくるアカウントを意味するスラングを耳に、庸介は眼を閉じる。擬人化されたロボット犬のアイコンが、目蓋の裏に浮かんで消えた。

明け方の言い合いで捨て置いたツイートが、一ヶ月も経(た)ってから炎上騒ぎに発展するとは、正直夢にも思っていなかった。

きっかけは、堀口がプロデューサーを務めているテレビ番組だ。

アイドルたちの〝汚料理(おりょうり)〟合戦をメインにしたバラエティー番組が、一般女性を相手に不祥事を起こした人気俳優のドラマが放送中止になった穴埋めに、急遽(きゅうきょ)前倒しで放送されることになった。緊急事態に堀口自身の手が回らなかったせいもあるのだろうが、あれだけ事前に確認させてくれと頼んでおいた「ＡＳＨＩＺＡＷＡ」店内の映像が、庸介のチェックなしに番組内で使用されてしまった。そのとき、土鍋で炊いたご飯を一時保管しておく業務用の保温容器が、たまたま画面の隅に映り込んでいたのだ。

〝「ＡＳＨＩＺＡＷＡ」の品書きにある「炊き立てご飯」は食品偽装。これが証拠だ！〟

途端にメカドッグが、鬼の首でも取ったような攻撃を始めた。

しかもテレビの静止画像つきのツイートが、そこそこのフォロワー数を持つウェブライターにリツイートされたことから、瞬く間に拡散された。

中山と名乗るウェブライターは、メカドッグと庸介の一ヶ月前のやり取りを勝手にまとめサイトに転載し、「食品偽装に開き直る、〝日本料理界革命児〟の慢心」というタイトルの批判的な記事まで書いた。

〝世界一のレストランのホールスタッフを務めたというのが売りの芦沢庸介は、明らかな食品偽装に対し、「親切心で分かりやすい名称を使っただけ」という、誠実であるべき料理人としてあり得ない趣旨のツイートを恥ずかしげもなく公開している。こんな一般消費者を下に見た本音を持つオーナーの料亭には、「炊き立てご飯」以外にも、多くの嘘偽りがありそうだ。ぜひとも農林水産省の食品Ｇメンには、速やかに「ＡＳＨＩＺＡＷＡ」への介入を遂行していただきたい〟

この記事には、庸介自身のツイートが抜粋して切り張りされていた。

〝ホテルは君みたいな人のために、親切心で分かりやすいほうの名称を使ったんじゃないの。だから偽装じゃなくて誤表示なんだよ〟

〝そもそも外食産業は、夢を売る仕事でもあるんだ〟

〝うちは決して安い店じゃないから、無理してきてくれなくて結構だ。さようなら〟

コメント欄には「夢じゃなくて、ちゃんとした料理を食わせろよ」「料亭が夢を売ってるって、どこの寝言だよ」「やっぱり電子ジャーのご飯なんじゃん」と一般ユーザーからの辛辣なコメントが並んでいる。

すべては誤解だ。「ASHIZAWA」ではご飯はできるだけ炊き立てのものを提供するように努めている。だが、宴席に遅れてきたり、商用で席を外したりする人に別出しするときのために、一時的にご飯を保温容器に保管することがあるだけだ。

釈明ツイートを公開しようとしていた庸介を、二つ目の災難が襲ったのは、少し前のことだった。〝世界一のレストラン〟を決めるコンテストで、「ジパング」が敗北した。

一位に輝いたのは、北欧のライフスタイルを提唱する自然派レストラン「チャヤハ」だ。しかも、一位転落だけではない。「ジパング」は、ベストテン圏内にも残れなかった。コンテストの直前に、「ジパング」が調理に多用する亜酸化窒素ガスの健康上への影響を懸念する記事が大手新聞に出たことが原因だった。

それを受け、今度は中山は「ASHIZAWA」が〝世界一〟を名乗ることへの疑問を記事に書きたてた。本家の「ジパング」がトップの座から転落した今、その亜流である「ASHIZAWA」が〝世界一〟を売りにするのは、それこそが偽装なのではないかと。

当初庸介は、フェイクが溢れるネットニュースなど、誰も相手にしないのではないかと思っていた。ところが、〝世界一〟を謳ったおせちや商品の開発を進めていた取引先から、次々に消極的な連絡が入ることになり、さすがに危機感を覚え始めた。

今では庸介の個人アカウントだけでなく、店の公式アカウントにまで、一般ユーザーからひっきりなしに攻撃的なツイートがくる。

〝信じていたのに裏切られました〟

〝「ＡＳＨＩＺＡＷＡ」の名前の入ったものは二度と買わない〟

〝〆に電子ジャーのご飯って、料亭としてあり得ない〟

〝一般消費者をバカにするな、潰れてしまえ！〟

ツイートだけではなく、いたずらや脅迫めいた電話までが、頻繁にかかってくるようになった。

こんなにも暇な人間が大勢いるのかと、庸介は呆気にとられた。

ここにツイートを送ってきているのは、大多数が「ＡＳＨＩＺＡＷＡ」に足を運んだことのない人たちだ。実害を被ったわけでもない人たちが、なにをこんなに激怒しているのか、庸介にはまるで理解できなかった。

すべてはただの怨嗟にすぎない。自分ではチャンスをつかみにいけない人間が、誰かが倒れるのを手ぐすね引いて待っている。そして気に入らない誰かが倒れたら、思う存分指をさして罵るのだ。

俺が、私が、つかめなかったチャンスをつかんだお前よ、ざまあみろ！

批判的な記事を書き連ねる、中山なるウェブライターを画像検索したとき、庸介はその思いがあながち間違ってはいなかったと実感した。何枚か出てきたその顔は、ＢＩＮのクラウドファンディングパーティーで挨拶をし損ねたテーブルで、一人物欲しそうにビールを飲んでいた、暗い表情の男と同一人物だったのだ。

「あのさー、芦沢さん、今更言っても遅いかもしんないすけどぉ」

ＢＩＮの能天気な声に、庸介は現実に引き戻される。

「ゴシップ系のウェブライターって、トツアカ持ってたりするんすよ。そこで有名人とバトルしてきっかけ作って、後から記事書いて、ページビュー集めてアフィリエイト稼ぐっていうね。これ結構常套手段なんで、ＳＮＳやるときは、気をつけたほうがいいっすよ」

それでは――。メカドッグと名乗るアカウントもまた、中山本人だったということなのか。

堀口に呼ばれて踵を返したとき、あからさまにムッとした表情を浮かべていたのを覚えている。

結局あのときから、自分は中山のターゲットにされていたのだろうか。

これが庸介自身も利用してきた、実体の希薄な情想の奥に巣食う魑魅魍魎の類なのか。

「じゃ、そういうことで」

一方的に通話を切られたが、庸介はしばらくスマートフォンを手にしたまま、動くことができなかった。大きく深呼吸し、なんとか気持ちを整える。

このままで済ませるものか。

足早に廊下を歩き、オフィスの扉のノブに手をかけた。

「皆、落ち着け。こんなものは一時的なヒステリーだ」

扉をあけながら、庸介はスタッフたちに声をかける。実体のない情想であればこそ、簡単に熱しもするし冷めもする。こんなことに、負けてたまるものか。

「社長！」

しかし、マネジメントスタッフの悲痛な声が庸介の耳朶を打った。

「たった今、メールが入りました。『ジパング』が……、年内に閉店するそうです……！」


塩大福、薬膳にんにく、漬物、煎餅――。

巣鴨地蔵通り商店街には、赤を基調にした看板がずらりと並んでいる。昼間であれば、ここを大勢のお年寄りたちが闊歩しているのだろう。

「ジパング」閉店の知らせを受けてから一週間後。庸介はたった一人で、人気(ひとけ)のない夜の商店街を歩いていた。頭上のオレンジ色の看板には、「靴下(くつした)、肌着、メリヤス」と大きな文字が書かれている。メリヤスという言葉を眼にしたのは随分と久しぶりだ。

元々夜が早い街なのだろうが、まだ九時を過ぎたばかりなのに、通りには誰もいない。シャッターが下りた商店街の大通りは、先程降った通り雨に洗われ、黒々と輝いている。

取引先からの帰り道に、車窓から地蔵通り商店街の赤いゲートを見たとき、庸介は思わずタクシーを下りていた。

たまたま通りかかっただけのこの街を、なぜ用もないのにこんなふうにぶらついているのだろう。決して忙しくないわけではないのに。

実際、やるべきことは山ほどある。

「ジパング」の閉店を受けて、〝世界一〟という言葉を使うことに尻込みし始めた数々の取引先の説得。クラウドファンディングパーティーのキャンセル続きで、空きができてしまったバンケット事業の穴埋め対策。未だに一般ユーザーからの攻撃がやまない、公式ＳＮＳへの対応……。

どれもこれもろくでもない案件ばかりだ。

閉店に関するマサヤ・アルトゥール・ミサカのコメントは、先日「ジパング」のオフィシャルサイトで確認した。マサヤはいつもとまったく変わらぬ穏(おだ)やかな笑みを浮かべ、今回の閉店とランキングにはなに一つ関係がないことを繰り返し語っていた。

マサヤ曰(いわ)く、閉店はもっとずっと前から決まっていたことだという。この先マサヤは、レストランではなく、〝研究所(ラボラトリー)〟という形で、料理の新たな可能性を探っていくのだそうだ。

師匠の曇りのない笑顔を、庸介は苦々しい思いで眺めた。

マサヤの佇まいは相変わらず悠然としていたが、結局「ジパング」は、第一線から撤退するということだ。どんな理屈をこねようが、負け惜しみにしか聞こえない。

既に栄華を極めたあんたは、それでいいだろう。でもこちらは、まだ駆け出したばかりなのだ。

気がつくと、庸介は無意識のうちに唇を嚙んでいた。

この日も、おせちのタイアップを進めている百貨店の担当者から、宣伝文句に〝世界一〟を謳うのはやめるべきだと提言された。庸介がホールスタッフを務めていたときに「ジパング」がランキング一位だったことは事実だと説得しても、通用しないと撥ねのけられた。

「ASHIZAWA」の公式SNSの炎上騒ぎを見た担当者は、明らかに飛び火を恐れている様子だった。おまけに、それに伴い、当初の予算を大幅に引き下げると言い渡された。

これではタイアップというよりも、下請け扱いだ。

しかし、すべてが己の不用意なツイートに端を発していると指摘されれば、返す言葉は見つからない。

ようやく捕まった堀口からも、とんでもない提案を受けた。

「まあ、タイトルはちょっとあれだけど、出てみない？　深夜の割に数字もいい番組なんだよ」

穴埋めをすると約束した堀口が持ち出してきたのは、「やらかしました」というタイトルの、不祥事を起こした著名人をガヤ芸人たちが質問攻めにする、趣味の悪いお笑い番組だったのだ。

「芦沢ちゃんが、自分の口で釈明するいいチャンスにもなるわけだしさ」

調子よく告げられたとき、これまでできうる限り大切にしてきた映像メディア関係者を、庸介は初めて「ふざけるな！」と怒鳴りつけた。

どいつもこいつも、ふざけやがって……。

ブランド物のスーツを着た庸介は、肩で息をつき、額に滲む汗をぬぐった。いつもは空調のきいたタクシーで移動しているのでたいして気にならないが、こうして歩いているとあっという間に汗が噴き出す。

今年の夏の暑さは異常だ。先程まとまった雨が降ったのに、蒸し暑さは一向におさまらない。濡れたアスファルトから、熱気が立ち上ってくるようだ。

これ以上歩きたくない。

でも、新たにタクシーを拾う気にもなれない。

「ＡＳＨＩＺＡＷＡ」にも、定宿のホテルにも、マンションにも戻りたくなかった。誰にも会いたくないはずなのに、一人でいるのも耐えられない。

自分でも自分の気持ちがよく分からないまま、庸介は夜の商店街を歩き続けた。

確か、この辺りだったはずだ――。

スマートフォンのアプリを開き、年賀状で見た料亭の名前を検索する。飲食店の口コミ紹介サイトの中に、その店名はすぐに見つかった。

〝小さいけれど、いつも常連さんで一杯のお店です〟

〝地味ですが、素材も新鮮で間違いのない味です。祖父の代から三代に亘って通っています〟

〝ランチのコスパが最高です〟

店の口コミには、好意的なコメントがいくつも並んでいる。

罵倒か中傷しか書き込まれていない、今の「ＡＳＨＩＺＡＷＡ」とはえらい違いだ。

巣鴨地蔵通り商店街の中ほどの角を曲がって、数軒目――。

ふとスマートフォンから視線を上げると、こぢんまりとした料亭が佇んでいた。石の蹲踞には綺麗な水が湛えられ、小さな柄杓が掛けられている。

庸介がぼんやり立ち尽くしていると、いきなり引き戸ががらりとあいた。鼻歌交じりに暖簾を仕舞いに現れた若い料理人が、きょとんとしたようにこちらを見る。

やがて、その表情に驚愕の色が浮かんだ。

「あ、あ、あああ、芦沢さん……！」

尻もちをつきそうな勢いで、香坂省吾は後じさった。今や炎上騒ぎでときの人になっている庸介を前に、動揺を隠せない様子だった。

「よう、香坂、久しぶり」

あまりの狼狽ぶりに、庸介のほうがきまり悪くなる。ちょっと様子を見にきただけだったのだが、まさか本人と鉢合わせになるとは、庸介も考えていなかった。

「あ、あの、実は、もう今日は食材が終わっちゃって、板長もさっき帰っちゃったところで……。す、すすす、すみません。せっかくいらしていただいたのに……」

慌てふためきながらも、省吾は膝頭に額がつくほど低く頭を下げてきた。

「いや、たまたま通りがかりに寄ってみただけだから」

努めて平静に、首を横に振る。自分でも、なぜここへきてしまったのかよく分からなかった。

「ジ、ジパングの件、本当に残念でした」

「ああ」

庸介の声が一段低くなる。

果たして香坂省吾は、本当にそう思っているのだろうか。自分と違い、省吾はホールスタッフを務めた後も、ただの一度も「ジパング」の名声を利用しようとはしなかった。

その結果が、これだ。

「じゃあ、またな」

省吾の眼に憐憫(れんびん)の色が浮かぶのを見たくなくて、庸介は踵を返そうとする。

ところが。

「待ってください、芦沢さん！」

いきなり背後から腕をつかまれた。

「なんだよ」

振り返ると、省吾が真剣な表情で自分を見ていた。

「あの、僕、この後いこうと思っているお店があるんです。よければご一緒に……」

「いかねえよ」

庸介は腕を振り払う。つい先日まで見下していた後輩を相手に、弱音を吐くのは嫌だった。

「でも、僕に会いにきてくれたんですよね」

「そんな訳ねえだろ」

「いや、そのはずです」

「なにを根拠に言ってんだ。自惚(うぬぼ)れんなよ」

「自惚れてはいませんけれど、根拠ならあります」

「なんのことだ」

「だって芦沢さん、巣鴨に用なんてないでしょう？」

きっぱりと言い切られ、庸介はとうとう天を仰ぐ。

気弱なようでいて、妙に頑固なところがある——。

〝世界一のレストラン〟「ジパング」の最年少スタッフ、香坂省吾は元よりそういう奴だった。

満員電車に乗るのなんて、久しぶりだ。

顔を知られている庸介は念のためにサングラスを着用したが、電車に乗っている人たちは、そろって手元のスマートフォンの画面を覗(のぞ)き込んでいた。それにしても随分混んでいる。隣のサラリーマン風の男に押されながら、庸介は今日が週末であることを思い起こした。土日の区別もなく働いている庸介は、曜日の概念が希薄だった。

傍(かたわ)らでは、省吾が妙にそわそわしている。

「おい」

声をかけると、びくりと肩をすくめた。

「結構いい時間だけど、その店、まだあいてるのか」

「ええ、大丈夫だと思います」

その後、省吾は小声でなにかを呟いたようだがよく聞き取れなかった。

「飲み屋なのか」

「飲み屋では、ないですね」

腕のいい料理人である省吾がわざわざ出かけるのだ。相当美味(うま)い料理を出す穴場の店なのだろうか。

「何料理の店だ」

「料理っていうか、カフェです」

「カフェ？」

「はい」

カフェだったら、その辺でもいいだろうと庸介は呆れたが、省吾は相変わらず心ここにあらずの表情をしている。

片づけを終える省吾を待ち、タクシーを呼ぼうとしたが、電車でいこうと押し切られた。

タクシーだと、ちょっとたどり着けない場所なんで――と、訳の分からないことを言っていたが。

「カフェはカフェですけど、結構美味い夜食が出てきます」

「あ、そう」

どうでもよくなってきて、庸介は前を向く。

「そ、それと……」

省吾が今度はもじもじし始めた。

「実はそこに、会いたい人がいて」

「はあ？」

先程からどうも浮ついていると思ったが、恋人に会いにいくつもりだったのか。

「だったら、俺なんか誘うなよ。二人だけで会えばいいじゃないか」

「いやいやいや、そういうんじゃなくて！」

庸介がムッとすると、省吾は必死に否定した。

「約束してる訳でもなんでもないんで、会えるかどうかも分からないんです。でも、もし顔を見られたら、もうそれだけで満足っていうか」

今時、中学生でも言わない台詞だ。

「スーパーゆとりかよ……」

庸介は大いに白けたが、省吾は幸せそうな顔をしている。

「それに、そもそもお店がやってるかも分からないんで」

しかし次に省吾が発した台詞に、庸介は耳を疑った。人をこんな満員電車に連れ込んでおいて、今更なにを言っているのか。

「おい、ちょっと待て。やってるかどうか分からないって、一体、どういう……」

「あ！　芦沢さん、もう着きますよ。こっちです、こっち」

言いかけた庸介を遮り、省吾が人混みをかき分けて出口に向かっていく。

まったく――。

庸介は仕方なく後に続いた。

その街は、南口と北口ではまったく様相が違った。最近開発されたと見られる南口は真新しいショッピングモールにつながり、大きなタワーマンションが立ち並んでいるが、その反対の北口は、昔ながらの商店街が続く下町だった。

中途半端な開発だな。

商店街を歩きながら、庸介は思う。自分が開発者なら、どんな方法を使ってでも、この辺にいる連中は全員立ち退かせる。そうでなければ、この場所の地価は上がらない。

店のブランディングも同じこと。なにかを犠牲にしてでも価値を上げていかないと、競争社会で生き残っていくことはできない。

「この辺の町並み、いいですね。昔ながらの昭和って感じがして。こういう雰囲気、いつまでも残ってほしいです」

省吾が正反対のことを言いだしたので、庸介は鼻を鳴らした。

「お前、昭和生まれじゃないだろ」

「芦沢さんは、ぎりぎり昭和生まれですよね」

「うるせえよ」

閉店間際のスーパーや、深夜なのに煌々と明かりがついている予備校の前を通り過ぎると、商店街の外れに出た。

「こんなところに店なんてあるのか」

「ですよねぇ。普通はそう思いますよねぇ」

庸介は不信感を露にしたが、省吾は呑気に笑っている。

「でも僕、今の芦沢さんは、絶対、『マカン・マラン』と縁があると思うんです」

「『マカン・マラン』？　マレー語か」

「僕はインドネシア語だって聞きました」

「マレー語とインドネシア語は似てるんだよ」

マレー語は、多民族国家であるシンガポールの公用語の一つだ。マカンは食事。マランは夜。

「それで夜食か」

「さすが、芦沢さん、博学です！」

眼を輝かせる省吾に、庸介は溜め息をつきたくなる。

純朴というか、天然というか――。でも元々、こいつにはそういうところがあった。

その省吾が人一人通るのがやっとの狭い路地裏に入っていこうとしているのを見て、さすがに庸介は慌てた。

「香坂、お前、一体、どこへいくつもりだ」

「どこって、『マカン・マラン』ですよ」

舗装もされていない細い路地には、ポリバケツや空調の室外機が並び、とてもその先に店があるような雰囲気ではない。段々怪しい気配がしてくる。大体、今の自分に縁がある店って、どういう意味だ。

まさか、セミナー系か。

純真すぎる省吾なら、妙なセミナーに嵌っている可能性もなくはない。

「冗談じゃないぞ」

砂利を踏んでどんどん歩いていく省吾の肩をつかみかけたとき、いきなり狭い道の前方が開けた。サングラス越しに一層暗く見える闇の中、カンテラが橙色の鬼灯のようにぽっとともっている。カンテラが掛けられた門の奥に、小さな中庭を持つ古民家が、カーテン越しの柔らかな明かりを纏って静かに佇んでいた。中庭の中央には丸い緑の葉を茂らせたハナミズキが立ち、その根元に、羊歯やクワズイモが旺盛に葉や茎を伸ばしている。

草むらからは、ジーッと低い音を真っ直ぐに響かせるキリギリスの鳴き声がした。少し前にまとまった雨が降ったせいか、濃い緑の香りがする。タクシーの中や、高層の部屋では感じることのできない、晩夏の夜の匂いだ。

ハナミズキの梢の先に、満月に近い月が煌々と輝いている。都心に近い郊外の片隅に、突然、南国の庭が現れたようだった。

狐につままれたような気分で、庸介は揺らめくカンテラの明かりを眺めた。

商店街の外れの路地裏に、こんな店が隠されているとは思わなかった。タクシーではたどり着けないとは、つまり、こういうことだったのか。

「よかった！　やっぱり、芦沢さんも、『マカン・マラン』に縁があったんですよ」

省吾が嬉しそうに門をあけて、中庭に入っていく。

曰く「マカン・マラン」とやらは、ネットにも情報がなく、予約もできない、まさに縁がなければ入ることのできない、不定休の隠れ家カフェなのだそうだ。

しかし、それって、随分と横柄な商売の仕方ではないか。「ＡＳＨＩＺＡＷＡ」でさえ、ネット予約を受けつけているというのに。

果たして、どんな〝夜食〟を食わせる店なのやら――。

庸介は少し挑戦的な気分で省吾の後に続く。

省吾が呼び鈴を押すと、「はぁああいぃいいい」とインターホンから低い声が響いた。やがて古民家の奥からみしみしと廊下を歩いてくる足音が響き、重たそうな玄関の扉がゆっくりとあけられた。

庸介はサングラスの奥の眼を大きく開く。

「あらぁああ、板前さん、久しぶりぃいいい」

野太く低い声の持ち主が、扉の向こうに立ちはだかっている。

舞台化粧のような派手なメイクに、虹色のラメが輝くスカーフ。ゆらゆら揺れる銀色の大ぶりのピアスに、ショッキングピンクのボブウイッグ。

身長百八十センチを超える巨大な男が、桔梗色のサマードレスを纏って、太い腕を組んでいた。

「今日はお友達が一緒なのね」

ダリのリップソファを思わせる真っ赤な唇が、大きく弧を描く。

「はい。こちらは高輪の料亭『ＡＳＨＩＺＡＷＡ』のオーナーシェフ、芦沢庸介さんです」

省吾がなんでもないように紹介を始めた。

世慣れした庸介でさえいささか戸惑っているのに、省吾はあくまで平然としている。

「芦沢さん、こちらが『マカン・マラン』のオーナーで、ドラァグクイーンのシャールさんです」

ドラァグクイーン――。もちろん、そういう人たちの存在は知っていた。奇抜な容姿と当意即妙のコメントでメディアに引っ張りだこの彼らとは、テレビ番組の収録で顔を合わせたこともある。「マカン・マラン」とやらが、おかまバーであることは理解した。

だが、それが省吾とはうまく結びつかない。

こいつって、そういう奴だったっけ？

傍らの省吾の顔をまじまじと見つめていると、ふいにドラァグクイーンのシャールが身を屈めてきた。

「ようこそ、『マカン・マラン』へ。歓迎するわ」

シャールは一層声を低めて囁いた。

「でも、月の美しい夜に、サングラスは無粋だわ。私の店にきた以上は、去りゆく夏の夜の夢を、しっかりと楽しんでちょうだい」

鳥の羽根のようなつけ睫毛の奥の眼が、凄みを湛えて光っている。完璧な化粧を施しているが、その原形はどう見ても、いかつい中年のオヤジだ。迫力に押され、庸介はサングラスを外した。

「まあ、美男さんだこと」

たびたびメディアに登場している自分のことを知っているのかいないのか、シャールは判然としない態度でしなを作って笑っている。

「さくらちゃん、きてるわよ」

次にシャールは省吾の耳に唇を寄せた。途端に、省吾の顔が耳まで赤くなる。

その様子に、庸介は眼を丸くした。

〝シャールさん〟がおかまバーのママなら、〝さくらちゃん〟はおかまのホステスに違いない。

そうしたことに、決して偏見があるわけではないが。

でも、今の今まで知らなかった……。

「さ、入ってちょうだい」

巨大な女装の男に促され、庸介は努めて平静を装い、靴を脱いで板張りの廊下に上がった。古い廊下は三人の男が歩くと絶えずみしみしと軋んだが、隅々まで磨き込まれ、どこかひんやりとしていた。

廊下の先の広い部屋に入り、庸介は軽く息を呑む。

竹や籐の家具が並び、鳥籠のランプや蠟燭の炎に照らされた仄暗い部屋は、アジアの隠れ家リゾートのようだ。ここにも、非日常の情景があった。

そして、なによりも非日常なのは——。

手前のソファでくつろいでいた、色鮮やかなウイッグをかぶったドラァグクイーンたちが一斉に振り向く。

「んきゃぁあああああっ」

真っ赤なロングヘアのウイッグをかぶった厚化粧の男が、一際高い声を放った。

こ、これが、省吾の思い人の〝さくらちゃん〟か！

庸介は驚愕する。

ところが、真っ赤なロングヘアがいきなり突進してきた相手は、省吾ではなかった。

「イケメン、ハッケ――ンっていうか、この人、テレビで見たことあるぅ」

突如抱きつかれ、庸介は尻もちをつきそうになる。

「あ、分かっちゃった。このイケメン、日本料理界の革命児でしょう。もやしっ子と一緒に、世界一のなんちゃらで修業した」

庸介に抱きついたまま、真っ赤なロングヘアが省吾を見た。

「で、食品偽装擁護のツイートで、目下、大炎上中のときの人」

こいつ、喧嘩売ってんのかよ――！

間近から突きつけられた指を、庸介は振り払う。

「これこれ、ジャダ。おやめなさい」

背後から近づいてきたシャールが、胸元のスカーフを優雅に揺らした。

「私の店に入った以上、世間のつまらない噂なんて関係ないのよ」

世間のつまらない噂。

あっさりと言い放たれ、庸介はなんだか拍子抜けする。けれど、その世間のつまらない噂こそが、情報社会の情想を握っているのもまた事実なのだ。

庸介の胸に、忘れかけていた沈鬱な思いが甦る。

「香坂さんと……、芦沢さん？」

ふいに声をかけられ、庸介は我に返った。

中庭に面した窓側の席で白髪の老婦人と向き合っていた女性が、驚いたようにこちらを見ている。

「あなたは……」

三十前後のその女性には、庸介も見覚えがあった。確か、昨年「ＡＳＨＩＺＡＷＡ」のレセプションで貧血を起こした省吾に、ずっとつき添っていた女性だ。

「私、ライターの安武(やすたけ)です」

女性が名刺を差し出してくる。角の丸い名刺には、大手出版社のロゴと、特約記者、安武さくらという名前が印字されていた。

省吾の思い人の〝さくらちゃん〟はこっちだったか。

それに関しては一旦安堵(あんど)したが、今度は別のきまり悪さがじわじわと湧いてくる。

この女、メディア関係者だったのか……。

さくらから強い眼差(まなざ)しを向けられ、庸介の額に冷や汗が浮かぶ。

昨年の「ASHIZAWA」のオープニングレセプションで、庸介は味つけをしていない料理サンプルを用意した。そして、女性タレントとのトークショーをメインにして、試食会も行わなかった。

しかも――。

〝トークショー用のサンプルのために、わざわざ出汁なんて引かねえよ〟

あのときは完全に省吾の連れだと思い込み、さくらの前で随分と横柄な本音を口にしてしまっていた。

〝大体、レセプションに集まってくるライターふぜいに、料理の本当の味なんて分かる訳ないだろう。連中には、俺の経歴とこちらで用意したプレス資料だけで、記事を書いてもらえばいいんだよ〟

当のライターのさくらが、どんな思いでこの台詞を聞いていたのかを想像すると、さすがにばつが悪い。

「あなたは、香坂君の彼女じゃなかったんですか」

言い訳がましく確認すると、さくらはきっぱり首を横に振った。

「違います」

失礼なほどの即答ぶりに、庸介はそっと省吾の様子を窺う。多少なりともショックを受けているかと思いきや、省吾は心底幸せそうにうっとりとさくらの横顔を眺めていた。顔を見るだけで満足といった言葉に、どうやら嘘はないようだ。

ウルトラスーパーゆとりかよ……。

あまりのおっとりぶりにいささか呆れていると、さくらが厳しい眼差しでこちらを見た。

「ライターふぜいに、随分とご苦労をされているご様子で」

庸介は再び、砂を噛むような思いを味わう。

これまで侮りながらも散々利用してきた〝ライターふぜい〟に意趣返しをされたのも、所詮は身から出た錆ということか。

「言いたいことは山ほどありますけど、これ以上はやめておきます」

庸介が押し黙っていると、さくらはするりと矛先をしまって肩をすくめた。

「シャールさんのお店では、私もあなたもただの客ですから。せっかくのお夜食もまずくなるし」

さっぱりした清楚な容貌の奥に、聡明さと気の強さが滲んでいる。省吾も、随分と手強そうな女性に惚れたものだ。

これこそ、難攻不落の無理ゲーだな。

ＢＩＮがよく口にするスラングが脳裏に浮かび、胸の奥がじわりと焼かれる。簡単に掌を返してみせるＢＩＮのような連中としか関係を結べなかったのは、己もまた、メディアに対して不誠実だったからかもしれない。

「そうね。ここからは、お夜食の時間よ」

シャールがぽんと掌を打つ。

「お二人も、カウンターのポットにあるお茶を自由に飲んでいてちょうだい。もうすぐご飯が炊けるから、そうしたらすぐに始めましょう。今日はステーキを焼くから、楽しみにしててね」

最後の言葉に、カウンター席で一人で新聞を読んでいたメタボ気味の中年男が、「お」というように顔を上げた。

虹色のスカーフを揺らしながら、シャールは優雅な足取りで部屋を出ていった。

ジャダと呼ばれていた赤いロングヘアのウイッグをかぶった男から解放され、庸介は省吾と共にアンティーク風の籐の椅子(いす)に腰を下ろした。テーブルの上では、真鍮(しんちゅう)の蛙(かえる)が捧(ささ)げ持つ蠟燭の炎がゆらゆらと揺れている。

お茶を持ってきてくれた省吾に、庸介は小声で語りかけた。

「なんだか不思議な店だな」

「僕も最初はびっくりしちゃいました」

省吾が眼尻を下げて庸介を見る。

昨年、省吾はさくらにここを紹介してもらったのだという。実はこの店は昼のダンスファッション専門店「シャール」が本職で、夜の「マカン・マラン」は、元々そこで働くお針子(はりこ)たちへの賄(まかな)いから始まっているのだそうだ。

「お針子ねぇ……」

ソファできゃはきゃはじゃれ合っているジャダたちを横目に、庸介は眉を寄せる。

「で、そのお針子が、店主同様、全員おかまだってことか」

「わ！」

省吾が慌てて庸介の口の前に指を立てた。

「この店でその言葉を使っちゃ駄目ですよ。ここの人たちは、全員おかまじゃなくて、品格のあるドラァグクイーンなんだそうです。今の言葉、ジャダさんの耳に入ったら、半殺しか、キス攻めの刑、但しイケメンに限る、に処されるそうです。芦沢さんなら間違いなく後者ですよ」

それは――。ものすごく嫌だ。

「でも不思議なのは、それだけじゃないんですよ」

省吾が穏やかに微笑んで、ジェンガラのマグカップに口をつけた。つられて、庸介も温かなお茶を一口飲んでみる。シナモンとジンジャーの香りが鼻孔を擽った。

「変わったジンジャーティーだな。カルダモンも入ってるのか」

「さすが、芦沢さん」

「いや……」

シンガポールでも、スパイスのきいたお茶はよく飲んだ。

「店もお茶もですけど、料理がこれまた不思議なんですよ。僕らのようなプロっぽいものじゃなくて、本当に賄いっていうか、家庭料理っていうか、だからこそ、温かいっていうか……」

「まあ、外食産業に、本物の家庭料理なんてものはないからな」

「ですよね」

庸介も省吾も、なんとなく口を閉じた。二人が黙ると、店内を静かに流れるガムラン・ドゥグンのゆったりとした旋律が全身を包み込む。窓の外からは、夏の夜の虫の音も響いてきた。

典雅な子守歌のような調べに身を任せていると、沈黙がちっとも気にならない。籐の椅子にもたれ、庸介は改めて店内の様子を見回した。

窓辺の席では白髪の老婦人が細い針でレースを編み、向かいの席のさくらは窓の外の月をぼんやりと眺めている。カウンターを独占している眼鏡（めがね）をかけた仏頂面の中年男は、熱心に新聞に眼を落としている。

まったく接点のなさそうな老若男女が、それぞれの時間を、それぞれに楽しんでいる。

はしゃいでいたジャダたちもいつしか静かになり、店内は深い海の底に沈んでいくようだった。

成程ね――。

シナモンのきいたジンジャーティーを口に含み、庸介は考えを巡らせる。

確かにここは、おかまバーではなく、カフェのようだ。アルコールやコーヒーを出さずに、オリジナルのお茶と〝賄い〟だけで勝負しているというのも、それはそれで面白い。

だがブランディングとして考えるなら、この立地は難しい。会員制にするには、ここは郊外すぎるし、町自体の魅力（みりょく）も乏しい。

「客はほとんど常連みたいだが、どうやって集めてるんだ？　ネットも使ってないなら、口コミもきかせられないだろう」

庸介が尋ねると、省吾は当たり前のように答えた。

「集めてないと思いますよ」

「は？」

「だって、基本は賄いですから」

「そのコンセプトは分かったけど、こんな分かりづらい場所をどうやってユーザーに届けてるのかって話だよ」

「多分……。たどり着くんじゃないですかね」

なに言ってんだ、こいつ。

庸介は眉を顰めたが、省吾は生真面目な顔で、自分の言葉にうんうんと頷いている。

「ここは普通の店とは違います。縁がなければたどり着けない。そういう場所なんだと思います」

まるで話が通じていない。

「でも、芦沢さんも、縁があったからここにこられたんだと思いますよ」

屈託のない眼差しを向けられ、庸介はなんだか諦めて口を閉じる。

それからしばらくは、庸介も省吾も黙ってお茶を飲んだ。あれこれ考えることをやめると、庸介も久々になにかから解放されたような気分になった。

なにも考えない。そんな時間を過ごすのは、一体いつ以来だろうか。

どのくらいそうしていたのだろう。

ジュージューという鉄板焼きの音と、辺りに立ち込める香ばしい匂いに、庸介は我に返る。

サマードレスの上にギャルソンエプロンを纏い、頭に銀色のターバンを巻いたシャールが、鍋つかみで鉄鍋を持って、カウンターの奥から現れた。

「今夜は豪快にステーキよ」

カウンターの鍋敷きの上に、鉄鍋がそのまま置かれる。

真っ赤なパプリカ、黄色のズッキーニ、鮮やかな緑の大きなオクラ、艶々と輝く紺色の茄子、皮つきの紫ニンニク――。鍋の上でジュージューと音をたてているのは、色鮮やかな夏野菜たちだ。

「いい匂い……！」

立ち上る甘い香りに、さくらや老婦人やジャダたちお針子軍団が、カウンターの周りに集まってきた。

「そして、これが今夜のスペシャリテよ」

シャールがもったいぶって、鉄板の中央に伏せてあったドーム型のステーキカバーを外す。すると、中に鎮座していたのは、表面がこんがりと焼けた分厚い大根だった。

「うわぁ、美味しそう」

さくらと老婦人が顔を見合わせる。

「おい！」

ところがそこに、カウンターのメタボオヤジの不機嫌そうな声が重なった。

「なんだ、これは」

「なにって、夏大根のステーキよ」

シャールが澄(す)ました顔で答える。途端にオヤジが血相を変えた。

「ステーキと言ったら、普通は牛肉だろう。百歩譲ったところで、鶏肉か豚肉だ！」

「あら、大根のステーキは夏だけのお楽しみよ。茹(ゆ)でるとトロトロになる冬大根と違って、歯ごたえのいい夏大根は、ステーキに向いてるの。サクッとした歯触りと瑞々しい甘さは、一度食べたら病みつきよ」

バジルソース、レモンソルトソース、トマトソース、サルサソース……。小皿に盛った色とりどりのソースを、シャールがパレットのように並べる。

「じっくり焼いてあるから、野菜本来の味がぎゅっと濃縮されてるの。特に夏大根のステーキは、せっかくのジュースが浸透圧で抜けちゃわないように、食べる直前に味つけするのが鉄則よ。シンプルに塩胡椒でも美味しいけど、豆乳バターが溶けたところにお醤油をたらーりなんていうのも、たまらないわ」

シャールの言葉に、さくらが早速豆乳バターに手を伸ばした。

「夏蜜柑のドレッシングや、クレソンのソースもあるわよ」

上機嫌のシャールや女性陣とは裏腹に、眼鏡のメタボオヤジは「大根がステーキを名乗るなんぞ、それこそ食品偽装じゃないか」と、ぶつぶつ文句を言っている。途端に、省吾の隣に陣取っているジャダが「きゃははは」と甲高い笑い声をあげた。

「こんな食品偽装なら大歓迎よ。ねえ、偽装王子」

いきなり矛先を向けられ、面食らう。

誰が、偽装王子だ。

喧嘩を売られているのかとも思ったが、相手にするのも嫌なので、庸介はあくまで無視を決め込んだ。

「大根は大根でも、夏と冬では種類が違うんですよ。スーパーに置いてある夏大根の代表格は美濃早生っていって、焼いたり炒めたりして食べるのに向いてるんです」

いつの間にか、省吾がさくらに向けて、料理人らしい解説を始めている。

「へぇええ、同じ大根でも季節によって調理方法が違うなんて、ちっとも知らなかったわよぉ」

だが残念なことに、それに食いついているのはやっぱりジャダだった。さくらは食べるのに夢中でほとんど話を聞いていない。

「さっすが板前ね、もやしっ子！」

力一杯背中をどやしつけられて、省吾はスツールから転がり落ちそうになっている。

調子の狂う連中ばっかりだ……。

庸介は半ば不貞腐れながら、大根のステーキを皿に取った。夏蜜柑のドレッシングに浸して口に運ぶ。歯をたてた瞬間、爽やかな甘さが口一杯に広がった。

その瑞々しさに、ちょっと眼を見張る。

「今日のスープは、冬瓜と寒天の冷たいさっぱりスープ、ご飯はトウモロコシご飯よ」

ハト麦とわかめとラディッシュの梅酢あえ、玉葱のコンポート、白味噌ソースのかかったキャベツの浅漬け。他にもたくさんの料理が、所狭しと並べられた。

蠟燭やランプの仄暗い明かりの中、優雅な物腰で料理を振る舞うシャールは、さながら異界からやってきた魔女のようだ。

「ああ、幸せ……。こんなにたくさんの野菜を美味しく食べさせてくれるところって、他にないもの」

さくらが溜め息をつくように呟く。

「外食続きだとどうしても野菜不足になるから、週末シャールさんのところでたっぷり野菜を食べさせてもらうと、また来週から頑張ろうっていう気分になるの」

「ステーキと言うからには、たまには肉を焼いてほしいもんだがな」

メタボオヤジが鼻を鳴らした。

「綺麗に平らげた人間がほざく台詞じゃないわね」

すかさずジャダが突っ込みを入れる。カウンター席がどっと沸いた。省吾もさくらと一緒に楽しそうに笑っている。

なんだかな――。

庸介はナプキンで口元をぬぐいながら、妙な気分に囚われる。

隠れ家、野菜中心の薬膳的な夜食、魔女のような女装のオーナー……。非現実的なコンセプトをこれでもかとそろえながら、随分と庶民的じゃないか。

どこかが庸介の概念とずれていて、それが気持ち悪い。省吾のように、馴染んで笑うことができない。

「ねえ、偽装王子。オネエさんの料理、最高でしょ」

またしてもジャダがちょっかいを出してきた。無視してもよかったのだが、庸介は思わず挑戦的に告げていた。

「美味いことは美味い。でも、全部、素人料理だ」

一瞬、カウンターの上がしんとする。

「芦沢さん……」

省吾の諫めるような視線に、庸介は首を横に振った。

「だから、悪くはないよ。ただ、店で出す料理じゃない」

「なんだと、こら！」

突然、ジャダが真っ赤なロングヘアのウイッグを脱ぎ捨てる。角刈り頭の人相の悪い男が出現した。

「オネエさんの店で、失敬なこと言ってんじゃねえぞ！」

「こら、ジャダ」

給仕をしていたシャールが静かな声を出す。

「いいのよ。本当に素人料理なんだから」

シャールはあくまでも泰然としていたが、代わりにさくらが尖った視線を向けてきた。

「でも、私も不愉快です。シャールさんの料理で、どれだけたくさんの人が救われてきたかも知らないで……」

「あの」

さくらの言葉を遮り、庸介はシャールに声をかけた。

「夏大根、まだ残ってますか」

「下茹でしたものならあるけど」

むしろそのほうが好都合だ。

「だったら俺にも一品作らせてもらえませんかね。本物のプロの料理ってやつを」

なにを言っても動じそうにない女装の大男を見るうち、庸介はつい挑むような気分になっていた。

「ああん？　なに勝手なこと言ってんだ。そんなんだから炎上すんだぞ、この偽装野郎」

ヤンキー口調むき出しで、ジャダが突っかかってくる。

「いいわよ」

だが、シャールは事も無げに即答した。

「ついてらっしゃい、世界一の料理人さん」

空になった皿を重ねて片手に載せると、シャールはくるりと踵を返す。カウンターの奥に消えていくシャールの後を、庸介は無言で追いかける。省吾のなにか言いたげな視線を感じたが、振り返ることはしなかった。

桔梗色のサマードレスの裾を蹴って歩く大男の後ろを歩きながら、庸介は自分自身の心を測りかねていた。プロであればこそ、こんなところで容易に料理などするべきではない。

第一、俺の料理がいくらすると思ってるんだ――。

頭では分かっているのに、なぜかそうせずにはいられなかった。それは、今夜の「スペシャリテ」がたまたま「大根」だったせいもあるかもしれないし、堂々とした女装男(ドラァグクイーン)に始終覚える違和感のせいかもしれない。

「スリッパだけ履(は)き替えてちょうだい」

シャールに招き入れられたのは、広くはないが、使い勝手のよさそうな厨房だった。シンクも棚も、ピカピカに磨き上げられている。柱に貼られた食品衛生協会の青いプレートには、「御厨(みくりや)清澄(きよずみ)」という責任者名が記されていた。

これがオッサンの本名か――。御厨といったら、神に供える食物を調理する場所のことだ。

随分と御大層な本名だと、庸介は薄く笑う。

二人の男が並ぶと、厨房は少々手狭だった。庸介も小さいほうではないし、なにより身長百八十を超えるシャールが隣にいると圧迫感を覚える。仄暗い照明の中では優雅な魔女に見えたが、こうして蛍光灯の下で見れば、どれだけゴージャスなメイクをしていようと、オッサンはオッサンだ。

「調理器具は一通りそろってるから、なんでも使ってちょうだい。材料は、夏大根の他になにが必要？」

「米粉と乾物があれば……。干し椎茸(しいたけ)とか、干し海老(えび)とか」

「乾物はそこの棚に入ってるから、自分で見てちょうだい。米粉はここよ」

シャールが米粉の袋を差し出してくる。

「米粉は私もよく使うから、すぐに出るの」

受け取りながら、シャールがなにを作るのか尋ねてこようとしないことを、庸介は少し不思議に思った。

「なにを作るか聞かないんですか」

「だって、知らないほうが楽しみじゃない」

歌うように言うと、シャールはエプロンを締め直して汚れた皿を洗い始める。

庸介は跪き、乾物が入っていると教えられた棚をあけてみた。

「うわ、凄いな」

干し椎茸や干し海老はもちろん、干し貝柱、干し海鼠、干し鱶鰭といった高級食材の他、葛根、甘草、人参といった生薬までそろっている。

ここにある食材を使えば、昼でも一万円以上のコース料理が作れるだろう。

「一体どうやってこんなに仕入れたんですか」

素人のくせに、と続けそうになり、かろうじて呑み込んだ。

「仕入れたわけじゃないの。漢方や高級食材は全部、塔子ちゃんが毎年中国から送ってくれるのよ」

「トウコちゃん？」

「以前、うちにきてたお客さんよ。今は上海でコンサルタントの仕事をしてるの。向こうにいって、もう三年になるかしらね」

なんだ、そりゃ――。

またしても馴染めないものを感じ、居心地が悪くなる。

「塔子ちゃんは、優秀な実業家よ」

「はあ」

曖昧に頷き、庸介は干し海老と干し椎茸を手に取った。料理酒で乾物を戻している間に、下茹でされた夏大根を千切りにして、米粉を水で溶く。

「さすがに手際がいいわねぇ」

工程が終わるたびに使った調理器具を片づけていると、隣で洗い物をしているシャールが眼を細めた。

「長くカウンターに立ってましたからね」

カウンターに立つ板前は、客の眼の前で料理をする。調理の技術同様に、清潔感も求められる。前に勤めていた料亭では、常連の顔を見ただけで要望が分かるようになれとも教えられた。

手を動かしながら、庸介はふと、こんなふうに実際に厨房に立つのは随分と久しぶりであることに思い至(いた)る。最近では、調理はホールスタッフに任せて、経営や広報活動にばかり追われていた。そこで考える損得尽くの戦略の遂行だけが、いつしか庸介の仕事のすべてになっていた。

だが、それは当たり前のことだ。もう自分は、板前ではなく経営者なのだから。

「あの」

調理の手をとめず、庸介は一番気になっていたことを口にした。

「ここって、あれでいくらもらってるんですか」

「最初は七百円だったんだけど、最近、皆、お釣りはいりませんって千円札を置いていくから、いつの間にか千円になったわねぇ」

「はぁっ?」

なんでもないことのように答えられ、思わず庸介の手がとまる。

七百円は論外だが、千円でも安すぎだ。

「それじゃ、全然儲からないでしょう」

「だって、素人料理だし」

「揚げ足を取らないで下さいよ。素人料理だろうがなんだろうが、原価割れで料理を提供してたんじゃ、そのうち破綻(はたん)するだけだ」

「そうでもないのよ」

ナプキンで皿をふきながら、シャールは片眉を上げてみせた。

「食材は差し入れをもらうことが多いの。さくらちゃんも取材にいくたびに、ご当地の食材を持ってきてくれるし、柳田(やなぎだ)も……あ、あのメタボのオジサンね。彼は中学で学年主任をしてるんだけど、学校菜園で取れすぎた野菜をよく届けてくれるわ」

「そんなもの、なんの当てになるんですか」

「別に当てにしてるわけじゃないわよ。それでも、意外になんとかなるものなの」

厨房に並んで押し問答を続けるうちに、庸介は自分がずっと感じていた違和感の正体がなんなのかが分かり始めた。

「なに、呑気なこと言ってるんだ。そんな綺麗ごとで、商売ができるものか」

気づくと、庸介は叫ぶように言っていた。

基本が大切、信用第一、お客様の笑顔のために――。

「そんなの全部、綺麗ごとだ。なにが、〝賄い〟だ。慈善事業や、ご近所づきあいをしてるんじゃないんだ」

スーパーゆとりの省吾にせよ、バブル臭の漂うオッサンにせよ、あまりに危機感がなさすぎる。

こんな話ばかり聞いていると、必死でここまでやってきた自分が、まるでバカみたいではないか。

「こんなの、認めてたまるか。儲からない商売なんて、そうそう続くものか！」

ついに本気で叫んでしまい、庸介はハッとする。

さすがにきまりが悪くなったが、シャールはなんでもない表情をしていた。

「乾物、もう戻ってるわよ」

淡々と告げられ、庸介は無言で料理酒から乾物を引き上げる。

それからはどちらも口をきかず、黙々と調理を進めた。

干し椎茸も干し海老も質が良く、出汁を取った後でも充分に香った。出汁の出た調理酒と千切りにした大根を合わせて鍋にかけ、煮立ってきたら丁寧に灰汁を掬う。大根がしんなりしたところでみじん切りにしておいた乾物を鍋に戻し、塩と胡椒で味を整え、そこへ米粉を混ぜながら足していく。やがて、粘度が出てきたところで火をとめた。

「これがちょうどいいんじゃないかしら」

洗い物を終えたシャールが、パウンドケーキの型を二つ差し出してくる。既に、庸介がなにを作っているのか心得ている様子だった。

鍋の中身を型に流し込み、庸介は蒸し器の準備を始めた。蒸気が立ったところで、パウンドケーキの型を並べる。蒸し器の蓋を閉めると、ぽんと肩を叩かれた。

「お疲れ様」

差し出されたマグカップには、澄んだ琥珀色のお茶が入っていた。湯気を吸い込むと、先程飲んだお茶とは香りが違う。一口飲んだ瞬間、軽やかな香ばしさがすっと鼻に抜けた。

「ハトムギですか」

庸介の言葉に、シャールが頷く。

「皮付きハトムギと、トウモロコシの髭（ひげ）のお茶よ。ストレスによく効くの」

丸椅子をすすめられ、一緒に腰を下ろした。

「こういうのも、サービスしちゃうわけですか……」

皮肉な笑みを浮かべると、すかさず返される。

「あなただって、ただで料理を作ってくれてるじゃないの。それとも、後から高額の請求書が送られてくるのかしら」

庸介は黙って首を横に振った。

「あなた、寝てないでしょ」

突然、シャールが眼元を指さしてくる。

「隈（くま）ができてるわ。せっかくの美男が台無しね。アルコールも取りすぎてるみたいだし、頭頂部に頭痛もあるでしょう。夜寝られないからって、疲労困憊（こんぱい）になるまで働くのはどうかと思うわ。興奮している神経を鎮めるために、お酒に頼るのも逆効果よ」

正確に言い当てられ、庸介はいささか戸惑った。

「……なんで、分かるんですか」

「私も昔はそうだったから」

シャールが静かな眼差しで見返す。

「私も三十代の頃は、一日中仕事のことばかり考えて、明け方ベッドに倒れ込むような毎日を過ごしていたの。始終、なにかやっていないと気が済まなかったし、すべてのことを損得で考えないと気持ちが悪かったわ。でも、四十を手前に病気になってね」

ターバンを少しだけずらされ、庸介は微かに息を呑んだ。そこに、無毛に近い地肌が見えた。恐らく、抗癌治療によるものだ。

「なにもかも見直すことになったの。仕事も、食も、生活も。おまけに、性別まで……」

赤く塗られた唇に、おかしそうな笑みが浮かぶ。

「とはいえ、私は別に、自分を女性だと思っている訳ではないのよ。トランスジェンダーは、傍が思う以上に複雑なものなの。ただ、簡単に言うなら、自分に嘘をつくのが嫌になったってことね。誰だっていつまで元気でいられるか、分からないんですもの。健康って大事よ。心のも、身体のも」

庸介はもう、眼の前の女装の男がただの呑気なお人好しには見えなかった。

きっと、考えに考えた末、この男は今の境地にたどり着いたのだろう。

「でも、今日のメインが夏大根でよかったわ。大根ってね、神経を鎮めてくれる働きがあるの。きりきり締まっている脳血管を、柔らかくしてくれるのよ」

いつの間にか蒸し器から、いい香りが漂い始めていた。庸介は立ち上がり、ガスの火をとめた。蓋をあけ、湯気のあがる蒸し器からパウンドケーキの型を取り出す。

「以前、大手の料亭のシンガポール支店でしばらく働いたことがあるんですよ」

バットで粗熱を取りながら、庸介は話し始めた。これまでつき合ってきた数多くの女性たちを始め、誰にも一度も話したことのない昔話だ。

「そこのスタッフたちがよくいってる地元の定食屋に、キャロットケーキをたまごでとじた料理があるって聞いたんです。おまけにそれに、黒酢をかけて食べるとか」

シャールはシンクに頬杖をついて庸介の話を聞いている。

「一体、どんな料理かと思うじゃないですか。キャロットケーキって言ったら、俺には甘いケーキしか思い浮かばなかったから」

　型から中身を取り出し、庸介はそれを一センチの幅に切り分けた。

　フライパンにゴマ油を引き、等間隔に並べる。じゅうっと表面が焼ける音がし、香ばしい匂いが厨房一杯に漂った。

「それでドキドキしながら、一人で食べにいってみたんですよ」

　それらしい料理を見よう見まねで注文してみたところ、たまごとじは出てきたものの、どれだけ探しても甘いキャロットケーキは欠片(かけら)も入っていなかった。

「それを後から先輩スタッフに話したら、火がつくほどに笑われた。そのとき初めて知ったんです。シンガポールのキャロットケーキっていうのは、こいつのことだってことを」

　フライパン返しでひっくり返して皿に載せる。

　それは、こんがりと焼き目のついた大根餅だった。

　シンガポールでは、大根のことをホワイトキャロットと呼ぶ。大根餅はキャロットケーキ。そのキャロットケーキをたまごとじにした料理は、シンガポールではよくある惣菜の一つだったのだ。

「そんなの、生まれて初めて外国にいった地方出の小僧に分かる訳ないじゃないですか。でも、俺、そのとき、知らなかった自分のほうが悪いんだって、本気で思ったんですよ」

　なんにも知らない自分は、やっぱり田舎者(いなかもの)だ――。庸介は、単純にそう思った。

「海外支店のスタッフには、割といいとこの坊ちゃんが多くて、帰国子女とか、小さい頃からハワイだのなんだのいってる連中ばかりだったから、知らないのは俺だけだったんです。俺は、実家も裕福じゃないし、そもそもネットを通してしか情報が入らないようなところで育ったから……」

別にそれを僻んだわけでもなく、ただ単に、そういうものだったのかと感嘆した。

「だから、誤表示を食品偽装とか騒がれても、全然ぴんとこなかった」

大根をホワイトキャロット、大根餅をキャロットケーキと呼ぶところがあるのだ。多少違う名称を使ったって、それほど問題ではないのではないかと。

もっとはっきり言えば、知らないほうが悪いという意識がどこかにあった。どうせ言ったって分からないだろうという慢心もあった。

黙って話を聞いていたシャールが、おもむろに口を開く。

「でも、それは文化の違いであって、誤表示でも食品偽装でもなんでもないわ」

静かだが、凛とした口調だった。大きなピアスを揺らしながら、シャールは夏蜜柑を手に取る。まな板の上で夏蜜柑を二つに切ると、さっと爽やかな香りが広がった。

庸介が子供の頃に実家の段々畑の中で嗅いだ、夏の匂いだ。

ふいに日に焼けた父の顔が脳裏に浮かぶ。

「あなたがなにをどう感じたのかは知らないけれど、知識のある専門家の人たちが、一般消費者に真実を伝えないのとは全然違う」

かつて、庸介はレセプションの見本の料理に味つけをしなかった。経歴とプレス資料だけで、記事を書いてもらえればいいと思っていた。世界一のレストランのマサヤ・アルトゥール・ミサカに見初められ、ホールスタッフに選ばれた庸介は、いつしか平然と周囲を見くびるようになっていた。

若かった頃の自分と同じ、知らないお前が〝田舎者〟なのだと。

でもそれこそが、田舎者の抗弁だった。

炊き立てご飯の件は、たまたま誤解だったが、このままでいれば、いずれは自分も本当の食品偽装を起こしていたかも分からない。

「確かに儲けは大事よ」

冷蔵庫から作り置きのスポンジを取り出しながら、シャールは庸介を見る。

「私だって、一応経営者ですから、それくらいは分かるわよ。ただ、うちは昼のファッション店のほうが本職で、夜の『マカン・マラン』は道楽みたいなものだから。単に好き勝手にやらせてもらっているだけよ。それに……」

シャールが思わせぶりに肩をすくめた。

「なにを儲けと考えるかにもよるわよね」

答えられない庸介の前で、シャールは夏蜜柑を絞り始めた。一応陶器(とうき)の絞り器を使っているが、握力だけで充分握りつぶせるほど、豪快な絞り方だった。

「ふんむ！」

一際大きな夏蜜柑を一気に握りつぶし、シャールが笑みを浮かべる。

「よく考えてごらんなさい。儲けってね、信じる者って書くのよ」

庸介はハッと息を呑んだ。

「それを裏切ってしまったら、誰も戻ってきてくれないわ。信頼があってこその、儲けなの」

信用のおける、古くからの取引先を大事にしたい――。

初めて父の言葉が真実味を帯びて迫ってくる。

経営や戦略には四六時中頭を使っていたのに、結局自分は、一番大切なものを見落としていたのだろう。たかだかツイートが炎上したくらいで足元が総崩れになったのは、「ASHIZAWA」には元より本物の信頼がなかったからだ。

インフルエンサーや、メディア関係者ばかりに頼り、そこから派生する情報に群がる人たちを集めていただけで、なにが起ころうと足しげく通ってくれる〝常連〟を作る努力をしていなかった。

「ざまあねえや……」

皿に眼を落とし、庸介は呟く。

「これじゃ、日本料理界の革命どころか、自分の店だって満足に回せやしない」

必死になってやってきたつもりだったけれど、こんなにも脆く、頼りないものしか築けなかった。万能だと思い込んでいた〝世界一〟のキャッチフレーズも、信頼に足るものではなかった。

「諦めるのはまだ早いわよ。あなた、まだ若いじゃない」

「無理ですよ」

庸介は投げやりに首を横に振る。

「これまで散々突っ張って、粋がってきたんだ。今更、どの面下げてやり直すっていうんだ。それこそ、誰になにを言われるか分かったもんじゃない」

「あら、嫌だ！」

途端にシャールが大声をあげた。

「誰になにを言われようが、そんなの知ったことではないわよ」

舞台役者のように、シャールが両腕を広げてみせる。

「自分で自分を救うのに、どこの誰に、一体なんの遠慮がいるというの」

大きなピアスが左右に揺れた。

「私を見てごらんなさい。このなりふり構わない救いっぷりを。私は大いに救われたけど、失うものだって、去っていくものだって、山のようにあったわよ」

蛍光灯の下、巨大な女装の男が、厚化粧をさらして仁王立ちする。

「あは、あはははは……」

あまりの迫力に、気がつくと庸介は笑っていた。笑いすぎて、眼尻から一粒だけ涙が零れ落ちる。

本当は、悔しかった——。

こんな戦略のなさそうな店に、きちんと非日常があったことが。

籐の椅子に座って、なにも考えずにお茶を飲んだとき、心底くつろいでしまったことも。

損得を考えて相手を値踏みするような連中しか集まらないクラウドファンディングパーティーから程遠い、しがらみのなさそうな常連たちの緩やかなつながりも。

「大根ステーキ、美味かったですよ」

眼元に滲んだ涙をぬぐい、庸介は素直に認める。

店で出すにはあまりにシンプルで豪快すぎるが、素材への火の通し方や、果実の味が活きたドレッシングの塩梅が絶妙だった。

「あんた、料理の才能ありますよ」

「それは光栄だこと」

「あくまで素人料理ですけどね」

照れ隠しのようにつけ加えた庸介の肩を、シャールが軽くどつく。

「さ、デザートも完成よ。一緒に、皆のところへ持っていきましょう」

いつの間にか、シャールはスポンジケーキに夏蜜柑のジュースをしみこませたデザートを完成させていた。庸介は顔をこすり、大根餅の皿を持って、シャールの後に続く。

「皆さん、お待ちどおさま。〝世界一〟の大根餅と、デザートの夏蜜柑のトライフルよ」

「おうおう、食べ比べてやろうじゃないの。本物のプロの料理とやらを！」

すかさずジャダが息巻いて立ち上がった。だが庸介の見栄えのする盛りつけを眼にすると、

「きゃー、美味しそう」と単純に感嘆の声をあげる。

「デザートもとってもすてき。夏蜜柑のトライフル、色合いも綺麗ね」

「でも、どうしてこれがキャロットケーキなのかしら」

カウンターでくつろいでいたさくらや老婦人からも、次々と賑やかな声があがった。


都心に向かう終電車は空いていた。沈みかけている大きな月が、どこまでも自分たちを追ってくる。異界からやってきた魔女のような大男が催す宴がお開きになったのは、夜半をとうに過ぎてからだった。

「芦沢さん」

車窓から夜空を眺めていた庸介は、省吾の声で我に返る。

「芦沢さんの実家って、果樹園農家なんですよね」

「ああ、段々畑から、瀬戸内海が見えるんだ」

「いいなぁ……」

省吾が羨ましそうに眼を細めた。

「僕は実家が神奈川の平塚ですから、そういうのって、憧れます。ベッドタウンで育ったものにとっては、段々畑も瀬戸内海も、充分に非日常ですよ」

この先、バンケット事業もタイアップ事業もキャンセルが続くなら、高輪の店は持ちこたえられないかもしれない。帰りがけにそう打ち明けたことを、省吾なりに考えてくれているのだろう。

「最悪、故郷に帰って農園レストランでもやるかな」

言わんとしていることを察して口にすると、省吾はぱっと顔を輝かせた。

「その意気ですよ」

「親父が受け入れてくれるかどうかは分からないけどな。俺は、あの場所を出ることばかり考えていたんだから」

「僕だってそうです」

「え？」

意外に思って見返せば、省吾は真剣な眼差しをしている。

「芦沢さんは僕のことを〝スーパーゆとり〟とか言いますけどね、僕にだって野心くらいあるんですよ。でなければ、師匠に内緒でコンテストなんて出ません」

「は？」

庸介は本気で驚いた。

「お前、板長に内緒でコンテストに出たのかよ」

「はい」

省吾が当たり前のように頷くので、ますます仰天してしまう。

「嘘だろ。俺ですら板長にはちゃんと相談したぞ」

「僕は、黙って出たんです」

マジかよ――。

庸介は、省吾の横顔をまじまじと見つめた。

「その僕が、板長のところに戻ったんですよ。厚かましいにもほどがあります。芦沢さんなんて親子じゃないですか。僕の厚かましさに比べれば、可愛いもんです」

きっぱりと言い切られ、度肝(どぎも)を抜かれる。

「でも、八寸場(はっすんば)の仕事って楽しいですよ。昔は八寸場なんて新人の仕事だ、早く煮方(にかた)になりたいとか思ってましたけど、実際にお客さんを相手にすると、一番初めに食べてもらえる酢(す)のものとかは技が問われると感じるんです。なにしろ、それが店での最初の一口になるわけですからね」

省吾の顔には、確かな誇りが滲んでいた。

気が弱いようでいて、そのくせ頑固で、妙に大胆(だいたん)なところがある。

やがて庸介の口元に苦笑が浮かんだ。

そう言えば――。

〝世界一のレストラン〟で共に修業した香坂省吾は、元々そういう奴だった。

「いかがでしょうか」
ヘアメイクアップアーティストに一時間かけて整えてもらったヘアスタイルが鏡に映る。フレンチ風の真っ白な料理服に身を包んだ庸介は、あちこちの角度から容姿を確認した。
「問題ないです。ありがとうございます」
最後にスプレーをかけてから、ヘアメイクアップアーティストは一礼して退出していった。

「芦沢ちゃん、準備できた？」

楽屋を出たところで、呼びにきたらしい堀口と顔を合わせる。前回の埋め合わせのつもりか、堀口は珍しく現場に顔を出しにきていた。

「こりゃまた、眩いばかりだねぇ。料亭王子、大復活じゃないの」

大げさな声をあげる堀口を、庸介は冷静に見返した。

「これから、生き恥をかきにいくんですけどね」

「そう言わないでよ。いい釈明のチャンスじゃない」

「ええ。そう思うことにしました」

料理服の裾を翻し、庸介は鏡のような廊下を歩く。

「マカン・マラン」にいってみて、自分になにが足りなかったのか、はっきりと悟らされた。さくらの言葉にも、省吾の言葉にも、そしてなによりシャールの言葉には大いに感じ入るものがあった。非日常の空間が、高級料亭以外で味わえることも実感した。

あれから色々なことを真剣に考えた。もちろん、故郷に帰ることも。

その結果、自分が進むべき道が本当に見えてきた。それが、ここだ。

窓の外に、入道雲の沸き立つ灰色の東京湾が広がっている。その中央に、向かい合う恐竜のような東京ゲートブリッジが聳えている。

庸介は、キー局のスタジオに向かう廊下を歩いていた。自分の後を、堀口や、台本を持った若いＡＤたちが、ぞろぞろとついてくる。ＡＤが持つ台本には、「やらかしました」という大きなロゴが躍っていた。これから庸介は、根拠の希薄な情報や〝つまらない噂〟を垂れ流すメディアの中で、大いに肴にされることになる。

それでも、自分のいくべき道は、シャールとも省吾とも違うのだ。

ふと、一羽の大きな黒いカラスが窓硝子(ガラス)をかすめる。その瞬間、桔梗色のサマードレスを纏った魔女の姿がよぎった気がした。

女装のオッサン――。俺は、俺の道をいくことにしたよ。

そのために、やっぱりここで勝負する。

素朴な大根のステーキは美味しかった。なにも考えなくて済む、籐の椅子の座り心地はよかった。

けれど、庸介が目指すべきものは、伝統を守る巣鴨の小さな料亭でも、都会の片隅にある幻(まぼろし)の夜食カフェでも、ましてや瀬戸内海に臨む農村レストランでもない。

それはチャンスと情報に満ち溢れた、世智(せち)辛い大都会の中にある。

この先もメディアの影響力と渡り合い、俳優と見紛う自らの容姿を武器にして、スノッブな連中と戦いながら、古色蒼然(こしょくそうぜん)とした日本料理界とは一線を画した新規事業に挑戦していく。

そうでなければ、初めて乗り込んだ西新宿の高層ホテルの料亭で、涙を流した二十代の自分が浮かばれない。

備前焼のお皿に盛られた夏蜜柑を食べたとき、なぜあんなにも涙が溢れてとまらなかったのか、その理由がようやく庸介の胸に落ちた。

あのとき自分は、故郷や家族を懐かしんでいたのではない。

この先に広がる、無限の可能性を思って泣いたのだ。

クリーム色の夕景と、遠くに浮かんでいた富士山の稜線。その下の魑魅魍魎が跋扈(ばっこ)する眠らない大都会を生きていく、厳しさと恐ろしさを予感して、涙を溢れさせたのだ。

あの幼いけれど真剣な覚悟を、ここで捨てるわけにはいかない。こんなことで挫(くじ)けるわけにはいかない。

一度転んだ自分は、ほんの少し利口になった。新奇なアイデア以外に、学ぶべきことや大切にすべきものも分かった。

今回の出演に当たり、庸介は堀口にいくつかの提案をさせてもらった。

まず、ガヤ芸人とのトークだけではなく、料理を作らせてもらうこと。それをその場の全員に食べてもらうこと。

料理は二種類作ることにした。一つは大根餅だ。シャールに打ち明けたように「キャロットケーキ」のことを話し、自分の気持ちを伝えるつもりでいる。その上で、認識を改めたことも分かってもらうように努めよう。

一筋縄ではいかないガヤ芸人たちから散々に突っ込まれるだろうが、却ってそれが禊になるだろう。怖じ気づくことはない、正直に話し、素直に詫びればいいだけだ。へりくだったりおもねったりする必要はない。

そしてもう一つ。今後「ＡＳＨＩＺＡＷＡ」の名物にしていきたいデザートを紹介する。

シャールが作っていたデザートを見ていて思いついた、夏蜜柑の和風プディングだ。

あのときシャールは、作り置きのスポンジを夏蜜柑のジュースに浸してトライフルを作っていた。それを応用し、蒸したてのプディングに夏蜜柑のシロップをたっぷりかけた温かいデザートを考案した。無農薬の夏蜜柑だからこそできる、砂糖漬けのピールもアクセントに使う。

蜜柑といえば愛媛や静岡が有名だが、夏蜜柑のルーツは実は山口にある。山口県の青海島に漂着した文旦系の柑橘の種が、夏蜜柑の起源と言われているのだ。

全国的にはあまり知られていないこのことを、腰を据えてアピールしていきたい――。

そう真剣にプレゼンすると、父は初めて出荷を承諾してくれた。

試作したところ、店のスタッフにも大好評だった。

舐めるなよ。

庸介は背筋を正して廊下を歩く。

俺は、〝世界一のレストラン〟でホールスタッフを務めた料理人なんだ。

転んでも、ただで起きたりはしない。

忖度と建前が蔓延るテレビの中にだって、本物があるところを見せてやる。食レポ用のリアクションではなく、食べた人間が思わず見せる嘘のない満足の表情を、必ずや引き出してみせる。

庸介に「ASHIZAWA」を続行させる意志があることを知って、店のスタッフたちは全員安堵の息をついていた。中には泣き出すスタッフもいた。「ASHIZAWA」が既に自分一人のものではないことを、庸介は改めて思い知った。

彼らのためにも、信頼を取り戻さなければならない。

儲けるとは、信じる者と書く。

だけど、シャールさん――。

それは、人に言わせる者ともいえるではないか。

多くの人たちの口にのぼり、話題の中心になることもまた、「儲け」の大事な要因だ。たくさんの人の記憶に残る刺激的な料理を作り、語り継がれる名店を作ってみせる。

そのための釈明につながるなら、どんな悪趣味な突っ込みにだって誠心誠意答えよう。

「じゃ、芦沢ちゃん、頼んだよ」

堀口が先に立ち、重い扉をあけた。

扉の向こうに、眼が痛くなるほど強いライトに照らされたスタジオがある。スタジオでは、ひな壇に座った芸人たちが、観覧者たちを前に丁々発止のやり取りをしていた。

「さあ、それでは、本日の〝やらかしちゃった〟ゲストをお呼びいたしましょう」

MCのピン芸人が、一際大きな声を張りあげる。

庸介は大きく息を吸った。

自分で自分を救うのに、誰にも遠慮はいりはしない。

「食品偽装擁護ツイートで大炎上中！　日本料理界の革命児、『ASHIZAWA』のオーナーシェフ、芦沢庸介さんです！」

どっと観覧席が沸き、ピンライトが前方に落ちてくる。

眩い光と猥雑な喧騒が満ち溢れる舞台に、庸介は颯爽と足を踏み出した。

第三話

追憶のたまごスープ

激しいビートの音楽が大音量で鳴り響き、真っ暗な室内を眩いサーチライトが切り裂く。

室内をぐるぐると回っていたライトがやがて前方に集中すると、そこにヘッドフォンマイクをつけたクールカットの青年が現れた。

「Everybody, are you ready?」

大音量のハウスミュージックに乗せて、青年が片手を振り回す。

「イェーイ！　アイムレディーー！」

固定バイクに跨った平川更紗は、音楽に負けじと声を振り絞った。

途端に天井のミラーボールが回転し始め、ドット模様の光の破片が部屋中に降り注ぐ。更紗が生まれたとき、時代は既に長い平成不況に突入していたが、バブル景気全盛期には、普通のＯＬたちも毎週末ミラーボールが振りまく光の破片の中で、髪を乱して踊っていたと聞く。

だが、ここはディスコではない。

「Everybody, come on!」

クールカットの青年の号令とビートに合わせ、更紗は力一杯固定バイクのペダルを踏みこんだ。

Acceleration――加速。ここは、その言葉がモットーのフィットネスクラブだ。理想のボディとライフスタイルを求めて加速するという意味らしい。

暗闇の中、大音量の音楽に合わせてバイクを漕ぎまくるエクササイズがあると聞いたときは想像ができなかった。

〝ニューヨーク発祥の、最先端エクササイズなのよ〟

同じタワーマンションで暮らす奥様連中からそう声をかけられたとき、更紗は一も二もなく誘いに飛びついた。二十五歳になってから、少々ウエスト周りが気になり始めていたからだ。もっとも、更紗にとっては切実なこの悩みは、四十代、五十代が中心のマンション管理組合の奥様連中には、嫌みとしか聞こえなかったようだが。

今日のインストラクターは、更紗と同世代のフランキーだ。三十代の女性インストラクターと違い、若いフランキーのエクササイズは案外容赦がない。隣でバイクを漕ぐ、マンション管理組合の会長、相沢圭伊子は開始早々に顎を突き出しているが、更紗にはその刺激が却って面白かった。

まるで週末の深夜のクラブハウスのような様相を呈していながら、その実、今は平日の午前中だ。英語で発せられる号令に従っているのは、全員日本人。しかもその大多数が、恰幅のよい中年女性だ。号令を発しているクールカットの青年フランキーもまた、本当はニューヨークとはなんの縁もないフィリピン人であることを、更紗は知っていた。

それでも、ほとんどの同世代の女性がオフィスに縛られている時間帯に、光の破片が飛び交う暗闇の中でバイクのペダルを漕いでいる自分に恍惚とする。

私は特別。皆とは違う――。

高校時代にティーン誌の読者モデルにスカウトされて以来、更紗はその意識に半ば憑かれている。

〝つまらない子〟〝あんたって、本当に普通ね〟

事あるごとに自分を否定してきた母の声がふと耳元で甦り、胸の奥が冷たくなった。

「Go! Go! Go! Go!」

「ゴー！　ゴー！　ゴー！　ゴー！」

思い出したくない記憶を振り払うように、更紗はフランキーの号令に声を合わせる。

ハウスミュージックがヒップホップに切り替わり、新しい指示を出すフランキーにサーチライトが集中した。漆黒の室内の前方に溢れる強い光は、先日、夫の徹がホームシアターで見ていた映画「未知との遭遇」に出てくる宇宙船のようだ。

フランキーの指示に従い、重力の強度を変え、サドルから腰を浮かしてジャンプするように激しくペダルを踏み込む。ものの十分程で、全身から汗が噴き出してきた。

小一時間のレッスンで、最大八百キロカロリーが消費されるというエクササイズに更紗は身を委ねる。頭の上に高く結ったポニーテールが背中で跳ね、心拍数の高まりに合わせて気分も高揚してきた。周りの中年女性たちが消えて、フランキーと自分だけが宇宙空間でバイクを漕いでいるみたいだ。このまま、どこか知らない世界へ自由に旅立ってみたい。

切実な思いに衝き動かされるように、更紗はペダルを力一杯踏み続けた。

だが、非日常は、そうそういつまでも続かない。

レッスンが終わり、部屋の明かりがつくと、周囲には息を切らしている圭伊子たちの姿があった。暗闇の中ではハリウッドスターのように輝いていたフランキーも、白々とした照明の下で見れば、東南アジアのストリートにたむろしていそうな普通の若者だ。

アイラインやリップラインを無残に滲ませて、ぜえぜえとあえいでいる圭伊子たちを後目に、更紗はペダルに固定されている専用シューズを手早く外す。恐らく自分の化粧も崩れてしまっているのだろう。額にはりつく前髪をはらい、更紗は真っ先にスタジオを出た。

ロッカールームの扉をあけ、一番端のシャワー室に飛び込む。

汗に濡れたトレーニングウェアを脱ぎ捨てると、豊かな胸が大きく揺れた。中三から高校にかけて、自分でも驚くほど発育したこの胸がなければ、恐らく今の更紗はいない。

こんなもの、ただの脂肪なのに――。

最初のうちは、それが嫌で仕方がなかった。周囲の眼が気になって、腕で隠して歩いていたくらいだ。しかし、コンプレックスでもあった胸が、自分にとって初めての「普通」からの脱却につながっていったことは、認めざるを得なかった。

割り切ってしまえば、それは大きな武器だった。読モにスカウトされた後、グラビアアイドルの事務所から声をかけられたのも、この胸があってこそ。たかが胸、されど胸だ。

もっとも同じ脂肪でも、それがお腹回りにつくことは許されない。激しいエクササイズの甲斐は、果たして出てきているのだろうか。腰回りに薄くついている贅肉を、更紗は指でつまんでみた。

シャワー室の扉がバタバタと閉まる音に、ハッと我に返る。午前中のエクササイズはそれほど混んでいないが、見かけだけはお洒落なシャワー室は十室しかない。ぼんやりしていると、いつも後からゆっくりやってくる圭伊子を始めとするマンション管理組合の奥様連中に、ちくちく嫌みを言われるだろう。ただでさえ、更紗は長い髪を洗うのに手間取ってしまうのだ。

もしかして、怖いの――？

頭の片隅に、母とも自分ともつかぬ声が響く。

そんなわけない。

更紗は勢いよくシャワーのカランをひねった。

いつも周囲の眼を気にして、びくびくしていた臆病な自分とは、とうの昔に縁を切ったのだ。

今の自分は、若くして〝セレブ妻〟の仲間入り。

容貌の衰え始めた、年嵩の奥様連中なんて、怖くもなんともない。ただ、うるさいことを言われるのが嫌なだけ。

〝嘘ばっかり。相変わらず、駄目な子ね〟

今度は間違いなく母の声で響いた言葉を、振り払うことはできなかった。

シャンプーを泡立てていると、シャワー室の扉の向こうから、圭伊子の甲高い声が聞こえてきた。

「だから、もっとシャワー室を増やしてほしいのよ。待っている間に身体が冷えちゃうじゃない」

管理組合の会長である圭伊子は、タワーマンションに暮らす奥様連中のリーダーだ。バブル世代を自認している圭伊子は、手間暇をかけている分、五十代にしては若く見えるが、押し出しやアクも充分に強い。圭伊子がなにか言うたび、取り巻きの奥様たちは「そうそう」と盛んに相槌を打っていた。

「ここ、空調もうるさいし」

「今って、もっと静かな空調あるわよね」

「大体、スタジオの空気もよくないのよ……」

交わされている会話は、大抵がクレームだ。もっとも、それがフィットネスクラブ自体に向けられている場合はまだいい。

「でも、今日はいつもの紫色の頭のおばあさんきてなかったわね」

ほら、きた……。

更紗は無意識のうちに身構える。

「そう、あの若作りの頑張っちゃってるおばあさん」

「今日、ご執心のフランキーだったのにねぇ」

話題が〝人〟に移った途端、会話が一気に嘲笑の色を帯びた。シャンプーをしながら聞き耳を立てている更紗の脳裏にも、白髪を紫色に染めた我の強そうな老女の姿が浮かぶ。

いつも数人で連れ立ってやってくる、七十代と思われる裕福そうな老女は、圭伊子に負けず劣らず押し出しの強いタイプだった。スタジオ設立当初から会員を続けているのが自慢の彼女は、しばしばスタッフや他の会員の前で、まるでクラブのオーナーの如く振る舞おうとする。圭伊子はそれが、内心許せないようなのだ。

実際、傍から見ていると、二人が似た者どうしなのは一目瞭然だった。どちらかがトレーニングウェアを新調すれば、必ず次回には、遅れたほうも少し格上のブランドのウェアを新調してくる。お気に入りのインストラクターの正面のバイクを奪い合う。スタッフやインストラクターを独り占めに、延々要望を述べようとするところまでそっくりだ。

更紗は何度か、この紫色の頭の老女につかまり、注意を受けたことがある。

〝あなた、備品を戻すのは、インストラクターの指示が出てからにしてちょうだい〟

〝シャワー室の扉にタオルをかけるときは、隣にかからないように気をつけてちょうだい〟

すべては、スタッフすら気がつかない細々としたことだ。更紗が腕をつかまれて叱責を受けるたび、圭伊子は酷く嫌そうな顔をする。更紗をかばってのことではない。自分のグループに足引っ張りがいることに、苛立ちを覚えているだけだ。

だから更紗は、この二人がそろっているときは、できるだけどちらにも近づかないようにしている。それでも、誰に頼まれたわけでもないパトロール合戦は延々と続けられ、終わることがないのだった。

「お先にぃ」

隣の扉があき、圭伊子が華やかな声をあげてシャワー室に入っていく気配がする。更紗は急いでシャンプーをすすいだ。先にシャワーを使った人たちが、もう次の人と交代を始めているようだ。実は、更紗は子供の頃から動作が人よりも少しだけ遅かった。小学校時代、連絡ノートにはいつも「動作が遅い」と記され、そのことで母から散々「のろま」と詰(なじ)られた。

しかしどれだけ詰られても、欠点というのはなかなか改善しないものだ。「のろま」を周囲に悟られることがないように、更紗は今でもかなり無理をしていた。

すすぎを終え、長い髪がどこにも落ちていないのを確かめてから、更紗は平静を装って扉をあける。

「お待たせ！」

マンション管理組合の奥様の一人に、殊更明るく声をかけた。

焦りながら髪を洗っていたことなどおくびにも出さず、更紗はバスタオルから出た長い脚を見せつけるように、大股でシャワー室を後にした。

表に出ると、むっとするような蒸(む)し暑さだった。

九月に入っても、汗ばむ残暑が続いている。周囲の奥様連中に倣い、更紗も日傘(ひがさ)をさした。数歩歩くとよろけそうになり、慌(あわ)てて体勢を整える。

どうしたのだろう。

いつもならエクササイズの後はすっきりするのに、今日は身体が酷く重い。夏バテ気味のところに、少し張り切りすぎてしまったのだろうか。集団から遅れないように、更紗は歩幅を広げた。

銀座(ぎんざ)の中央通りをぞろぞろと歩きながら、圭伊子たちはさりげなく、互いの服やバッグのブランドに眼をやっている。

昨年、更紗は夫の徹に連れられて、湾岸のタワーマンションに引っ越した。そこで暮らすうちに、自分同様、暇と時間を持て余す裕福な専業主婦たちは、なにかと一緒に行動していることを知った。サロンやエクササイズの話を持ってくるのは、大抵、最上階の「湾岸ビュー」――マンションの中で最高カテゴリーの部屋に暮らす圭伊子だ。

子育てが一段落した彼女たちは、美容やアンチエイジングに精を出している。若い更紗が一応は仲間に迎え入れられたのは、更紗もまた、最高カテゴリーの最上階「湾岸ビュー」に暮らしているという事実が大きかったようだ。

格下とされる「マウンテンビュー」や、中層以下に暮らす人たちは、マンション管理組合に入っていても、こうした集まりへの声はかけられない。

下層階、中層階、上層階、最上階、山側、海側――。タワーマンションのヒエラルキーは、眼に見える分、一層露骨だった。

〝年収三千万程度のご家庭の方をお誘いしても、ご迷惑でしょうから〟

なにかの拍子に圭伊子がさらりと口にした本音を、更紗は今でも鮮明に覚えている。

経済的なことはなにもかも夫に任せきりの更紗だが、〝セレブ妻〟生活も三年目になると、都心のタワーマンションで暮らすには、かつてはゴールと言われていた年収一千万ではまったく足りないことに、さすがに気づくようになった。

湾岸のタワーマンションの管理組合では、年収三千万の家庭は〝中流〟と看做される。

「暑いわねぇ。一体、いつまで続くのかしら、この猛暑」

日傘を傾けて、圭伊子が二重顎に伝う汗をぬぐった。

今日の圭伊子はグッチのワンピース、その隣のマダムはエルメスのブラウスを着ている。対して更紗は胸を強調したカットソーと、ミニスカート。ブランドではなく、若さとスタイルのよさで勝負のつもりだった。

「銀座も随分、つまらない街になったわね。昔はここで働くＯＬさんも、もっとお洒落だったけど」

圭伊子が完璧に化粧をし直した顔を歪める。その視線の先に、いかにも量販店で売られているふうの服を着た、二人連れの若いＯＬがいた。更紗と同世代の二人は、なにやら楽しげに笑い合っていた。

「もうシーズン的には秋なのに、夏の服を着てるのもおかしいし」

どこへいっても、誰からも頼まれていないパトロールは続けられる。しかも最後の一言は、更紗に向けて放たれたようにも思われた。

「お店もお安いチェーン店が増えちゃったしね」

「銀座に居酒屋なんてねぇ」

圭伊子とエルメスのマダムが、顔を見合わせて眉を顰める。

ランチの看板に誘われて「お安いチェーン店」に入っていく二人連れのＯＬの姿を、更紗は見るともなしに眺めた。二人のうち、髪を後ろに一つにまとめた小柄な後ろ姿が、誰かに似ている気がした。

「おまけに最近、外国人ばっかりだし」

「本当、本当。おかげでどこへいっても、混んでるのよね」

外国人観光客の増加に文句を言いながら、圭伊子たちが向かったのは、外資系ホテルのイタリアンレストランだった。

皇居の緑が見下ろせる高層階のレストランで、せっかく消費したばかりのカロリーをたっぷりと摂取し直すことになる。どれだけ激しいエクササイズをしても、今一つ贅肉が減らないのは豪勢なランチのせいではないかと、更紗はうっすら考えた。

それでも圭伊子たちにつられ、生ウニの冷製カッペリーニを注文してしまう。

「最近、うちのマンションの下層階って、賃貸に出されてるのね」

会話の口火を切るのは、いつだって圭伊子だ。

「賃貸の人たちが入るとすぐ分かる。この間なんて、エントランスロビーで缶ビール飲んでたのよ」

別に、いいじゃん。

「そういうの、やめてほしい。マンションの品位が下がるよね」

だから、あんただけのマンションじゃないし。

「共働きの人も多いから、放置された子供がごみ散らかすし」

共働きの人の子供じゃないかもしれないのに。

「本当、本当」「迷惑よねー」

誰のためなのか分からないパトロールの報告と共鳴に、更紗はほとほとうんざりする。そのせいだろうか。好物のカッペリーニを前にしても、なぜか食欲がわかなかった。

けれど、内心嫌悪感を抱きつつも圭伊子たちの仲間に入り続けているのは、更紗もまた〝上流〟にとりわけ拘泥しているせいだった。

だって、上流っていうのは、特別ってことでしょう?

「普通」は嫌だ。「特別」がいい。

特別になるためなら、多少無理をしても仕方がない。

考えてみれば、読モ時代も、グラビアアイドル時代も、周囲に心を許して話せるような友達は一人もいなかった。競争や張り合いで保たれていた関係は、今とたいして変わらない。

でも、おかしいな――。

更紗は内心首を傾げる。自分はうまくやってきたはずなのに。

読モからの脱却は、事務所入り。そして、グラビアアイドルからの脱却は、経済力のある男を捕まえる〝セレブ婚〟だ。

収入も社会的地位も高い「勝ち組」の男に見初められ、彼らに自慢される「トロフィーワイフ」になることこそ、入れ替わりの速いグラドル界の最終ゴールとされていた。更紗は投資会社を経営する二十歳年上の平川徹の心を見事に射止め、彼に愛され、大切にされる「トロフィーワイフ」になった。

それなのに、どうして今も、読モ時代やグラドル時代と代わり映えのしない、無味乾燥な人間関係に囚われているのだろう。

ふと、「お安いチェーン店」に入っていった、同世代のＯＬの後ろ姿が脳裏をよぎる。仲が良さそうな二人組だった。一見しただけだが、一緒にいることへの緊張が微塵も感じられなかった。

今頃あの二人は、なにを食べているのだろう。束の間オフィスから解放されて、仕事の愚痴や、昨晩見たドラマの話で盛り上がったりするのだろうか。

いつしか二人の姿が、中学時代の自分と、たった一人の友人だったクラスメイトの姿に重なり、更紗はなんだか茫然とする。

更紗は神奈川の小さな港町の出身だった。岬の向こうには、常にタンカーが行き交う東京湾が広がり、その先にうっすらと房総半島が見えた。更紗たちはよく防波堤の上に立って、タンカーや漁船が通り過ぎていくのを眺めていた。互いの持ち物を比べることも無く、たわいのない話で笑い合えた穏やかな時間。

もう、随分と昔のことのような気がしてしまう。

そうか。

更紗はようやく思い当たった。髪を後ろにまとめていた小柄なＯＬは、小学校時代からの友達、仲世(のぶよ)にどこか似ていたのだ。

ノブちゃん――。

長らく思い出すことのなかった友人の名を、更紗は心に呟(つぶや)いた。

普段は大人しくて穏やかなのに、胸が目立ち始めた更紗が男子に悪趣味なからかわれ方をしたときは、烈火(れっか)の如く怒ってくれた。自在帚(じざいほうき)を振り回して更紗を守ったノブちゃんの雄々(おお)しさは、心の奥底にしっかりと刻まれている。

〝地味な子〟

同時に、そう吐き捨てた母の不機嫌そうな表情が浮かんできて、更紗はにわかに胸が苦しくなった。

〝もっと目立つ子と仲良くすればいいのに。せっかく可愛く産んであげたのに。あんたって、つまらない子〟

自分の大事な友達を一緒に好きになってもらいたかったのに、母は仲世を気に入ってはくれなかった。そのせいか、同じ公立高校に進んだのに、更紗は段々仲世と親しく振る舞えなくなっていった。やがて読モにスカウトされると、自然と周囲に派手な子たちが集まるようになり、更紗を取り巻く環境も変わった。

そのときは、母の言葉を正解だと思った。

化粧を覚えて垢抜けると、更紗に対する周囲の態度はがらりと変わった。あれだけ怖かったクラスの男子たちが、機嫌を窺うように下手に出るようになった。誰からも、バカにされることがなくなった。

「普通」はつまらない。「特別」になることは正解だ。

本気でそう思うようになったとき、伸世との仲は、完全に疎遠になっていた。

あの子は今頃、どこでどうしているのだろう。

久しぶりに思い出した友人の面影を、更紗は遥か遠くに眺めた。

「そう言えば、去年引っ越していった中園さん、今は翻訳の仕事をしてるんですって」

圭伊子の言葉に、更紗は現実に引き戻される。

「え？　中園さんって、今も独りなの？」

すかさず、エルメスのマダムが声をあげた。

「フェイスブックで見ただけだけど、旧姓の篠崎に戻ってたから、今のところは独りなんだと思うけど」

ワタリガニのトマトクリームソースのパスタを口に運びながら、圭伊子が肩をすくめる。

「そうか。つい中園さんって言っちゃうけど、今は篠崎さんなのね」

「中園さん……じゃなかった、篠崎さん、去年の離婚式のときに、すんごいゴージャスな男性を見せつけてくれたけど、あの人、一体誰だったのかしら」

「昔の同僚とか言ってたわよねぇ」

「本当にそれだけかしら。ひょっとして、あの人と、再婚するつもりなんじゃないの」

「要するに、ダブル不倫してたってこと？　さすが、〝仮面夫婦〟よねぇ」

あからさまに嘲笑しつつ、圭伊子たちのどこかに羨望の色が滲んでいるのを、更紗は見逃さなかった。

中園改め、篠崎燿子——。話題になっているのは、昨年まで更紗たちと同じタワーマンションに住んでいた女性だ。

透けるほどに白い瓜実顔に、漆黒の長い髪。しなやかな長い手足に、ほっそりとした腰。実年齢は四十半ばを超えていると聞いていたが、その姿は女優と見紛うほどに美しかった。

どこか超然としたその人は、「湾岸ビュー」で暮らしていたにもかかわらず、あまり圭伊子たちのグループに近づいてこなかった。更紗自身も言葉を交わしたことは、数えるほどしかない。

落ち着いた雰囲気の燿子に見つめられると、自分の無理が見透かされそうで、わざと攻撃的な言葉を口にしたこともある。それでも、若輩の自分を労るように眺めていた燿子の眼差しを、更紗は懐かしく思い出した。

「笑っちゃうわよね。旦那さんは、新しい奥さんと一緒に、今でも平気で同じ部屋に住んでるなんて」

「そうそう。もう子供もいるんだよね」

「ってことは、あの円満離婚アピールのパーティーのときに、既に今の奥さんのお腹に子供がいたってことよね」

「そんな状態で、よく離婚式なんてできたわよね」

圭伊子たちのやり取りが盛り上がる。

長らく〝仮面夫婦〟と噂されていた中園夫妻は、別れる際にわざわざ「離婚式」を開いた。明らかに夫主催と思われるその会に出ていた燿子は、見るからにつらそうだった。

だが、自分を含め、誰もが密かに思い起こしているのは、年下の夫の陰でうつむいていた、悲しげな妻の様子ではないはずだ。

ダンスが始まったとき、突如、薔薇の花束を持った、長身の美貌の男が颯爽と現れた。皆が思い描いているのは、モデルのような男に手を引かれて会場の真ん中に進み出ていく、解放感溢れる燿子の姿のほうに違いない。

その瞬間、燿子の背中に、本当に羽が生えたように更紗には見えた。

ミニバンドの演奏に合わせて二人が踊ろうとしたとき、更紗は思わず駆け寄って、燿子の花束を預かった。

〝平川さん、ありがとう〟

潤んだ大きな瞳に見つめられ、我知らず、なぜかガッツポーズを返していた。

更紗に花束を預けた燿子は、美貌の男にエスコートされ、エキゾチックな縁飾りのついたドレスの裾を翻し、見事なダンスを披露した。美男美女が繰り出した華麗なステップを思い返すと、今でも溜め息が出てしまう。

あんなすてきなダンス――。映画の中でしか見たことがなかった。

更紗はうっとりと、その情景を思い描く。

息もぴったりな本格的なダンスは、離婚夫婦の様子を窺う淀んだ会場の空気を一瞬で浄化した。精悍な男性のリードに身を任せる燿子は、濁った沼から飛び立つ、一羽の白鳥の如く軽やかだった。

ああ、私も……。

いつしか目蓋の裏で、逞しくハンサムな男性に手を取られる燿子の姿が更紗自身の姿に変わっていく。

私も皆の前で、あんな人に手を引かれてみたい。

それこそが、「特別」な経験ではないだろうか。

「……さん、平川さんったら！」

くらくらするような憧憬に浸っていると、ふいに名前を呼ばれていることに気がついた。

「平川さん、どうしちゃったの」

圭伊子たちが不審そうに自分を見ている。

どうって――？

「なんだか今日は口数が少ないし、それにちっとも食べてないじゃない」

言われてみれば、更紗の前のカッペリーニはほとんど減っていなかった。

「そんなことないっすけどね」

わざと蓮っ葉に言い放ち、生ウニの絡んだカッペリーニに口をつける。瞬間、それまで感じたことのない生臭さが鼻を突いた。

もう少しで、吐き出しそうになってしまう。無理やり咀嚼し、更紗は口元を手で覆った。

なに、これ――。

初めて感じた不快感に、更紗は戸惑う。

生ウニではない。小麦の匂いがぷんと鼻につく。こんなことは今まで一度もなかった。

「なんか、トレーニングしすぎたのかな。それとも残暑負けですかね。あんまり食欲がないみたいです」

更紗は誤魔化すように笑みを浮かべる。

「でも、ちょうどいいかも。ちょっと、パンツの上にお腹の肉が載るようになっちゃったから」

明らかに圭伊子たちよりも薄い腹部をさすってみせると、テーブルの上に白けたムードが漂った。

「そういえば、この間ね……」

更紗を露骨に無視し、圭伊子が別の話題を切り出す。

「ええ、本当？」「いやだぁ」「最低ねぇ」

決まりごとのように繰り返される共鳴をやりすごしながら、更紗はぼんやりとカッペリーニの載った白い皿を見つめた。


冷房を入れているのに、酷く蒸し蒸しする。

マンションに戻ってきた更紗は、見るともなしにバラエティー番組を眺めていた。CMに入ったところで、テーブルの上のリモコンに手を伸ばし、エアコンの温度を二度下げた。

一体、この残暑はいつまで続くのだろう。夜になっても一向に気温が下がる気配がない。そのせいか、頭に霞がかかったような状態が続いている。

スマートフォンで週間天気をチェックし、相変わらず三十度以上の最高気温が並んでいるのを見て更紗は小さく舌打ちした。暑さ負けしているのか、ちっとも食欲がわかない。

昼もほとんど食べなかったのに――。

少し心配になったが、ダイエットと割り切れば、問題はないような気がした。

せっかく手に入れた、裕福な「トロフィーワイフ」の座を守るためには、妻になった後も、ずっと美しくいなければならない。更紗はそのための努力を惜しまなかった。エクササイズに励み、エステティックやヘアサロンで、肌や髪の調子も常に万全に整えてもらっている。

テレビを消してソファから立ち上がり、更紗は鏡に全身を映してみた。豊かな胸、くびれたウエスト、長い脚。恵まれたプロポーションに加え、一目で手間をかけていることの分かる艶のある髪と、遠目にもはっきりとカールが見えるエクステ睫毛。いささか人工的ではあるものの、更紗が人目を引く美女であることは間違いない。

私はトロフィー。実力のある優秀な男たちに与えられるご褒美。

それで充分だ。

だって、愛だとかなんだとか言われるより、そのほうが、ずっと分かりやすいもの――。

更紗は丁寧なネイルアートが施された指先を、じっと見つめた。銀のスパンコールが輝くネイルアートは、星空をイメージしている。この爪を守るために、更紗はほとんど家事をしない。

この家の家事は、夫の徹が手配したハウスキーパーに任せきりだ。それは、更紗本人ではなく、むしろ徹の希望から始まったことだった。

今更、所帯じみた妻など欲しくない。

過去に二回離婚している徹は、結婚した当初、更紗にそう告げた。

〝だから、サラは家の事なんか、気にしなくていいんだよ。いつまでも綺麗で、可愛くて、俺のことをちゃんと分かってくれていれば、それでいいんだ〟

最初はそれを自分への思いやりなのかと思っていた。けれど、日が経つにつれ、家のことをなにも把握していない女は、男の言いなりになるしかないことに気づくようになった。

でも別に、不満なんてないけど。

だって、ここが最終ゴールなんだし。

〝のろま〟で〝駄目な子〟だった自分が、湾岸のタワーマンションの最上階に住めるまでになったのだ。これが成功でないわけがない。

だから、このまま「トロフィーワイフ」の座をしっかり守り抜かないと。

指先から視線を離し、更紗は溜め息をつく。

最近気がかりなのは、徹の帰りが毎晩遅いことだ。以前なら、週に三日は二人で外食に出かけていたのに。思い切り着飾って、夫が手配してくれたハイヤーに乗り込み、高級レストランに向かうのが楽しみだった。ところが今では、そうした誘いがほとんどない。ハウスキーパーが作っていった料理を、一人で温めて食べる毎日が続いていた。

〝二十五歳を過ぎたら、女は終わりだな〟

ふと、結婚前に酔っぱらった徹が口にした言葉が甦り、更紗は息を詰める。

最初にそれを聞いたとき、更紗はまだ二十歳になったばかりで、半ば小気味よくさえ思っていた。周囲には、徹を狙っている二十五、六歳の先輩モデルたちが、たくさんいたからだ。

一見華やかな反面、グラビアモデルの世界は過酷だった。最初こそは水着撮影くらいでお茶を濁していられるが、歳を経て需要がなくなれば、ＡＶ出演を強要されることもある。更紗が所属していた事務所はまだまともなほうだったけれど、キャバクラのホステスじみた真似はいくらでもさせられた。

しかし、とりわけ優秀でもなく、貧しい家庭で育った高卒の女が十代で家を出るためには、選択肢など残されていなかった。

更紗は父親の顔を知らない。

物心ついたときから、狭くて古いアパートに、母と二人きりだった。母のことを思い返すと、更紗は今も胸の奥がじくじくと痛む。

清掃業をしていた母はいつも疲れ切った顔をしていて、授業参観や運動会等の学校行事には一度もきてくれたことがなかった。叩(たた)かれたり、食事を作ってもらえなかったりということはなかったが、笑顔を向けられた覚えもない。

記憶の中の母はいつも不機嫌で、更紗がなにをしても、決して褒めてはくれなかった。

〝せっかく可愛く産んであげたのに。あんたって、つまらない子〟

覚えているのは、否定されたり、詰られたりしたことばかりだ。

〝めそめそ泣かないでよ、うっとうしい〟

少しでも涙を見せれば、益々(ますます)疎(うと)んじられた。だから更紗はどんなに傷つけられても、泣くことさえできなかった。

母は自分を愛してはいないのではないか。

よその〝優しいお母さん〟を見るたび、更紗はそう疑わずにはいられなかった。

唯一満足そうだったのは、更紗が初めて読者モデルとして雑誌に大きく取り上げられ、少額ではあったが、ギャラをもらったときだけだった。

つまり、「特別」ってそういうことなんだ。

ドラマや少女漫画がもっともらしく口にする、「愛」とかはよく分からない。実の母親の「愛」ですら不確かなのだから。でも、ギャラとか、トップ争いとかは明確だ。

はっきりとしたものは正義だ。

高校卒業後、グラビアモデルの事務所に所属し、母から離れて都内で一人暮らしを始めた頃から、その考えはあらゆる局面で一層肯定されるようになっていった。

モデルの仕事の傍(かたわ)ら、ホステスの真似事をさせられることも、更紗はあながち嫌いではなかった。事務所経由で駆り出される派手なパーティーに集まる男たちは、全員が一応は高額所得者だったし、なにより、若くて美しい女をちやほやしてくれたからだ。

年収三千万以上の男は、人口の〇・二パーセント。

先輩モデルたちがネットで調べて口々に囁いていた統計を、更紗は今でも覚えている。その希少なエリート枠の妻の座を獲得することが、本当の意味でのトップ争いだった。

だから、徹に誘われたときは、有頂天になった。

投資会社を営む徹の年収は、六千万を軽く超えているという噂だった。

徹が二十歳年上であることも、二度の離婚歴があり、前妻との間に子供が四人いることも、さして気にならなかった。それに、徹は優しかった。ねだればなんだって買ってくれたし、足元に星屑のような夜景が広がる高級レストランにも連れていってくれた。

テレビにたびたび登場するイケメンオーナーシェフの店「ＡＳＨＩＺＡＷＡ」で、生まれて初めて生ウニの冷製蕎麦カッペリーニ風を食べたときは、こんなに美味しいものがこの世にあるのかと、打ち震えるほどに感激した。

母に否定され続けた幼少期を埋め合わせるように、更紗は徹に甘え、徹もそれを喜んでくれた。ひょっとすると更紗は無意識のうちに、一度も会ったことのない父の面影を徹の中に探していたのかもしれない。

あのときは、自分もまた二十五歳になることなど、想像ができなかった。

〝バカな子ね〟

どこかで母の声が響いた気がして、更紗は首を強く横に振る。

もう私は、〝のろま〟でも〝駄目な子〟でも〝バカな子〟でもない。

三度目の正直だよ——。

そう言って、ついに徹がプロポーズしてくれたとき、更紗は完全に母を出し抜いたと思った。もう誰からも詰られない。自分は、〇・二パーセントの希少枠を勝ち取ったのだ。

左手の薬指に大粒のダイヤモンドの指輪をはめてもらい、更紗は迷わず徹の胸に飛び込んだ。

結婚に当たり、更紗はそれまではっきりとは知らなかった事実と対面することになった。

婚姻届を出すときに確認した自分の戸籍は、母が筆頭者になっていた。父の欄は空欄で、更紗は「長女」ではなく、ただ「女」とだけ記されていた。自分が父親の認知を受けていないことを、更紗は改めて悟らされた。

でも、これで全部おしまいだ。

これから更紗は母と同じ姓を捨てて、平川徹の妻になる。

現在更紗は、母とはまったく連絡を取っていない。結婚式は、モルディブの教会で徹の関係者だけを呼んで行われた。更紗に異存はなかったし、徹も妻の肉親に会いたいとは言い出さなかった。本当にトロフィーのように、更紗はただもらわれたのだ。

それでも、母の愛情を疑い続けた自分自身や、モデル同士の熾烈な争いから卒業できることのほうが嬉しかった。

あのときは徹こそが、燿子の手を引いていた美貌の男同様、自分の王子なのだと信じていた。

それなのに。

テーブルの上に伏せていたスマートフォンが震え、ハッと我に返る。

メッセージアプリを開き、更紗は眉を顰めた。スマートフォンを握る手に力が入る。

〝急な出張が入ったので、週明けまで帰れない〟

どういうこと――?

有無を言わさぬ徹からのメッセージに、むらむらと強い苛立ちが湧く。

最近の徹に女の影がちらついていることくらい、薄々勘づいてはいた。きっとまた、二十歳前後の若い女に違いない。

プロポーズのときは、三度目の正直だと言ったではないか。それに、私は少しも所帯じみてなんかいない。まだ飾られる価値は充分にあるはずだ。

酷く腹が立ったが、更紗は一呼吸した。ここで嚙みつけば逆効果になるだけだろう。

〝お仕事だから仕方ないけど、寂しいから早く帰ってきてね〟

少し考えてから、「気をつけてね」というキスマークつきのスタンプをタップした。

俺のことをちゃんと分かってくれていれば、それでいい――。

結婚当初、徹が念押ししていたことを、更紗はしっかり肝に銘じている。最後はそれしかないという、諦観に似た思いもあった。本当の父であれば、娘はいつまでも娘だろうが、残念ながら徹が父でないことくらい、更紗はさすがに自覚している。それに徹が女好きなのは、今に始まった話ではない。ならば、美しくて理解のある、褒賞としての妻の役割を全うするまでだ。

開き直ったような気持ちで、更紗はスマートフォンをフェイスブックにつなぐ。圭伊子たちのページには、早速、今日食べたパスタの写真が投稿されていた。

更紗自身のページは、長らく放置されている。圭伊子たちに誘われて一応開設してみたものの、元々文章を書くのが嫌いな更紗に、フェイスブックは長続きしなかった。

人恋しさからなのか、単なる暇潰しなのか、それともちょっとした干渉のつもりなのか、自分でもよく分からない心持ちのまま、知り合いのページを次々と覗いていく。

〝そう言えば、去年引っ越していった中園さん、今は翻訳の仕事をしてるんですって〟

レストランでの圭伊子の言葉を思い出し、更紗は燿子の名を旧姓で検索してみた。

すぐに、洋書が並ぶ、お洒落なページが立ち現れた。更紗はページをスクロールし、あの逞しくてハンサムな男性の痕跡を探したが、書かれているのは本の感想や仕事のことばかりで、プライベートなことはほとんど分からなかった。

ページから窺えるのは、燿子が現在、翻訳の仕事に邁進していることだけだ。

やっぱり大事なことは、秘密にしてる――。

頭のいい女性は、私生活が露骨に分かるようなことを、ＳＮＳにあげたりしないらしい。更紗は少しだけ、突き放された気分になった。

ふと思いつき、指が勝手に動き出す。

川崎（遊佐）伸世。

名前がヒットしたとき、更紗は小さく息を詰めた。珍しい旧姓だから間違いない。

ノブちゃんだ。

スマートフォンが震え、徹から返信がきたことを知らせていたが、更紗は伸世のページから眼を離すことができなかった。結婚して一児の母になったノブちゃんは、現在は都内のスーパーでパートの仕事をしているらしい。

最近のページには、小さな子供の後ろ姿の写真が、何枚も並んでいる。子供に差し伸べられているのは、ネイルアートなど少しもしていないノブちゃんらしき手のときもあれば、少し武骨なパパらしき手のときもある。つまりそこに映っているのは、ママもパパも当たり前のように子供に手を伸べている、「普通」の一家の日常だった。

いつしか更紗は、伸世のページを食い入るように見つめていた。

〝地味な子〟

母の吐き捨てるような声が耳朶に響き、更紗はスマートフォンを取り落とす。派手な音をたてて床に落ちたそれを慌てて拾うと、液晶にひびが入っていた。

「そうだ、ご飯を食べなくちゃ」

更紗は、わざと声をあげる。いくらダイエットとは言え、サラダくらいは食べるべきだ。

スマートフォンから離れ、リビングを出る。これ以上、ノブちゃんの日常を覗き見したくない。

だって――。

なぜかその先を考えるのが怖くなり、更紗は足早にキッチンに向かった。

冷蔵庫をあけ、ハウスキーパーが作り置きした料理を詰めた保存容器を物色する。だが、更紗はすぐに冷蔵庫の扉を閉めた。

食べ物の匂いを嗅いだ途端、ふいに吐き気が込み上げたのだ。

まさか。

更紗は口元を覆って、膝をつく。暑気あたり、風邪、それとも昼の生ウニにあたったのか。あらゆる可能性を頭に描き、それでも更紗は既に悟っていた。

これは、悪阻だ。


その町は、都心からそれほど遠くはなかった。だが、別段なにかで有名な場所でもない。名前すら知らなかった駅に、更紗は降り立った。

九月の最終週。関東に大型の台風が接近していた。

改札を出ると、更紗はブランド物の傘をさした。気温はだいぶ下がっていたが、台風の影響で風が酷く強い。

傘を強風にあおられないように気をつけながら、更紗は人気のないロータリーを突っ切って大通りへ出た。小雨が降りしきっているが、どこからか蟬の声が聞こえてくる。

なんだか不思議な町だった。駅向こうには、更紗が住んでいるようなタワーマンションや真新しいショッピングモールが聳えているのに、北口の改札の先には、低層のアパートや、スーパーがごちゃごちゃと並んでいる。強引に開発された向こう側に、こちら側がついていけていない感じだった。

もしかしたら、これからはこういう町が増えていくのかもしれない。

だって、誰もが簡単に「特別」になれるわけじゃないんだものね——。

どんなに開発が進んでも、そこに取り残されるものがなくなるわけではない。すべてが平等に刷新されることはなく、古いものが完全に淘汰されることもなく、ただ、両極の差がどんどん大きくなっていくのだろう。

でも私は、取り残されるのは嫌。

綺麗に装って、最新のバッグを持って、誰からも羨まれるような都会に住んでいたい。

そう思った瞬間、生まれ育った小さな港町の情景が浮かんだ。死んだ魚の生臭い匂いがするあの場所で、母はまだ一人で暮らしているのだろうか。薄暗い古いアパートの一室で。

同じ東京湾でも、タワーマンションの最上階から見るそれと、汚れた堤防から見るそれでは全然違う。私はもう、二度とあの場所には戻らない。

雑然とした商店街をしばらく歩き、更紗はスーパーの前の喫茶店で足をとめた。チェーン店が圧倒的なシェアを占める都心では、もうほとんど見かけなくなった古ぼけた喫茶店だ。

向かいのスーパーでは、そろいのバンダナを頭にかぶったパートタイマーらしい女性たちが、段ボールに山盛りになった野菜にかけたビニールが風に飛ばされないように、重しを置いて回っている。台風の直撃に備えているらしい。駅前は閑散としていたが、スーパーではたくさんの人たちが、買い物をしているようだった。

スマートフォンを取り出し、更紗はメッセージを確認する。

スーパーの向かいの喫茶店――。待ち合わせの場所はここだ。

傘を畳み、更紗は喫茶店の扉を押した。コーヒーの香りが鼻孔を擽る。そこに食べ物の匂いが混じっていないことに、更紗は幾分ほっとした。

「いらっしゃい」

カウンターの奥から声をかけてきたのは、八十を超えているのではないかと思われる老人だった。店主同様、店内も相当年季が入っている。台風のせいかいつものことなのか、喫茶店は空いていたが、店の奥で井戸端会議に興じていた四人の老婦人たちがパッと自分のほうを見た。

今日はブラウスとワイドパンツという、普段に比べれば大人しい格好だが、明らかにブランド物と分かるデザインだ。古ぼけた下町の喫茶店では、栗色に染めた髪や、カールのかかったエクステ睫毛や、高級ブランドのバッグや傘はかなり目立つに違いない。

だからって、あんまりじろじろ見ないでほしい。

咳払いして窓側のソファに腰を下ろすと、老婦人たちはそそくさと視線をそらした。更紗は澄ましてメニューを開く。コーヒーも紅茶も、外資系コーヒーショップチェーン店の半額の値段だった。

アイスレモネードを注文し、更紗は小さく息をつく。柱にかけられた時計を見れば、午後四時を少し過ぎたところだ。約束の時間まで、まだ二十分ほどある。天気が悪いこともあるが、外は随分と暗い。

こんなところにいつまでも一人でいたくない。早く会いにきてほしい。

更紗はソファにもたれ、目蓋を閉じた。下腹に手をやると、一週間近い絶食状態のせいか、そこは頼りなく萎(しぼ)んでいる。

この場所に、新たな命が宿っているなんて、とても信じられない。

しかし、それは紛れもない現実だった。

先週末、更紗はわざわざ隣の区の産婦人科まで足を運んだ。圭伊子たちに嗅ぎつけられれば、格好の噂の種にされる。パトロールの眼から逃れるため、できるだけ、マンションの人間と縁のなさそうな駅を選んだ。

結果は、妊娠七週目に入っているということだった。

確かに生理が遅れてはいた。だが、元々生理不順の傾向があった更紗はさして気に留めていなかったのだ。

〝おめでたです〟

妊娠を告げられたとき、更紗は完全に言葉を失った。結婚して三年が経つのだから、むしろそうした事態は自然なのかもしれない。けれど夫は、いつも避妊をしていたはずではなかったか。それを若い自分を慮(おもんぱか)ってのことだと漠然と信じていたけれど、果たして本当にそうだったのだろうか。

更紗自身、嬉しいのか、そうでないのかがよく分からなかった。更紗の表情を読み、検査に当たっていた女性医師も、慎重に言葉を選ぶように続けた。

〝もう心拍が確認できますので、妊娠届を出すことが可能ですが、どうされますか〞

どうって……。

更紗は益々言葉に詰まった。

〝とりあえず先に、ご家族にご報告してください。届け出の提出は、安定期に入ってからでも充分に間に合いますので〞

答えることのできない更紗に、女性医師は落ち着いた口調でそう言った。

帰りがけに渡された注意書きに、「初期中絶は十二週未満」という文言を見つけ、更紗は小さく眼を見張った。〝どうされますか〞という質問の中には、こうした可能性も含まれていたのだと、このとき初めて気づかされた。

中絶――。それは出産と同じくらい、現実みの薄い言葉だった。

「お待ちどおさま」

しわがれた声が響き、更紗はハッと眼をあける。我に返ると、老マスターが足を引きずりながら去っていくところだった。

テーブルに置かれたレモネードに、更紗はストローをさす。ネイルアートがはげかけているのに気づき、慌てて爪を隠した。このところ、手入れを怠っているが、髪や肌は大丈夫だろうか。

急に不安になり、更紗はバッグの中からコンパクトを取り出して覗き込んだ。

大丈夫。やつれて見えたりはしていない。

冷たいレモネードを一口含み、とりあえず飲めそうなことにも安堵した。

現在、悪阻はピークを迎えているらしく、炭水化物も蛋白質も受けつけない。特に小麦や米の匂いが鼻につき、主食はほとんど食べられなかった。外食はもちろん、ハウスキーパーが作り置きした料理も口にできない。それまでまったく気にならなかった調味料の味が、妙に尖って感じられてしまうのだ。なんとか口にできるのは、酸味のある冷たいものだけだった。

圭伊子たちには夏風邪をひいたと嘘をついて、距離を置いている。暗闇バイクのエクササイズにも当然いっていない。

そうなってみると、あれだけ忙しかったはずの更紗の毎日は虚ろだった。

このまま、一体、どうなってしまうのだろう。

週明けに自称〝出張〟から帰ってきた徹の態度を思い返すと、更紗はふいに息苦しくなった。

〝俺、ちゃんと避妊してたけどね〟

検査の結果を告げたとき、徹は酷く醒めた一瞥を寄こしてきた。浮気を疑われているのだと悟ったとき、更紗は全身の血が逆流したようになった。

それはお前のほうではないか。こちらが気づいていないとでも思っているのか。

「トロフィーワイフ」が守るべき夫への理解も気品も投げ捨てて、更紗はあらん限りの罵声を徹に浴びせた。罵声だけでは足りず、傍にあった雑誌や灰皿も投げつけた。

徹は苦笑を浮かべながらそれを躱し、〝まあ、落ち着きなさいって〟と更紗の手首をつかんだ。散々女遊びを繰り返し、二度の離婚を経験している徹にとって、この程度は修羅場にも数えられないようだった。

〝俺はさ、サラさえいてくれればそれでいいんだよ〟

暴れる更紗を無理やり抱きすくめ、徹は猫撫で声で囁いた。

〝サラの身体の負担が重くならないうちに、どうにかしよう。いい先生なら、一杯知ってるから〟

次に耳元で響いた言葉に、更紗は暴れるのさえ嫌になった。

〝俺はね、もう、子供なんていらないんだよ〟

子供なんていらない――。

なんて無責任な言い草だろう。今思い返しても、怒りと虚しさが込み上げる。

けれどそれを耳にしたとき、まったく別の感慨が浮かんだ。

ひょっとして。

自分を産んだ母もまた、同じ言葉をぶつけられたのだろうか。更紗の生物学上の父である男から。

〝せっかく可愛く産んであげたのに〟

なにかというと恩着せがましく告げてきた母は、二重の大きな眼をした更紗とはちっとも似ていなかった。

地味な子――。

今思えば、それは腫れぼったい一重目蓋をした母自身のことでもあったのだ。

派手な顔立ちの更紗は、恐らく母と自分を捨てた生物学上の父に似ていたのだろう。

母が笑顔を見せてくれなかった理由が、このときやっと分かった気がした。

〝そうそう。サラはなにも心配しなくていいからね〟

急に暴れるのをやめた更紗の髪を、徹は優しく撫で続けた。更紗は、それを振り払う気力すら湧かなかった。

あれから一週間。徹は家に帰ってこない。更紗も、行方を探そうとは思っていない。

ただ、今後のことを考えるとたまらなく不安になる。

このままいくと、夫が差し向けてくる医者に、突然つかまってしまうかもしれない。それが荒唐無稽な被害妄想だと言い切れないところが、恐ろしい。

ふと気づくと、更紗の周りには本音で話せる人間が誰もいなかった。

誰か、助けて――。

叫び出しそうになったとき、心の奥底に、頭の後ろで長い髪を一つにまとめた懐かしい顔が浮かんだ。自在帚を振り回し、いやらしい男子を追い払ってくれた唯一の友達。

ノブちゃん。

気づくと、更紗はひびの入ったスマートフォンを夢中で操作し、少し前に見つけた伸世のフェイスブックに友達リクエストの申請を送っていた。

その日は、一晩中、眠ることができなかった。

明け方うつらうつらして眼が覚めると、まだ手にひび割れた液晶のスマートフォンを握りしめていた。電源が切れてしまったそれを充電器につないだとき、更紗は安堵で膝から崩れ落ちそうになった。甦った液晶画面に、友達リクエストが伸世に承認されたというアイコンが浮かび上がっていた。

伸世は単純に、古い友人からのコンタクトを喜んでくれているようだった。それから何度かメッセージをやり取りし、ついに今日、久方ぶりに顔を合わせることになったのだ。

保育園への「お迎え」があるため、伸世の働く町で落ち合うことになった。そして、待ち合わせに指定されたのが、彼女がパート勤めをしているスーパーの向かいにある、この古い喫茶店だった。

冷たいレモネードを一口飲み、更紗は雨が降りしきる外の様子に眼をやる。先程より風が強まり、段ボールにかけたビニールがバタバタとはためいていた。

伸世も先刻のパートタイマーたちのようにおそろいのバンダナをして、商品をそろえたり、レジを打ったりしているのだろうか。

もし、高校時代にモデルの道に足を踏み入れることがなかったら、自分もまた、パートタイムで働いたりすることになっていたのかもしれないと、更紗は考えた。

果たして、その選択肢はありだろうか、なしだろうか。

「普通」は嫌だ。だけど、今の状態も耐えられない。

段々考えるのが面倒になり、更紗は苛々とネイルがはがれかけた爪を噛む。

そのとき、こちらに向かって駆けてくる人影が見えた。

レインコートを羽織った女性は髪を短く切っていたが、更紗には、それが仲世だとすぐに分かった。喫茶店に入ってきた仲世に向かい、更紗はすかさず手を上げる。

「サラちゃん、こんな日に呼び出しちゃってごめんね」

どうしても会いたいと言ったのは更紗のほうなのに、仲世はすまなそうに眼尻を下げて笑った。

ノブちゃん――。

その温かな笑みに、懐かしさが込み上げる。ノブちゃんはちっとも変わっていない。更紗は今すぐにでも、自分の状況をぶちまけて、旧友にすがりたい気持ちに駆られた。

それなのに、長年の間に沁み込んでしまった妙なプライドが邪魔をする。

だって、高校時代のヒエラルキーでは、自分の方が断然「上」だったんだもの。

更紗はモデル然とした、取り澄ました笑みを唇の端に浮かべようとした。

「ノブちゃん、お疲れさん」

だが更紗が口を開く前に、老マスターが今までとは別人のような笑顔で仲世の前にメニューを置いた。

「あ、マスター、台風の進路、どうですか」

レインコートを脱ぎながら、伸世は朗らかに問いかける。

「なんだか、随分ゆっくり進んでるみたいだねぇ」

「西日本、大変みたいですね。これも全部、温暖化のせいですよ」

「今日は、本当は中秋の名月なんだけどねぇ」

「えー、残念。今夜は、月見どころじゃないですね」

伸世とマスターの会話に、奥の老婦人たちが参加してきた。

「まったくよねぇ。私、せっかくお月見団子買っておいたのに」

「中秋の名月、見たかったわ。最近、過ごしやすい季節がちっともないの。そのうち、あっという間に寒くなって、すぐ、冬になっちゃう」

「そしたら、また、あちこち痛くなるわね」

「お買い物もできなくなっちゃうわ」

嘆き合う老婦人たちに、伸世は胸を叩いてみせる。

「大丈夫ですよ。うちのスーパー、お届けサービスがありますから。私に注文してください」

途端に、老婦人たちの間から笑い声が起こった。

「あら、ノブちゃんたら、商売上手」

「じゃあ、いよいよのときは、ノブちゃんにお願いするわ」

ノブちゃん、ノブちゃん、ノブちゃん――。

自分と伸世の間だけだと思っていた呼び名が、店内に木霊する。

彼らは全員が顔見知りらしかった。久しぶりに再会した自分そっちのけで、和気藹々と会話に興じる伸世の横顔を、更紗はじっと見つめる。

なにも変わっていないと思ったのは間違いだった。教室の隅で二人きりで身を寄せ合っていた小学生時代や中学生時代とは違い、今の伸世はこの下町に根を下ろしている。

しっかりと自分の居場所を確保している伸世の姿を、更紗は急に遠く感じた。

「サラちゃん、本当に久しぶりだね」

アイスコーヒーを注文した伸世がようやく更紗に向き直ると、マスターや老婦人たちは、そそくさと元いた場所や会話へ戻っていった。

自分だけがこの喫茶店で異質なのだと、更紗はネイルアートがはげかけた爪を隠す。

「サラちゃんは、相変わらず綺麗だね」

屈託（くったく）のない眼差しで、伸世が更紗を見た。

「高校に入った途端、サラちゃん別人みたいに綺麗になっちゃって、あんまり話せなくなったけど、フェイスブックに連絡くれたときは、すごく嬉しかったよ」

髪を切った伸世は、以前より大分ふくよかになっていた。その左手の薬指に、銀の結婚指輪が食い込んでいる。着ている服にも、雰囲気にも、日々の生活を第一に優先している質素さと堅実さが滲んでいた。とても同じ二十五歳とは思えないほど、その姿は母親然としている。

それに比べて、自分はどうなのだろう。

ブランド品で身を固めた自分は、垢抜けている。ここでは浮いているだろうけれど、銀座や南青山（みなみあおやま）では間違いなく様になる。

同時に、今の生活感溢れる伸世と二人きりで会っている姿を、同じタワーマンションに住む主伊子たちには知られたくないという見栄のようなものが湧き上がり、更紗は急に自分がここになにをしにきたのか分からなくなった。読モにスカウトされたあのときから、伸世と自分の歩く道は決定的に違ってしまい、今更後戻りはできないのかもしれない。

この町の、駅向こうと同じだ。強引に開発された場所は元には戻らない。下町もまた強かに生き続け、その差はどんどん開いていく。

「今、どうしてるの」

伸世の問いかけに、更紗は一瞬言葉を呑んだ。

「……ノブちゃんこそ」

「私は、特に話すことなんてないって」

伸世が眼尻を下げて笑う。

「大学出てすぐに結婚して、子供産んで、その子を育てながらパートで働いてるだけ」

「ふーん。そうなんだ」

なぜだろう。

更紗の中に、微かな不快感が頭を擡げる。

「ねえ、ケーキでも食べようか。マスターの奥さんの手作りチーズケーキ美味しいんだよ」

メニューをめくり始めた伸世を、更紗は慌てて押しとどめた。チーズケーキなんて、考えただけで吐き気がする。

「ごめん、ノブちゃん。私、今、悪阻が酷くて……」

言い終える前に、伸世に手を握られた。

「そうだったんだ！　サラちゃん、おめでとう」

瞬間、伸世の真っ当さを更紗は本気で憎んだ。

子供なんていらないんだよ――。

耳元でそう囁く夫がいることを、この凡庸な女は知る由もないのだろう。

「そうなの。だから、子育ての先輩のノブちゃんに、色々教えてもらおうと思って」

気づくと更紗は、自分の環境を得意げに喋りまくっていた。

湾岸のタワーマンションの最上階に住んでいること。経済力のある夫は優しくて、ハウスキーパーを雇っているため、更紗自身はほとんど家事をしたことがないこと。妊娠したために、エステやエクササイズに通えなくなったこと。

嘘は一つもついていない。

「すごいね。サラちゃんて、セレブ妻なんだね」

仲世が圧倒されたように呟く。

「そんなことないよ。でも、ちょっとだけ不安になっちゃって……。私、モデル以外の仕事をしたことも、ちゃんとした料理を作ったこともないんだもの。こんなので、本当に母親になれるのかな」

周囲には嫌みにしか聞こえないだろうが、半分は本心だった。

「大丈夫だよ。そんな立派な旦那さんがいるんだもの。それに、料理なんて、必要に迫られれば、すぐにできるようになるよ」

「そうかな。ノブちゃんも、離乳食とかちゃんと作ったの？」

「うちは……、共働きだから、買っちゃうことが多かったかな」

仲世の眼差しが、少しきまり悪そうに揺れる。

「赤ちゃんのためには、高層じゃないほうがいいのかな。うちのマンション、小さい子があまりいないし、保育園とかもよく分からないし」

「サラちゃんが働いてないなら、保育園は無理していかなくてもいいんじゃない。ハウスキーパーさんも、いるんでしょう？　幼稚園からで、充分だと思うけど」

「でも、ママ友とか欲しいし。うちのマンション、同世代のママ、いないんだもの」

浮ついたように喋りながら、更紗は自分の頭がどんどん冷めてくるのを感じた。

なに言ってるんだろう、私――。

あのマンションにいたら、間違いなく夫が手配した病院に連れていかれるのに。

第一、本当に子供を欲しいのかどうかも分からない。幼少期から母親の愛情を疑い続けた自分が、その母と同じように父親のいない子を産めば、まったく同じことを繰り返すことになるのではないだろうか。

本当は、そういう話を伸世に聞いてもらいたかったのに。どうしたらよいか分からない不安を、打ち明けたかったのに――。

それなのに、今の私ときたら、まるで圭伊子たちと同じだ。自分の持ち物を見せびらかして、相手を牽制している。圭伊子のような人たちに慣れ親しんでしまった自分は、もうノブちゃんの仲良しには戻れないのだろうか。

「私とサラちゃんじゃ環境が違いすぎて、参考にならないと思う。私じゃ、サラちゃんの役には立てないよ」

ついに伸世が、少し困ったように首を横に振った。

「でも、フェイスブックで見たノブちゃんたち、すごく幸せそうだった」

思わず本音が口をついて出る。ママとパパがそろっていて、その双方が当たり前のように子供を愛している普通の家庭。それが今の更紗には一番遠い。

ずるいよ、ノブちゃん――。

「普通」はつまらないはずなのに、「普通」は「特別」に敵わないはずなのに。

どうして普通に生きてきた伸世が幸せになって、特別になったはずの自分がこんな目に遭うのだろう。

「ノブちゃんは、全然不安がないみたいに見える」

決めつけるように続けると、さすがに伸世が迷惑そうな顔になった。

「そんなことないよ。うちはサラちゃんとこと違って、単に選択肢がなかっただけ。不安がないとかじゃないから」

そこで会話が途切れた。更紗も伸世も、きまり悪げに視線を漂わせる。

アイスコーヒーを飲み干した伸世が、伝票を手に取った。

「ごめんね、サラちゃん。そろそろ〝お迎え〟の時間だから。台風もくるみたいだし」

「私が払うよ」

伝票を取り返そうとすると、きっぱりと首を横に振られた。

「いいよ。せっかくきてもらったんだし」

さっさと支払いを済ませ、伸世は喫茶店の外に出る。更紗はその後に続くことしかできなかった。表に出ると、一時的にか、風と雨が少しだけ弱まっていた。

「じゃあ、私、自転車だから」

レインコートを羽織った伸世が自転車置き場に向かう後ろ姿を、更紗は黙って見送る。もう、ノブちゃんに会うことは、二度とないのではないかと思われた。

伸世の姿が完全に見えなくなると、脚から力が抜けそうになる。せっかくノブちゃんを見つけて、知らない町までやってきたのに、なに一つ肝心なことを話すことができなかった。

後悔と同時に、じわじわと自己嫌悪が込み上げる。

伸世は、今回の再会を一体どう思っただろう。一方的に自慢話を聞かされたと、うんざりした気持ちになっているだろうか。それとも、華やかな毎日を送っている旧友を前に、自分の生活の凡庸さに虚しさを募らせただろうか。

後者に微かな甲斐を感じている自分に、益々嫌気がさす。

だって――。

喫茶店でこの町にすっかり溶け込んでいる伸世を見たとき、更紗は抑えきれない嫉妬を感じた。

伸世が既に、たくさんのものを手にしていることに。

一緒に手を携えて、家庭を作ってくれる夫。「お迎え」を待っている子供。皆から必要とされる、地に足のついた仕事。地元の人たちから寄せられる、お愛想を抜きにした信頼――。

どれもこれも、今の更紗とは無縁のものばかりだ。

更紗が手にしてきたのは、ブランドのバッグや高価な服。予約の取れないレストランのリザーブシート。高級ホテルのエステやサロンの習い事。皆が働いている昼間に楽しむエクササイズ……。しかもこれらは全部、年上の夫から気紛れに与えられてきた贅沢だ。

これが本当に「特別」だったのだろうか。どれもこれも、簡単に失われる、虚しいものばかりなのに。けれどこれらの虚飾をはぎ取られたら、自分はなにも残っていない。そのことに気がついてしまった。

だから、悔しかったんだ――。

更紗は、じっと立ち尽くす。どこかでなにかを間違えた自分は、もうどこへもいけない。

湾岸に聳えるタワーマンションの最上階の一室が、更紗には大きな鳥籠に思えた。

そこで、なにも主張せず、大人しく言いなりになってお腹の子供をどうにかすれば、徹も三度目の離婚を切り出すことはしないだろう。今の生活はもうしばらく続けられるかもしれない。

〝仮面夫婦〟として。

圭伊子たちと一緒になって、かつて燿子にぶつけた言葉がそのまま自分に跳ね返ってきて、更紗は暫し茫然とした。

そのとき、スーパーマーケットから出てきた人影に、更紗の眼が釘付けになる。

燿子のことを思い出していたせいで、それに伴う幻影を見たのかと思った。

だが、サマーニット帽をかぶり、両の手に大きなスーパーの袋を持ち、足早に横断歩道を渡っていく上背のある姿は、幻ではない。黒いタートルネックのシャツに、同じく黒のジーパンを穿いた逞しい身体つきの男性は、間違いなく、燿子の離婚式に颯爽と現れたあの人だ。

夢の国に燿子の手を引いていったような男性が、両手一杯の買い物袋を抱えて格安スーパーから出てきたギャップに、更紗は一瞬眼を疑った。

男性の背中がどんどん遠ざかっていく。気づくと、更紗はその後を追っていた。

どうしてこんなことをしているのか分からない。けれど今追わないと、もう二度と男性の姿を見ることはできない気がした。

雨が本降りになる前に引き上げようとしているのか、男性の足は速い。更紗は小走りに追いかけなければならなかった。

予備校やパチンコ屋の前を通り過ぎると、商店街の外れに出た。その先は、低層の木造アパートや、古い一軒家ばかりだ。一体、どこまでいくのだろう。離婚式の会場では、ファッション関係の仕事をしているようなことを言っていたはずだが、そんなお洒落な人種が暮らすエリアとはとても思えない。

華奢なパンプスで追いかけるのがつらく、更紗は肩で息をついた。こめかみに滲んだ汗をぬぐって顔を上げると、いつの間にか男性の姿が消えていた。

「え……」

更紗は驚きの声を漏らす。ぐるぐると辺りを見回すが、どこにも人の気配がない。この辺の家に入ったのなら、門をあける音や、外づき階段を上る音くらいはしたはずだ。

まるで本当に幻だったように、一瞬のうちに男性はいなくなってしまった。

それでも更紗は諦め切れず、人の痕跡を求めて何度も商店街の外れを行き来した。けれど、すぐに飛び込めるようなお店も、公園も、コンビニエンスストアも見当たらない。

憑かれたようにうろつくうちに、更紗は段々、自分の行動に呆れ始めた。

なにやってるんだろう、私——。

見上げれば、真っ黒な雨雲がすごい勢いで、曇天を滑っていく。風がまた強くなり始めていた。

こんな台風の日に、一度も話したことのない夢とも現ともつかない男性の姿を追いかけて、見知らぬ町の商店街の外れを延々うろついているなんて。

今日の自分は、きっとどこかおかしいのだ。

せっかく会えたノブちゃんに見限られてしまったせいで、まともな判断力が働かなくなっているのだろう。

〝私じゃ、サラちゃんの役には立てないよ〟

伸世が控えめに告げてきた拒絶の言葉が甦る。もうこのまま、自分もどこかへ消え失せてしまいたい。

なんてね……。

更紗の口元に自嘲めいた笑みが浮かんだ。

どうあれ、今の自分の帰る場所は、あのタワーマンション以外にはありえないのだろう。重い溜め息をつき、踵を返しかけたとき、足元をさっとなにかが横切った。

我に返って視線をやると、小さなキジトラの猫が、細い路地に入っていくところだった。

こんなところに、裏道が――？

その瞬間、更紗はハッと思い当たった。

ひょっとすると男性は、この路地裏に入っていったのではあるまいか。

まるで更紗の気持ちを読んだかのように、キジトラの猫がくるりと振り返る。猫は橄欖石のような瞳で更紗をじっと見つめ、「正解」とでも言いたげに、「にあ」と小さく一声鳴いた。更紗が一歩近づくと、猫はしなやかな足取りで、すたすたと路地の奥へと入っていく。

こうなれば、追わずにはいられない。更紗は足元に気をつけながら、未舗装の路地に踏み出した。猫はするすると狭い通路に分け入っていく。

しかし、あの男性は、本当にこんなところを通っていったのだろうか。

空調の室外機やポリバケツの並ぶ殺風景な路地裏を歩くうちに、更紗は再びなにかに化かされているような心持ちになってきた。

やはりあの男性は、どこかへ逃げ出したいと願う心が生み出した残像ではなかったか。

その割に、両の手に大きなスーパーの袋を抱えた、随分と生活感の溢れる姿ではあったけれど――。

室外機の上を歩いていた猫が、飛び下りて駆け出す。

暗い空から大粒の雨が降ってきた。慌てて傘をさそうとするが、道が狭すぎてうまく開かない。おまけに強い風が吹き始める。さすがに引き返そうかと思い始めた矢先、いきなり眼の前がひらけた。視界に鮮やかな緑が飛び込んでくる。

狭い路地の突き当たりに古民家風の一軒家が佇み、その家の中庭に、一本のハナミズキが丸い葉を茂らせて立っていた。強風にあおられ、梢(こずえ)が天を掃くように揺れる。

猫は真っ直ぐにその家に向かい、白い門を潜り抜けて、中庭に面した大きな硝子戸(ガラス)をかりかりと引っかいた。

この家の猫だったんだ——。

更紗がぼんやりその様子を眺めていると、がらりと硝子戸があいた。

「トラ君、また雨が降ってきたの？」

野太い声が響く。

「あら」

大きな人影がこちらを向いたとき、更紗は「ひっ」と息を呑んだ。

銀色のガウンのようなドレスを纏(まと)った大柄な人物は、頭にショッキングピンクのボブウイッグをかぶっている。しかし、片方だけに鳥の羽根のような睫毛をつけたその顔は、どう見ても中年のオヤジだった。

お、おかま……！

初めて眼にするその姿は、テレビ等のメディアで見るのとはまったく違う生々しさがある。さしかけていた傘を放り投げて逃げ出そうとした途端、更紗は我が耳を疑った。

「あなた、更紗ちゃんじゃない？」

見ず知らずのおかまが、自分の名前を呼んでいる。

どういうこと――？

恐る恐る振り返れば、太い腕にキジトラの猫を抱いたおかまが、じっとこちらを見ていた。

「やっぱり。あなた、燿子ちゃんのお友達の更紗ちゃんよね」

その言葉に、更紗は大きく眼を見張る。

まさか……。

更紗の手から傘が落ち、狭い路地に転がった。

薔薇の花束を持って燿子の前に現れた、王子のようなイメージが木っ端みじんに砕け散る。

顔の半分だけ厚化粧し、ガウンを着たおかまは、よく見ると、更紗がスーパーマーケットから追ってきた、サマーニット帽の男性だった。


部屋の中には荘厳で美しいピアノ曲が、低く静かに流れている。

クラシック音楽には疎い更紗でも、この曲は聞いたことがあった。バッハ、モーツァルト、ショパン――。小学校の音楽室の壁に掛けられていた、更紗には冗談としか思えない妙な銀髪のかつらをかぶった作曲家の肖像画を思い出してみたが、耳に馴染みのあるこの曲が、誰の作曲によるものなのかは分からなかった。

カウンターテーブルでは、真鍮の蛙が捧げ持つ皿の上で、蝋燭の炎がゆらゆらと揺れている。

背の高いスツールに座った更紗は、そっと部屋の様子を見回してみた。

蝋燭や、鳥籠を象ったランプシェードから漏れる明かりに照らされた室内は、仄暗い洞窟のようだ。中庭に面した硝子戸の傍の一人掛けのソファの上で、先刻のキジトラの猫が丸くなって眠っている。ピアノの音色と硝子戸を叩く風の音に交じり、微かな寝息の音が時折響く。

ここって、一体、なんなんだろう――。

誘われるまま、つい入り込んでしまったものの、更紗はこの先自分がどうすればよいのか、皆目見当がつかなかった。

ふと、カウンターの端に綺麗な本が置いてあることに気づく。満々と水を湛（たた）えた湖のような透明感のある青い表紙に、見知った名前が記されていた。

『蒼い森（ブルーフォレスト）』　篠崎燿子　訳

本なんて、もう何年もまともに読んだことがなかったけれど、更紗は思わず手に取っていた。

ページを開くと、しんとした静かな世界が広がった。

美しく端整な燿子の佇まいそのままに、丁寧で読みやすい文章が、亡き兄の記憶を追って蒼（あお）い森の中を彷徨（さまよ）う一人の少女の心情を綴（つづ）っていく。少女が人語を話すフクロウと出会った辺りから、ページをめくる手がとめられなくなった。

フクロウに導かれ、少女が蒼い森の奥に住まう黄泉（よみ）の国の女王に出会ったとき、更紗は思わず感嘆の息を漏らした。黄泉の国の女王の描写の、なんと美しく荘厳なことだろう。

ちっとも気取った文章ではないのに、その気高さや優雅さがひしひしと伝わってくる。

「その本、もうすぐ発売ですって」

ふいに声をかけられ、更紗はびくりと肩を弾ませた。カウンターの向こうに大きなおかまが現れたことに気づかないほど、夢中になって読み耽（ふけ）っていた。

「発売前に燿子ちゃんが見本を送ってくれたんだけど、やっぱりさすがね。一緒に働いていた頃から、燿子ちゃんの英日翻訳はピカ一だったの。その本も、燿子ちゃん自身が向こうの本屋さんで見つけて、版元に一から権利交渉したんですって。日本での出版が実現して、本当によかったわ」

同じ〝仮面夫婦〟でも、実力のある人は、その後の先行きが全然違う。

急に突き放されたような気持ちになって、更紗は本を閉じた。

「お待たせしてごめんなさいね。さっきはちょっと、中途半端な状態だったから」

両方の目蓋に鳥の羽根のようなつけ睫毛を装着したおかまが、にんまりと口角を引き上げる。

蠟燭の炎に照らされ、陰翳（いんえい）を作る笑顔が怖い。

「あの」

更紗はおずおずと問いかけた。

「なんで、私の名前、知ってたんですか」

燿子の離婚式に出席してはいても、お互い名乗ったりはしなかったはずだ。

「燿子ちゃんから聞いてたからよ」

当たり前のように告げられ、しばし戸惑う。

あの美しい女性は、自分のことをどんなふうにこの人に語ったのだろう。

「で、今日はどっちのお店にご用があったのかしら」

「お店……？」

「そうよ。燿子ちゃんの紹介できたんじゃなかったの」

聞き返した更紗を、おかまが不思議そうに覗き込む。

おかま曰（いわ）く、ここは昼はオーダーメイドが中心のダンスファッション専門店、夜はそこで働くお針子（はりこ）たちへの賄（まかな）いに端（たん）を発した夜食カフェなのだそうだ。

「どの道、今日は台風でお針子さんたちもこないから、基本的にお店はお休みなんだけれど」

「……お店がお休みでも、メイクするんですか」

更紗がもぐもぐと呟く。店用のパフォーマンスなら、できれば素顔に戻ってほしいところなのだが。

「あらやだ、これが私の素顔よ」

あっさり言い放たれ、更紗は内心天を仰いだ。

この人本当はすごいハンサムなのに——。残念極まりない。

「とりあえず、なにか飲む？」

更紗の落胆にはまったく気づかない様子で、おかまがポットを引き寄せようとした。

「いえ、なにもいりません！」

慌てて更紗は押しとどめる。

「なにか食べにいらしたんじゃないの」

「違います」

おかまに説明されるまで、ここがカフェであることも知らなかったのだ。第一、食べ物の匂いなど嗅ぎたくもない。

「それじゃ、なにしにいらしたのかしら」

おかまの声が一段低くなる。視線を上げると、太い腕を組んだおかまが、じっとこちらを見下ろしていた。一体なにをしにきたのか、更紗自身が一番よく分かっていない。

二人が黙ると、硝子戸を揺する風の音に交じり、荘厳なピアノの旋律が耳に響いた。

「やっぱり、ベートーヴェンはちょっと重たいわね」

おかまが顎に手を当てて呟く。

「ベートーヴェン……」

更紗の頭の中に、こちらを強い眼差しで睨む、ぼさぼさ頭の肖像画が浮かんだ。くるくるとカールした銀色のかつらをかぶっている作曲家よりは、幾分現代的な印象の偉人だった。

「そう。ピアノソナタ第十四番『月光』。聞いたことがあるでしょう」

更紗は頷く。そうか、この曲は「月光」だ。言われてみれば、冴え冴えとした冷たい月の光が降り注ぐような調べだった。

「今日は中秋の名月だから、せめて音楽だけでもと思ったんだけれど、私にはベートーヴェンは少し重すぎたみたい。やっぱりドビュッシーの『月の光』のほうが気分だったかしら……」

中秋の名月。そういえば、喫茶店の老マスターもそんな話をしていた。朗らかに彼らと話していた伸世の様子が甦り、胸の奥が微かに痛くなる。

「もっとも私がなにを思おうが、ベートーヴェンの知ったことではないわね」

ポットをもとの位置に戻し、おかまが面白そうに片眉を吊り上げた。

「ベートーヴェンはね、それまで貴族たち特権階級の娯楽だったクラシックを、初めて個人的に誰かに捧げちゃった人なの。この曲もね、実際には、十四歳年下の教え子ジュリエッタに捧げられたものなんですって。『月光』っていうタイトルは、実はベートーヴェンの死後に、ドイツ人作家によってつけられたらしいわ」

「じゃ、本当は、月とは関係がないんですか」

「そうかもしれないわね」

つけ睫毛をふさりと伏せて、おかまがウインクする。

曲名通り、メロディーに月の光を感じていた更紗は、なんだか騙(だま)された気分になった。

「『エリーゼのために』もね、実際にはテレーゼという女性へのプロポーズのために書かれた個人的な曲なのよ」

「テレーゼ？　エリーゼじゃなくて？」

「そう。ベートーヴェンが楽譜に残していた字が汚すぎて、後の人が、エリーゼって読み間違えたんですって」

おかまの説明に、更紗はぷっと噴き出す。

偉大な作曲家たちの作品が、案外いい加減な形で後世に伝えられていることが可笑(おか)しかった。授業のときにもこういうことを教えてもらっていたら、もう少し勉強が好きになっていたかもしれないのに。

一頻(ひとしき)り笑うと、少し気が楽になっていた。考えてみれば、こんなふうになんでもないことで笑うこと自体、随分と久しぶりだった。

「あの……」

もう一度、自分からおかまに声をかけてみる。

「篠崎燿子さんとは、どういうご関係なんですか」

「パーティーのときにも言ったけど、以前一緒の会社で働いていた同僚よ」

更紗の眼を真っ直ぐに見て、おかまが答えた。

「本当に、それだけですか」

「どういう意味かしら」

「だって」

更紗は口ごもる。

〝昔の同僚とか言ってたわよねぇ〟

〝本当にそれだけかしら。ひょっとして、あの人と、再婚するつもりなんじゃないの〟

自分の問いかけに、圭伊子たちの噂話がぴったりと重なり、更紗は慌てて首を横に振った。

違う。自分が聞きたいのは、そういう話ではない。

「だって……」

更紗ははげかけたネイルの爪を噛みそうになり、困惑する。

一体、どうしたのだろう。上手く言葉が出てこない。昔の〝のろま〟で〝駄目な子〟に逆戻りしてしまったみたいだ。

「トロフィーワイフ」になった平川更紗は、圭伊子たちのようなアクの強いマダムたちとも丁々発止（ちょうちょうはっし）でやり合える強かさを持っていたはずなのに。はっきりしたものを正義だと思い、熾烈な競争に身をさらしてきたはずなのに。

でも本当は、単に突っ張っていただけなのだ。見栄やプライドを忘れて話そうとすると、聞きたいことも上手く聞けない。

きっと、変に思われる。更紗はどぎまぎと赤くなる。

上目遣いにそっと窺うと、おかまはただ穏やかな眼差しでじっと自分を見ていた。その佇まいは、燿子の本に出てきた黄泉の国の女王のように優雅で、どんなに言い淀んでも受けとめてくれるような泰然さに満ちていた。

「……すごく、すてきだったから」

おかげで更紗はようやく素直な気持ちを言葉にすることができた。

あのとき、離婚式の会場で悲しげにうつむいていた燿子が、薔薇の花が咲き乱れるように綻(ほころ)んでいった。その背中に、大きな羽が生えたように見えた。

忘れたくても忘れられないほど、解放感に満ち溢れた光景だった。

その感動を伝えたくて、更紗は懸命に言葉を探す。

「実は私、燿子さんの紹介でここへきたんじゃないんです。偶然、スーパーであなたの姿を見かけて、それで後をつけてきたんです。あなたが……燿子さんを、救い出したような気がしたから」

城に幽閉されていた眠り姫の呪いを、勇敢(ゆうかん)な王子が口づけで解(と)いたみたいに。

どれだけ憧れたか分からない。

徹の周囲に女の影がちらつき出し、「トロフィーワイフ」の限界を薄々感じ始めてからは、焦(こ)がれていると言ってもよかった。

タワーマンションの鳥籠の中から、どうにかして自分も救い出してもらいたい。

「それなのに……」

更紗の言葉が途切れる。

「それなのに、私の正体がおかまでがっかりした？」

後を引き受けるように、おかまが静かに続けた。

図星を衝かれ、更紗は絶句する。

「正直ね。でも、おかまを続けていると、人からがっかりされるのなんて、もう慣れっこなのよ」

カウンターの上の扇子(せんす)を手に取り、おかまがゆったりと微笑した。

「でもね、私はおかまじゃなくて、ドラァグクイーンなの。この店に入った以上、それだけは覚えておいてほしいわ」

ドラァグクイーン――?

初めて聞く言葉だった。

「私のことは、シャールと呼んでちょうだい」

孔雀(くじゃく)の羽根の扇子を開き、シャールが更紗の眼を覗き込む。迫力に押され、更紗は微かに頷いた。

「それだけ分かってもらえれば結構よ。理由はともあれ、せっかくいらしたんだもの、遠慮せずになにか食べない?」

立ち上がりかけたシャールの袖を、更紗は必死につかんだ。

「本当にいいんです」

「どうして? あなた、あんまり食べてないでしょう。そんなに細いくせに、ダイエットとか言わないでね。顔色もよくないわ」

「違うんです」

更紗は首を横に振る。

「実は、私、悪阻で……」

〝そうだったんだ! サラちゃん、おめでとう〟

呆れる程純粋な善意で自分の手を握りしめた伸世の笑顔が浮かび、更紗は後の言葉を続けることができなくなった。黙り込んでしまった更紗を、シャールがじっと見つめる。

「ちょっと、待っててね」

更紗の肩に大きな掌(てのひら)を置くと、シャールは立ち上がった。銀色のガウンの裾を翻し、カウンターの奥へ消えていく。

一人残された更紗は、酷く寄る辺ない気持ちになった。

先のことを考えると、不安で押し潰されそうになる。夫の言うことを聞いて、お腹の命をどうにかすれば、この苦しみから解放されるのだろうか。それとも、そんなことをしたら、この先今以上に苦しみ続けることになるのだろうか。

一体、どうすればいいのだろう。

ふいに母の顔が浮かぶ。でも、こんなことを打ち明けることはできない。

〝駄目な子〟〝つまらない子〟

元々、母との間には、否定された思い出しか残っていないのだ。

「お待ちどおさま」

深くうつむいていた更紗の前に、白いボウルのような深皿が置かれた。

顔を上げると、シャールが柔らかな眼差しでこちらを見ていた。皿の中に褐色の澄んだスープが張られている。

「無理をする必要はないけれど、もしかして、これなら飲めるんじゃないかと思って」

シャールの言葉に促され、更紗は銀のスプーンを手に取った。

冷たいスープのようだ。今のところ、嫌な匂いはしない。恐る恐る一匙口に含むと、爽やかな酸味が口一杯に広がった。

トマトと柑橘と、薬膳のようなハーブの香りがする。ハーブはあまり好きではなかったのだが、不思議と吐き気は起こらなかった。なによりありがたいのは、調味料の尖った味がしないことだ。

「どうかしら」

心配そうに様子を窺っているシャールに、更紗は何度も頷いてみせる。

「これなら、飲めます」

元気なときであれば物足りなさを覚えたかもしれないが、味つけをほとんど感じない自然のエキスのようなスープは、乾いた身体にしみじみと染みわたっていくようだった。

「よかったわ」

シャールが嬉しそうに微笑む。

二口三口と飲み進めていくうちに、更紗は久々に空腹を感じた。喉を鳴らしてスープを飲み始めた更紗を、シャールが感心したように眺める。

「アーユルヴェーダって、やっぱりすごいのね。さすがはインド五千年の知恵だわ」

その言葉に、更紗は匙をとめる。

昨年の秋、更紗も圭伊子たちに誘われて、五つ星ホテルのバンケットルームで催されたアーユルヴェーダ講座に通っていた。そのときは、珍しく燿子の姿もあった。

「これって、アーユルヴェーダの……」

「そう。燿子ちゃんが、以前プレゼントしてくれた教本に載ってた、ラッサムスープよ」

ラッサムスープ――。自分も講座に参加していたのに、更紗はその効能や作り方をほとんど思い出すことができなかった。

「南インド地方に伝わる、食欲不振のときのためのスープね。調味料をほとんど使わず、野菜やハーブのブロスだけを使うのよ。具はすべて別にして上澄みだけを飲むんだから、見た目のシンプルさに反して、実際は凄く贅沢なスープよね。ブロスに昆布を加えたのと、トマトとライムのしぼり汁をプラスしたのが私のオリジナル」

澄んだ琥珀色のスープを更紗はじっと見つめる。自分がただの暇潰しに受け流しただけの講座を、こうしてきちんと生活に取り込み、活用している人もいるのだと感じた。

たとえ同じ〝仮面夫婦〟であっても、燿子の過去と自分の過去では、まるでその重さが違う。

それは、同世代の伸世と比べても、まったく同じことが言えるだろう。

更紗自身が重ねてきた過去は、どこを切り取っても、吹けば飛んでしまいそうに軽い。

「私、どうしたらいいのか分からないんです」

匙をテーブルの上に置き、更紗は口を開いた。

「お腹の子供を産みたいのか、そうでないのかも、分からない……」

気がつくと、伸世に伝えようとして、なに一つ伝えられなかったことが、訥々と唇からこぼれ落ちていく。

既に前妻との間に四人の子供を持つ年上の夫から、〝もう子供なんていらない〟と告げられたこと。父の顔を知らずに育った自分は、今でも母の愛情が信じられずにいること。その自分が、父のいない子供を産むことになったら、生まれてくる子が男であれ女であれ、母と同じようなことを繰り返してしまうのではないかという恐れ――。

何度もつっかえ、言い淀みながらも、誰にも言えなかった本音を時間をかけて吐き出していった。

「先のことを考えると、不安で、不安で、どうにかなってしまいそう。このままいくと、私きっと、夫の言いなりになってしまう……」

いつしかわなわなと震え出した更紗の肩を、シャールがそっと支える。

「落ち着いて」

ハッと我に返り、更紗は顔をしかめた。

「ごめんなさい、こんな話……」

「いいのよ。しがらみのないおかまだからこそ、聞ける話っていうのもあるのかもしれないじゃない」

シャールが真っ赤な唇の前に指を立てる。

「もっとも、私はおかまじゃなくて、ドラァグクイーンですけどね」

おどけた口調に、更紗の身体にこもっていた力が幾分抜けた。

「きっと、ラッサムスープで胃腸に血が巡ったせいで、ちょっと感情的になったのね。そう思えば、悪いことではないわよ」

孔雀の羽根の扇子を手に取り、シャールは優雅に胸元を扇（あお）ぐ。

「でも、一度も妊娠したことのない私が言うのも変な話かもしれないけれど、初めて妊娠した女性は、全員が不安で不安で仕方がないものなんじゃないかしら」

「え……」

更紗は眼を見張った。

「そりゃ、妻に向かって〝もう子供なんていらない〟なんて言う腐れ外道は論外だけれど、たとえ家族全員が大喜びしてくれたとしても、産むのは女性本人きりですものね」

〝腐れ外道〟と凄んだときだけ、シャールの穏やかな口調が、男そのものの野太い声に変わったので、更紗はちょっとだけ可笑しくなる。

「誰だって不安なのよ」

長いつけ睫毛の奥から、シャールがじっと更紗を見つめた。

本当に――？

なんだか信じ難くて、更紗は視線を伏せる。

あの、母親然としていたノブちゃんも、どうしようもない不安に苛まれることがあったのだろうか。

でも、そんなこと、信じられない。

正直に言えば、更紗が不安を覚えるのは、今に始まった話ではなかった。自分にだけ父親がいないことに気づいたときも、いつも不機嫌な顔をしている母が、他の家の〝お母さん〟とはどうも様子が違うと悟ったときも、本当は、ずっとずっとたまらなく不安だった。

「特別」になりたい。

もしかしたら、その思いに憑かれるようになったのは、不安から逃げるためだったのかもしれない。読モやグラドルの世界で周囲と張り合っている間は、不安を感じずにいることができたから。

スカウトされたとき、事務所に入ったとき、徹に見初められたとき、そこから抜け出せる快感に酔いしれた。けれどしばらく経つと、閉塞感に襲われ、すぐまたそこから逃げ出したくなる。

更紗が長い間、鼬ごっこを繰り返していた相手の正体は、ひょっとすると、〝不安〟そのものだったのかもしれない。

そして今、行き場を失った自分は、ついにがんじがらめに捕らえられてしまっている。

「嘘……」

更紗の口から、震える声が押し出された。

怪訝そうに眉を寄せるシャールを、更紗は正面から睨みつける。

「そんなの嘘だ！　ノブちゃんには、優しいご両親や旦那さんがいるし、燿子さんには、あなたがいたもの。私には誰もいない」

「それは違うわ」

シャールが静かな眼差しで更紗を見返した。

「不安は誰かが解決してくれるものではないの。自分自身で向き合うしかないのよ」

「嘘っ！」

「嘘じゃないわよ」

辛抱強く、シャールは語りかける。

「不安から逃げるのは簡単だけれど、それでは解決にならない」

「じゃあ、どうやって向き合ったらいいんですか。どうやって解決したらいいんですか。私、燿子さんみたいに頭がよくないもの。もっとちゃんと教えてくれないと、全然分かんないですよ！」

更紗は自棄になったように叫んだ。八つ当たりと知りつつ、自分をとめることができなかった。

だって、私には誰もいない。誰も助けてくれない――。

「もう、ちゃんと向き合っているじゃない」

大きな掌が両の肩をつかんだ。気づくと、シャールの真剣な眼差しが眼の前にあって、更紗は大きく息を呑む。

「ちゃんと色々考えてるじゃない。だから苦しいんでしょう。でも、そうやって自分で考えて乗り越えていかなければ、どんな場所に逃げたって、あなたはすぐにまた、別のどこかへ逃げ出したくなるだけよ」

迫力に圧され、更紗は声を出せない。それに、シャールの言葉はことごとく図星だった。

きっと、罰が当たったのだ。

今までずっと、不安から逃げ続けてきたから。最後の最後で、すべてのつけが回ってきたのだ。

「それにね……」

息がかかるほど間近から、シャールが強く見つめてくる。

「私は、燿子ちゃんを救い出したりしてないわよ。燿子ちゃんは、自分の足で次の場所に向かったの。私はただ、それを見送っただけ」

更紗の肩をきつくつかんでいたシャールの掌から、ふっと力が抜けた。

「あなただって、燿子ちゃんを見送っていたじゃない」

「え……？」

更紗の口から、かすれた声が漏れる。

自分が、いつ、篠崎燿子を見送ったりしただろう。

「離婚式で私たちがダンスを踊ろうとしたとき、あなた、真っ先に燿子ちゃんに駆け寄って、花束を預かってあげていたわよね。燿子ちゃん、それが凄く嬉しかったって、本の見本に同封されていた手紙に書いてあったわ」

更紗の脳裏に、当時の出来事がうっすらと甦る。

旅立とうとしている燿子があまりに綺麗で、なんだか見ているほうまで嬉しくなって、手助けをせずにはいられなかったのだ。

あのとき自分のした些細(ささい)なことを、数えるくらいにしか言葉を交わしたことのない燿子が、覚えていてくれたなんて。

「私もちゃんと見てたわよ。あなた、小さくガッツポーズして、燿子ちゃんを励ましていたわね」

厳しさを湛えていたシャールの表情が、柔らかく解(ほど)ける。

「人は誰かに見送ってもらえれば、案外、次の一歩をしっかりと踏み出せるものよ」

温かな眼差しが、更紗を包んだ。

「あなたは、自分の子を愛せないんじゃないかと心配しているみたいだけど、私にはそうは思えない。だって、あなた、人の幸せを祝福できる子じゃない」

そんなことない。

自分はいつだって、見栄と嫉妬で一杯で、久しぶりに会ったかつての親友にも見限られてしまった。

「あなたは大丈夫よ」

シャールが力強く続ける。

「あなたは、ちゃんと努力のできる子じゃない。髪型だって、肌だって、スタイルだって、あなたは今まで一人でよく頑張った。でもこれからは、その頑張り方を、ほんの少し変えればいいだけのことじゃないかしら。なにより、あなたは他人のために動ける子よ。小さなことだったとしても、してもらったほうはそれを忘れない。あなたは無意識だったかもしれないけれど、それができる人とできない人がいるのよ」

両肩をつかんでいる大きな掌に、再び力がこもった。

「更紗ちゃん、あなたはいい子よ」

シャールの言葉が終わるのを待たずに、更紗は両手で顔を覆う。

あなたはいい子よ――。

耳から入ったその響きが、全身に染みわたり、心の奥底から激しく熱いものが込み上げた。

ずっと。ずっと、誰かにそう言ってもらいたかった。

誰よりも、もう何年も会っていない母から。

本当に欲しかったのは、ブランドのバッグや高級な服や宝石ではない。大好きな人から、自分を一番に肯定してもらうことだった。

いい子よ。

そのたった一言だけで、ほとんどの不安は帳消しにできた。

子供のときからずっと我慢してきた涙が、堰を切ったように込み上げる。一度溢れてしまった涙はもうとめる術がなく、更紗はカウンターに突っ伏して嗚咽した。

シャールはただ黙って、更紗の肩に分厚い掌を置いていた。

どのくらいそうしていたのだろう。気がつくと、硝子戸を叩いていた風の音が少し小さくなっていた。

とん。

硝子戸の前で、微かな音が響く。いつの間にか眼を覚ましたキジトラの猫が、ソファから降りてカーテンの裾にじゃれ始めた。

「あらトラ君、雨がやんだのかしら」

シャールが立ち上がり、カーテンを少しだけあけにいく。部屋の中に、さあっと月の光が差し込んだ。

「更紗ちゃん、ご覧なさい。中秋の名月よ」

シャールに招かれ、更紗もスツールを降りて窓辺に近づいた。見上げれば、叢雲の間から、大きな月が顔を覗かせている。

「でもまだ風が強いわね。今夜は泊まっていくといいわ」

「そんな……」

戸惑う更紗に、シャールは笑みを浮かべた。

の笑みが深くなる。

更紗はクッションを置いて、猫と一緒に明るい月を見上げる。月の表面を、いくつもの叢雲が滑るように通り過ぎていった。

「さ、今度は温かいスープだけど、食べられるかしら」

戻ってきたとき、シャールは新しいボウルを手にしていた。

「トラ君にも、煮干しね」

小さな皿に水と煮干しを用意してもらい、キジトラの猫がごろごろと喉を鳴らす。カタカタと皿を鳴らしながら煮干しを食べる猫の隣で、更紗も白いボウルを受け取った。

「あ」

ボウルの中を覗き、更紗は小さな声をあげる。温めたトマトラッサムスープに、溶きたまごが加えられていた。

「本当は名月に合わせて月見にしたかったんだけど、溶きたまごのほうが食べやすいから。妊娠中の生たまごはよくないって聞くけど、きちんと火を通してあれば、たまごは優秀な蛋白源よ。どう、食べられそう？」

口に含むと、トマトの酸味とたまごのまろやかさが絡み合い、思いのほか美味だった。

「美味しいです」


「それより、どう？　もう少し食べられそう？」

我に返ると、実に数週間ぶりに、更紗は空腹を感じていた。素直にそれを告げれば、シャールの笑みが深くなる。

「いいことだわ。じゃあ、無理をしないように、少しだけグレードアップしましょう」

言うなりシャールは、銀色のガウンの裾を蹴ってカウンターの奥へ消えていった。

「やっぱりね」

シャールが満足そうに腕を組む。

「実はトマトとたまごってよく合うのよ。中国には西紅柿鶏蛋（シーホンシージーダン）っていう、まんま〝トマトたまご〟っていう家庭料理があるんだって、塔子（とうこ）ちゃんが言ってたわ」

「塔子ちゃん？」

「夜のカフェ『マカン・マラン』の常連さん。今は上海（シャンハイ）にいるのよ」

燿子だけでなく、他にも女性がいるのかと、更紗は少しだけムッとする。シャールは案外、浮気者だ。でも……。

更紗はじっとたまごスープを見つめる。

「どうしたの。やっぱり、無理？」

「そうじゃなくて」

更紗は首を横に振った。溶きたまごのスープを見て、久しぶりに思い出した。

いつも疲れた顔をしていた母は、凝った料理を作ってくれたことはただの一度もなかったけれど。

「でも、私の料理にだけ、いつもたまごが入っていました」

味噌汁（みそしる）にも。インスタントラーメンにも。わかめのインスタントスープにも。

「そんなこと、すっかり忘れてました。でも、同じカップ麺でも、母は私のカップ麺にだけ、必ずたまごを落としてくれたんです」

もしかしてそれは、母なりの愛情だったのだろうか。もしかしたら自分は、少しは愛されていたのだろうか。

鼻の奥がつんと痛くなり、見上げた月がゆらゆらと揺れる。

「シャールさん……」

　更紗は初めてその呼び名を口にした。

「不安から逃げずに向き合えば、それは本当に解決するんですか」

「難しい問題ね」

　カウンターにもたれ、シャールが遠くに視線をやる。

「生きていく限り、不安や苦しみがなくなることはないから」

　シャールの言葉に、更紗はベートーヴェンの「月光」が、実際には月とは関係なかったと知らされたようなショックを受ける。更紗が落胆を隠せずにいることに、シャールは微かに苦笑した。

「それは仕方のないことなのよ。おかまを続けていると、人からがっかりされるのは慣れっこだって言ったけど、亡くなった両親からがっかりされたことだけは、未だに私は思い切ることができていないの」

　初めてシャールの境遇に思いが至り、更紗は胸を衝かれる。当たり前のことだけれど、この異界からやってきたような人にも、「普通」の家族がいたのだった。

「でもね、私は不安と戦うのは、筋トレみたいなものだと思ってるの」

　シャールが腕を折って、力瘤を作ってみせる。その力瘤の大きさに、更紗は思わず眼を見張った。

「そりゃあ、不安と向き合うのは骨が折れるわよ。筋トレって基本的に苦しいものだから。でもそれを続けていけば、完全な解決はしなくても、心の筋力は鍛えられるのではないかしら」

　心の筋力――。

　その響きが、更紗の胸のどこかに静かに落ちる。

「後ね、がっかりついでにもう一つ。中秋の名月って、実は満月じゃないのよ」

「えっ」

　思わず更紗は大声をあげていた。

「暦って、どうしてもずれるのよね。実は今日は満月の前日なの」

　更紗の素直な反応をからかうように、シャールが片眼をつぶる。

「でも、どう？　台風にも負けず、顔を見せてくれるなんて、中秋の名月もなかなかやってくれるじゃない。人生も同じこと。完璧な解決もない代わりに、絶対に立ち向かえない困難もまた、ないってことなんじゃないかしら」

　シャールが嫌がる猫を抱き上げた。

「ほらほらトラ君、大人しくしなさいね」

　暴れる猫を無理やり抱きかかえるシャールの隣で、更紗は月を見上げる。

　台風のさなかの満月の前日の月は、それでも冴え冴えとした光で、ハナミズキの茂る中庭を明るく照らし出していた。

　港町の岬からは、タンカーが行き交う東京湾が見渡せる。
　錆びついた階段を上って懐かしい堤防に立ち、更紗は東京湾の彼方に蜃気楼のように浮かぶ房総半島を眺めた。
　黄泉の国の女王のような人と過ごしたあの台風の晩から一ヶ月が過ぎ、更紗は安定期に入っていた。下腹がふっくらと膨らみ、胎児の心音もはっきりと聞こえる。悪阻でなにも食べられなかったのが嘘のように、今の更紗は食欲が旺盛だ。まるでお腹の赤ちゃんから催促されるように、なんでもよく食べた。

シャールのカフェ「マカン・マラン」で一晩を過ごした翌日、更紗は仲世が働くスーパーマーケットを訪ねた。

そろいのバンダナを頭にかぶりレジを打っている仲世は、一人暮らしらしい高齢のお客たちに温かく声をかけていた。そっとレジに並んでいた更紗の姿に、仲世は驚いた顔をした。

仲世の勤務後、再びあの喫茶店で、今度は長い長い話をした。

モデル用の笑みも、見栄も、虚飾も脱ぎ捨てた更紗は、途中で泣いたり、詫びを入れたり、ぐずぐずと要領悪く話したが、仲世はシャールと同じように最後まで辛抱強く聞いてくれた。

驚いたことに、仲世はシャールを知っていた。仲世が入っているスーパーのパートタイマーたちによる社交ダンスクラブは、昼の「ダンスファッション専門店シャール」の上顧客なのだそうだ。仲世が社交ダンスを踊っていることも、更紗には衝撃だった。

非日常に浸るのは、なにもタワーマンションに暮らす有閑マダムたちだけの特権ではなかったのだ。

もう子供なんていらない——。夫の徹にそう囁かれたことを打ち明けると、仲世は更紗以上に憤った。

〝サラちゃん、絶対泣き寝入りしちゃ駄目だよ。そんな旦那、慰謝料と養育費、思い切りぶんどってやらなきゃ。いい弁護士を一緒に探してあげる！〟

その表情も、拳を握って憤慨する姿も、自在帚で嫌な男子を追い払ってくれたノブちゃんの勇姿そのままだった。

それから伸世はこうも言った。

〝初めての子供を一人で育てるのは難しいよ。サラちゃんとお母さんの間が上手くいってないのは知ってるけど、やっぱり頼ったほうがいい。孫のためなら、絶対一肌脱いでくれるはずだよ〟

最初は拒絶されるのではないかと不安だったけれど、更紗は結局、伸世のアドバイスに従ってみることにした。

〝私だって、最初の子育ては怖かったんだよ。夫に対して信じられないくらいの怒りが湧くこともあったし、今だって、訳もなく泣きわめかれたりすると、自分の子供なのに、本気で憎たらしくなる〟

更紗の眼を見つめ、伸世は本音を語ってくれた。

世の中を騒がす陰惨な事件を起こす母親と、自分は紙一重なのではないかと。

〝でも、私もサラちゃんもそんなことにならないことを、私は信じてる〟

それは理屈ではないのだと、伸世は力強く告げた。

そうだね、ノブちゃん……。

だって私たち、ちゃんと大人になって、こうしてまた巡り合ったんだものね。

ノブちゃんのアドバイスがなければ、またここに戻ってくることになるなんて、思ってもみなかったよ。

これから更紗は、七年ぶりに母を訪ねる。

電話でお腹に子供がいることを話したとき、母はなにも言ってくれなかった。

産みたいので、どうか助けてください――。

電話口で頭を下げても、やっぱり返事はなかった。だがそのとき、電話の向こうの母が微かに喉を震わせるのを更紗は感じた。

母の啜(すす)り泣きを聞きながら、更紗の頬(ほお)にも熱い涙が伝った。

娘の椀にだけたまごを落としてくれた母の愛情を、更紗は今なら信じられると思った。

お母さん。私を妊娠したとき、お母さんも不安だった？

堤防から東京湾を眺め、更紗は心で問いかける。

それでもお母さんは、どこにかしたりしないで、たった一人で私を産んで、育ててくれたんだよね。

言いたいことはたくさんあったが、更紗はこれから会う母に、一言だけ伝えようと思っている。

お母さん。私を産んでくれて、ありがとう。

私たちはこの世界に生まれた瞬間から、誰もが皆「特別」な存在だったんだよね。

お腹の命が育つにつれて、更紗にも、ようやくそれが分かるようになった。

潮風に吹かれて、更紗は光る海を見つめる。

その視線の先に、真っ白な客船が現れた。豪華客船は光る海を割って、ゆったりと進んでいく。

以前の自分なら、あの船に乗ってどこかへ逃げたいと願っただろう。

でも、今は違う。

お腹の子供と、自分たちを待ってくれている母と、自分自身と三人分の心を胸に抱き、更紗は遥かな海原を見渡す。

逃げた先では、また違うどこかへ逃げ出したくなるだけだ。

〝人は誰かに見送ってもらえれば、案外、次の一歩をしっかりと踏み出せるものよ〟

再生を司る黄泉の国の女王が、あの月夜の晩からこちらに向かって手を振っている。

だから、またここから。

今度は自分の足で、向かうのだ。

第四話

旅立ちのガレット・デ・ロワ

十二月に入ると、街はどこも年末ムード一色だ。ハロウィン後から始まったクリスマスのディスプレイも、一層の華やぎをみせている。

ロングコートの裾を翻し、シャールは銀座の大通りを歩いていた。空はよく晴れているが、時折吹きつけてくる北風が、身をすくませるほどに冷たい。一際強い木枯らしが吹き、シャールはカシミアのショールを、顎の上まで引き上げた。

平日の昼下がり。周囲はカラフルなダウンジャケットを着た中国系の観光客で一杯だ。彼らは皆、大きく膨らんだリュックやバッグを持って、寒さに負けず精力的にショッピングに励んでいる。あちこちをスマートフォンで撮影している旅行者たちの邪魔にならないように気をつけながら、シャールは店先のクリスマスツリーに眼をやった。

最近はオーナメントや電飾の他に、生花をツリーにあしらうのが流行らしい。薔薇やピラカンサスが盛り込まれたクリスマスツリーを、シャールはじっと覗き込む。ポインセチアや、シクラメンを合わせたものもある。

もう、ここまでくると、生け花なんじゃないかしら——。

本来、ツリーのてっぺんにベツレヘムの星がついていないものは、クリスマスツリーとして認められないと聞く。だがショッピングビルの前に飾られたモミの木は、頂点にハートのオーナメントを戴いていた。

宗教的な教義からすれば、日本のイベント風味のクリスマスがどう映るのかは分からないが、シャールは、街が綺麗（きれい）になること自体は悪いことではないと考えている。

それに季節のイベントは、日常のアクセントになる。

だからシャール自身も和洋折衷（せっちゅう）、様々な行事を日々の暮らしの中に取り入れる。

たとえば、九月の十五夜、十月の十三夜、十一月に入れば酉（とり）の市（いち）にも出かけるし、十二月は勿論、冬至（とうじ）やクリスマスや大晦日（おおみそか）も祝いたい。

日本人は昔から、中国の二十四節気七十二候や太陰太陽暦を暮らしの中に取り入れて生活してきた。その中で、十三夜だけが、日本独自の風習なのだそうだ。中秋（ちゅうしゅう）の名月である十五夜の時期、日本列島は度々台風に見舞われるため、「後（のち）の月」とも呼ばれる十三夜の習慣が生まれたという説もある。要するに昔から、日本人はイベントが大好きだ。

中学時代の同級生で、今は母校で教員をしている旧友、柳田（やなぎだ）に言わせれば、それらすべては節操がないと言うことになるのだが。

バレンタインデーの友チョコ作り、イースターのエッグハンティング、ハロウィンの仮装パレード……。最近子供たちの間に根づきつつあるイベントのすべてに、学校側としては迷惑極まりない〝問題〟がつき纏（まと）うのだそうだ。

この件に関してのみ、お針子（はりこ）のジャダも似たようなことを口にする。

曰（いわ）く、そこに強制的に足並みをそろえさせようとする〝バイアス〟がかかることが許せないらしい。

分からないではないけれど……。

元々教義なきイベントなのだから、ただの風物詩として自分なりに楽しんでしまえばよいのではないだろうか。

硝子(ガラス)張りの飾り窓に映る己の姿に、シャールはふと眼をとめる。ロングコートを纏い、黒いベレー帽をかぶった自分は、まぎれもなく中年の大柄な男性だ。

街の装いには寛容(かんよう)なシャールだが、同じことが自分自身にも当てはまるとは思っていない。つまり、白昼堂々銀座の大通りを〝本来の姿〟で歩くことは、容易に認められるものではないだろうということだ。

この場合、バイアスをかけているのは、果たして周囲だろうか、それとも己の心だろうか。

突き詰めると少し悲しい気持ちになるけれど、人が生きていく限り、誰でもある程度の処世術が必要になるというのが、シャール自身の考えだった。

それは別段、自分のような人間に限った話ではない。

だからこそ、人は疲れるし、傷つく。そこに、性別や年齢は関係ない。

「エクスキューズミー」

ふいに声をかけられ、シャールは我に返った。

二人の若い中国系観光客女性が、写真を撮ってほしいとタブレットを差し出してくる。タブレットで写真を撮るのは初めてだったが、シャールはにこやかに引き受けた。

一際大きなクリスマスツリーを背景に、笑顔の女性をタブレットの画面に納める。データの確認をしてもらうと、二人は「グッド、グッド」と親指を立てた。

「謝謝(シェイシェイ)、帅哥(シュアイグー)」

中国語で礼を言われ、シャールはにっこりと微笑(ほほえ)む。

最後の一言の意味は分からなかったが、せっかく日本にきてくれた彼女たちが、楽しい一時を過ごすことができればいいと思う。その手伝いをするためには、やっぱり、処世術が必要だ。

いつもの姿なら、恐らくこんなふうに、気楽に声をかけてはもらえない。

でも、それは、仕方のないことだろう。己の心にかかりかけた自虐のバイアスを、シャールはすぐさま振り払う。それに、この場合は処世術というより、ＴＰＯというべきだ。

時、場所、場合――。この三つの条件さえしっかりと弁えていれば、人は案外自由に生きていけるはずだ。

加えるなら、シャールは今の自分の姿もそんなに嫌いではなかった。古代硝子のブローチをつけた黒いベレー帽は、最近のお気に入りだ。ブランド物のスーツで身を固めていた息苦しい時代を思い返せば、カラフルなチノパンやカシミアのショールを纏って歩けるのは幸せなことだと感じる。

つまりは、考え方次第ということね。

飾り窓に映る自分に目配せし、シャールはショッピングビルのディスプレイから離れた。今日はこれから、楽しみにしていたお店に向かうのだ。

何事にもバイアスがかかる疲れる世の中で生きていくためには、ちょっとした工夫が必要だ。だからシャールは季節のイベントを、自分なりにアレンジして、とことん楽しもうと決めている。頭の硬い柳田からは、節操なしと誹られるかもしれないが、世界の風習のいいところを取り入れて過ごすのは、決して悪いことではない。

特にお料理や、お菓子に関しては――。

特別な時期に食べるものは、どこの国のものであっても、取り分けすてきなものだ。

そのすてきなものを、むざむざと見過ごす手はないだろう。ここでこそ、折衷と混淆という日本人特有のお家芸を大いに発揮するべきだ。

銀座の外れの路地裏の小さな店の前で、シャールは足をとめた。木の扉に手をかけて、明るい店内に入る。こぢんまりとしたその場所は、しかし、食料品の店ではなかった。壁に据えつけられた棚の上に、小さな陶器のアイテムがずらりと並んでいる。

店内を見回すうちに、シャールはわくわくと胸が躍るのを感じた。

最近できた専門店らしいが、さすがはクリスタのお墨つき。クリスタは、シャールが営むダンスファッション専門店の中でも、特に凝り性のお針子だ。

キャラメルのおまけのハイエンド版――。

クリスタが口にした比喩を思い返し、その分かりやすさにシャールは一人で笑いを噛み殺す。

シャールもクリスタ同様、大手製菓会社のキャラメル菓子のおまけに心を奪われた世代だ。少年期のその頃から、本当はミニカーやロボットよりも、指輪やブローチが入っていると嬉しかった。そのほうが、ずっと美しいと感じられたからだ。だが、少年である自分が薔薇を象った指輪をはめるべきではないのだということは、なんとなく察していた。

だから、たとえ念願の指輪が出たとしても、近所に住んでいた従姉妹にあげるのを習慣にしていた。従姉妹たちが喜ぶ顔を見るのも好きだったが、どうして男の自分がそれをしてはいけないのだろうと、少し悲しい気分にもなった。

幼少期や少年期は両親や教師から、社会に出てからは会社や取引先から――。シャールはずっと、求められる人物像を務め続けてきた。自分が本当に好きなものから眼をそらし、期待される言動や態度を取った。

それが、〝間違っている〟であろう己を正す、唯一の方法だと強く思い込んでいたからだ。

可哀そうな、御厨清澄……。

苦しく切ない思い出が、シャールの心の表面をそっと撫でていく。

シャールが本当の自分を解放したのは、それからずっと後の、中年に差し掛かってからのことだった。

気を取り直し、色とりどりの陶器を並べた棚に近づいてみる。

キャラメル菓子のおまけもなかなか精巧だったが、ここに並んでいるのは、まさしくそれの最高級版というにふさわしい作りのものばかりだった。そのモチーフや色は、驚くほど多岐に亘る。

犬、猫、鳩、アヒルといった身近な動物たち。イタリアのティラミス、ベルギーのワッフル、フランスのシャルロット、スペインのチュロスといったヨーロッパ各国の代表的なお菓子。

野生のキノコ、美しい昆虫、珍しい深海魚から、愛らしい天使、イエス・キリストや聖母マリアをはじめとする、聖書にまつわる聖人たちまで。

すべてが三センチにも満たない小さなものばかりだが、隅々まで細緻に美しく表現されている。中には、小さな工房で職人が一つ一つ手作りしたものもあるという。

これは、いいものを教えてもらった――。

美術品を鑑賞するように、シャールは棚を丁寧に見て回った。

小さな陶器のアイテムは、一つのテーマにつき、およそ八個から十二個の種類がセットになっている。童話や聖書の逸話を表すものや、名画を再現したものも多い。その中で、シャールは一番シンプルな陶器を一つ手に取った。

それは本物そっくりの、そら豆を象ったアイテムだった。

お針子部屋から、賑やかなハウスミュージックが聞こえてくる。

カウンターで伝票の整理をしていたシャールは、眼鏡をはずして眼元をぎゅっともみ込んだ。細かい数字を追うときだけ、眼鏡が必要となる。まだそれほど不便は感じないが、そろそろ老眼が始まっているのだ。

いやね、老眼だなんて……。

苦笑を浮かべつつ、シャールはカウンターの上の扇子に手を伸ばした。

せっかく、綺麗に装っているのに、老眼鏡なんて台無しよ。

孔雀の羽根の扇子を開き、胸元を優雅にあおいでみる。

今夜のシャールは、藤色のナイトドレスを纏っていた。頭には銀色のターバンを巻き、首元にドレスに合わせた薄紫のスカーフをあしらい、両耳には大ぶりの硝子のピアスが揺れている。つけ睫毛は三重に重ね、リップはマットのボルドー。

これが、白昼堂々銀座の大通りを歩けない、シャールの〝本来の姿〟だ。

元々男性的な体格や顔立ちに、ドレスやメイクがフィットしていないのは充分自覚しているが、それに傷つくほどシャールは若くなかった。

「ねえ、そろそろ一休みしない？」

扇子を畳み、傍らで作業を続けているクリスタに声をかける。

「いいですね」

ノートパソコンのディスプレイを睨んでいたクリスタが顔を上げて、口元を綻ばせた。灰色のスーツを着込んだ小太りのクリスタは、一見、どこにでもいる少し冴えない中年サラリーマンといった風情を漂わせている。だが、彼は背広の裏ポケットに、常に菫のシルクフラワーを忍ばせていた。自分のようにドレスを纏ったり化粧をしたりするわけではないが、クリスタはお針子の中でも、一、二を競うロマンチストだ。

会計事務所に勤めているクリスタは、年末になると、こうして伝票の打ち込みや、科目の仕分けの手伝いをしてくれる。

「ちょっと面白いお茶を用意してみたのよ」

シャールは硝子のポットに、お湯を注ぎ入れた。見る見るうちにポットの中に、鮮やかなコバルトブルーの液体が溜まっていく。

「これは、綺麗ですねぇ」

「そうでしょう。蝶豆のお茶なの」

バタフライピーの青い花は、タイでは昔から化粧品や髪の艶出しに用いられてきたポピュラーなハーブだ。鮮やかな青色の色素には、眼精疲労に効果があるとされるアントシアニンが、ブルーベリーの四倍含まれているという。

「バタフライピー自体にはそれほど味や香りがないから、今日はローズマリーとレモングラスをブレンドしてみたんだけど、どうかしら」

透明なカップに注いで差し出すと、クリスタはその美しい色合いをしばらく愛でるように眺めてから、ゆっくりと口に運んだ。

「爽やかで、疲れが取れますね」

クリスタの口元に、嘘のない笑みが浮かぶ。

「ローズマリーは、脳の疲労回復に効果があるのよ」

その反応に満足しながら、シャールも硝子のカップに唇をつけた。

二人が黙ると、奥のお針子部屋から聞こえてくるハウスミュージックのリズムが辺りに響く。

こんな静かな冬の夜は、シャールとしてはグレン・グールドの奏でる硬質なバッハのピアノ曲でも聞いていたいところなのだが。

「賑やかですね」

シャールの表情を見て取り、クリスタが片眉を上げる。

クリスマスを数日後に控え、お針子部屋では、ジャダたちが恒例のパーティーの準備を進めていた。〝クリスマス・バイアス〟を蹴散らすという名目で、ジャダたちは毎年、新宿二丁目のショーパブで、イブから徹夜の〝独り身パーティー〟を開催している。

店の商品づくりではないが、この時期になるとショーの衣装製作に大童になるジャダたちのために、シャールはお針子部屋を開放していた。

「まあ、楽しいのはいいことよ。それに、ボーナス代わりみたいなものね。彼女たちのおかげで、今年もお店はなんとか回ってくれたようだし」

「いささか、材料費を使いすぎていますけどね。そもそも、本気で利益のことを考えるんでしたら……」

会計士の顔に戻ろうとするクリスタに、シャールは慌てて話題を変える。

「この間、あなたに紹介してもらったお店、いってきたのよ」

「え、どうでした？」

「最っ高……！」

途端にクリスタが小さな眼を輝かせた。

もったいぶって応えると、「ってしょう」と、クリスタも満面の笑みを浮かべる。

「あんなすてきなものがあるなんて、この歳になるまで知らなかったわ」

「ヨーロッパでは百五十年の歴史があるもので、アンティークのコレクターもたくさんいるんですよ」

「あれって、本当は一月に使うものなのよね」

「基本はそうですけど、最近ではクリスマスから一月の間に楽しむことが増えてきているみたいです」

クリスタの説明に、我が意を得たりとシャールは掌を合わせた。

「それじゃ……」

言いかけた途端、お針子部屋の扉が開き、ハウスミュージックが大音量で溢れ出す。

「クリスタァ、悪いけど、加勢してくれない？　全然間に合わないのよぉ」

真っ赤なロングヘアのウイッグをかぶったジャダが、情けない表情で扉から首を出していた。

「こっちはもういいわよ。私もお夜食の準備をするから、向こうにいってあげて」

「では、こちらの仕分けが終わってから」

クリスタは執事のように恭しくお辞儀をしてみせる。経理から、シルクフラワー作りやトルコの伝統手芸オヤまで。器用なクリスタは、なにをさせても有能だ。

「オネエさん、邪魔してごめんなさい」

頭を下げるジャダに、シャールは笑って立ち上がった。どうやら、常連客の真奈や比佐子まで、助っ人に駆り出されているらしい。

暖簾を払って厨房に入り、ナイトドレスの上にギャルソンエプロンをかける。

今夜のメニューは、春菊とわかめとクルミの生姜オイルあえ。茄子の柚子胡椒炒めと、根菜たっぷりの白味噌のお味噌汁。それから、風呂吹き大根と、大根の葉を使った菜飯だ。

おかずの下準備はほとんどできているから、後は温めたり、器に盛ったりするだけだ。ご飯だけは炊き立てが美味しいので、これから準備を始める。

ご飯の土鍋を強火にかけ、シャールは風呂吹き大根を作ったときに切り分けた大根の葉を手に取った。柳田が持ってきてくれた学校菜園の残り物だという大根は、葉っぱも勢いがあって瑞々しい。

鮮やかな緑の葉をみじん切りにし、フライパンにゴマ油を引いた。ゴマ油の香りが立ったら大根の葉を投入し、酒と塩をふって煎りつける。酒煎りをする一手間で、仕上がりの旨みと香りが格段によくなるのだ。

フライパンをふるっていると、お針子部屋から賑やかな笑い声が聞こえてくるのが耳に入った。ふと、シャールの唇にも微かな笑みがのぼる。退職金を元手に「ダンスファッション専門店シャール」を開いたとき、自分の周囲がこんなふうになるとは思ってもみなかった。

あの頃はもっと小さな店舗で、まだ夜食カフェも始めていなかった。それまで証券会社でエリートサラリーマンをしていた自分がすべてを投げ打って離職したときは、先のことなどなにも考えられなかった。

フライパンの火をとめ、シャールはそっと首元のスカーフに手をやる。

両親からも会社からも求められる人物像を務め続けてきたシャールが、ついに〝本来の自分〟をさらけ出す覚悟をしたのは、ニューヨーク駐在中に、進行性の病気が発覚したのがきっかけだった。病名を告げられた瞬間、眼の前が真っ暗になった。

ようやく我に返ったとき、シャールは優秀な〝御厨清澄〟を続ける余裕を完全に失っていた。

そのとき力になってくれたのは、時折ただの好奇心を装って訪ねていたパブのドラァグクイーンたちだった。聡明な彼女たちは、スーツ姿の日本人サラリーマンが実は自分たちの同類であることを、とっくの昔に見抜いていたようだ。中にはＨＩＶを抱えている人もいたが、二つの性を生きる彼女たちは驚くほどにポジティブだった。

ヨガも瞑想もマクロビオティックも、現在シャールが健康のために実践しているすべては、ニューヨークのドラァグクイーンたちから教えてもらったものばかりだ。

しかし、本格的な治療のために日本に帰ってきたときは、とことん途方に暮れた。遠いニューヨークの街ならいざ知らず、たとえ会社を辞めていても、そこで必要とされるのは、やはり〝清澄〟のほうだったからだ。

こんなことになる前に、母が他界してくれていてよかった——。

一昨年亡くなった父から生前投げつけられた言葉は、今でもシャールの胸の深いところにこびりついている。

それでも治療を続けながら、元々勉強したかった服飾の専門学校に通い、退職金を頼りに商店街の通りに「ダンスファッション専門店」を開いた。もう、十五年以上も前のことだ。

たった一人で始めた店に、こんなにたくさんのお針子や常連客がきてくれるようになるなんて、一体、誰が想像できただろう。

しかも、お針子の第一号となったジャダとの出会いときたら……。

思い出し笑いを浮かべたとき、呼び鈴が鳴った。また一人、常連客がやってきたらしい。

ふつふつと煮立ってきた土鍋の火を弱め、布巾で手をふいてからシャールは厨房を出た。

「はぁあああい」

野太い声で返事をしながら、黒光りする廊下を歩く。上背のあるシャールが踏みしめるたび、古い廊下はみしみしと音をたてた。

重い木の扉を押しあければ、旧友の柳田教諭が大きなビニール袋を手に立っていた。

「いらっしゃい。ここのところ連日ね」

「年末はなにかと忙しいんだ」

あらぬ方向を睨みながら、「細君がな」と柳田が吐き捨てる。柳田と違って社交的な孝子(たかこ)夫人は、どうやら忘年会続きでこのところ夜は不在らしい。

「外は寒いわね。早く入ってちょうだい」

シャールは新しいスリッパを用意して、柳田を招き入れた。

「これ、また、学校菜園の余りだ」

「まあ、嬉しい！」

差し出されたビニール袋を受け取り、シャールは声をあげる。中には立派なサツマイモが三本も入っていた。

「ちょうどサツマイモが欲しいと思ってたところなのよ。どうして分かったの？　親友って怖いわ」

柳田が嫌がるのを知っていて、シャールはわざと裏声を出す。

「気味の悪い声を出すな。第一、親友じゃない。ただの知り合いだ」

案の定、柳田は世にも嫌そうな顔をした。

「今月はあなたも忙しいの？　教師も走る師走(しわす)って言うわよね」

「だから、それは教師じゃなくて、坊さんが語源だって話だ。大体、俺は未(いま)だかつて暇(ひま)だったことなんてないぞ。中学教員を舐(な)めてもらっちゃ困る。お前らみたいな、お気楽なおかまとは違うんだ」

「そっちこそ、何度言ったら分かってもらえるのかしら。私はおかまじゃなくて、誇り高きドラァグクイーンなの」

「それのどこがどう違うんだ」

何度繰り返したか分からないやり取りに、シャールは「やれやれ」と首を横に振る。

へそ曲がりで皮肉ばかり言うところは、中学時代から柳田の標準設定(デフォルト)だ。それ故、つき合いの長いシャールは実のところまったく気にしていない。

当時からは考えられない姿に変身した自分と比べれば、変わらぬ偏屈さはむしろ誠実にも感じられる。この男は、人好きはしないが嘘がない。

成長がないともいえるけど――。

シャールが含み笑いをしていると、隣を歩く柳田が鼻をうごめかした。

「なんか、いい匂いがするな」

「もうすぐご飯が炊(た)けるところよ。ちょうどよかったわ。この間あなたにいただいた、学校菜園の冬大根を使って菜飯を作ってるところなの」

「菜飯？　また、貧乏くさいメニューだな」

「あら、ご挨拶(あいさつ)ね。嫌なら食べなくて結構よ」

「嫌だとは言っていない」

本当に、成長していない。

だが、メタボ中年と、女装中年になった自分たちが、十代のときと同様に軽口を叩(たた)き合えるのは、もしかすると幸せなことなのかもしれなかった。

それに柳田が単に捻(ひね)くれた難物だけではないことを、シャールは身を以(もっ)て知っていた。ときには生徒のために、通常なら考えられないような掟破りをすることもある。

やるときにはやる男。

そんな現場を、シャールは何回か眼にしてきた。

「なに、ニヤニヤしてんだ」

ふいに柳田がこちらを見る。

「ニヤニヤなんてしてないわよ」

「相変わらず、妙な奴だなぁ」

眉を顰めながら、柳田は中庭に面した店の中へ入っていった。

「ご飯が炊けたらお夜食にするから、それまでゆっくりしていてちょうだい」

柳田が定位置のカウンターで新聞を取り出すのを確認してから、シャールは厨房へと戻ってきた。

土鍋の火をとめ、ご飯を蒸らしている間に、味噌汁を温めておかずを盛りつける。料理に合った器を選ぶのも、シャールは好きだった。春菊のあえものには丸い備前焼。茄子の柚子胡椒炒めには光沢のある青磁。白味噌仕立ての根菜味噌汁は、豪快に鍋ごと。

「さ、こちらも頃合いかしら」

土鍋の蓋をあけると、炊き立てのご飯の甘い香りが鼻孔を擽った。

「いい匂い……」

シャールは思わず眼を細める。土鍋で炊いたご飯はなによりのご馳走だ。酒煎りした大根菜と合わせてさっくりとかき混ぜると、たちまち、ふっくらした艶やかなお米に鮮やかな緑がちりばめられた、なんとも美しい混ぜご飯になった。

「ちっとも貧乏くさくなんかないじゃない」

シャールは上機嫌で再び土鍋の蓋をしめる。この状態で後数分蒸らせば、美味しい菜飯の完成だ。

料理を盛った皿を両手に、シャールは柳田の待つ、この家で一番広い部屋に入った。

「お、美味そうだな」

スツールに腰かけ、新聞を読んでいた柳田が顔を上げる。

「貧乏くさいんじゃなかったの？」

料理をカウンターに並べながらウインクを返すと、不愉快そうに視線をそらされた。

「おかずじゃない。菜飯が貧乏くさいと言ったんだ」

「あら、今日の一番のご馳走は、その菜飯よ」

いたずらっぽく笑いながら、シャールが夜食の時間を知らせるチャームを鳴らそうとしたとき――。

「オネエさん！」

いきなり奥のお針子部屋の扉が開いて、真っ赤な髪を翻しながらジャダが飛び出してきた。

「なんだ、お前は。毎度毎度、騒々しい……」

顔をしかめた柳田をスツールから突き飛ばし、ジャダはシャールの前に仁王立ちする。

「ちょっと、オネエさん、あたしに隠してることない？」

「隠してること？」

勢い込んで尋ねられ、シャールは眼を丸くした。

「そう、内緒にしてることよ」

「一体、どれのことかしら」

シャールが指折り数え始めると、ジャダが真っ赤になって叫んだ。

「なによ！　そんなにあるのっ？」

ジャダの背後から、常連客の真奈が申し訳なさそうに顔を出す。

「ごめんなさい、シャールさん。この間のこと、私がつい、変な風に話しちゃったから……」

真奈は丸の内の大企業でデータの打ち込み作業をしている派遣（はけん）ＯＬだが、店の近所に住む駆け出しの漫画家、裕紀（ひろき）とつき合っていることもあり、時折、休みのときに店番を買って出てくれていた。

「そうよ、マナチーから聞いたんだからね。この間、マナチーが店番してるときに、ものすごい美青年がオネエさんを訪ねてきたんでしょ」

途中から、ジャダの声がひっくり返る。

「誰、その美青年って！」

「なんだ、そのことね」

シャールはなんでもないように頷（うなず）いた。

「きゃー、認めるのね！」

ジャダが益々（ますます）絶叫する。

「なんでオネエさんまで、いつの間にかそんなことになってるのよ。マナチーと裕紀だけでも充分むかついてるのに、これ以上、この店に恋愛要素は必要ないのよ！」

わめきまくるジャダの背後で、突き飛ばされた柳田が鼻を鳴らした。

「心の狭い奴だなぁ」

「なんですって！」

くわっと眼をむいてジャダが振り返る。

「そうよ、あたしの心は猫の額より狭いのよ。だって悔しいじゃない。妬ましいじゃない。羨ましいじゃない。恋人出現なんて、断じて許せないわ。第一、オネエさんは、一番弟子であるこのあたしのものなのよ！」

「なんだ、その気持ち悪い独占欲は」

「ちょっと！　その気持ち悪いっていう、聞き捨てならない台詞は一体どこにかかるのよ」

「そんなのお前に決まってるだろうが、お前ら以上に気持ち悪い連中がいるものか！」

「なんだと、オヤジ！　やんのか、こらぁっ！」

負けじと言い返す柳田に、ジャダがヤンキー丸出しで牙をむいた。

「いい加減にして」

柳田につかみかかろうとするジャダの首根っこを、シャールはむんずとつかまえる。

「恋人なんかじゃないわよ。彼は古い知り合いよ」

「やだ、〝彼〟だって〜」

半べそをかくジャダに、呆れて首を横に振った。

「おバカさんねぇ。彼はあなたも知ってる人よ」

「え？」

今度はジャダが眼を丸くする。

「美青年の知り合いなんて、私、いないわよ。大体、オネエさんの古い知り合いで知ってる人って言ったら、このメタボクソオヤジか、女優みたいに綺麗な女の人か……」

「女優みたいに綺麗な女の人って？」

すかさず真奈が食いついた。背後ではクリスタと比佐子が眼を見かわし、肩をすくめ合っている。「誰がメタボクソオヤジだ！」とわめいている柳田のことは、もう誰も気にしていない。

「はいはい、賑やかなのは結構だけど、お夜食の時間に喧嘩はやめてちょうだいね」

シャールが掌を打ち鳴らした。

「今日は、ザッツ和食っていう感じで作ってみたのよ」

里芋や牛蒡やニンジンや蓮根をたっぷり入れた白味噌の味噌汁をお椀によそうと、ジャダや真奈も一気に引きつけられた顔になった。

全員がカウンターの周囲に集まり、それぞれ料理を取り分ける。料理を持って自分の席に落ち着くものもいれば、そのままカウンターのスツールに座って世間話を始めるものもいた。

「白味噌って、甘くて美味しい……！」

お椀に口をつけた途端、真奈が感極まったような声をあげる。

「寒い日に、身体が温まるわね」

こっくりとした根菜の味噌汁は、比佐子の口にも合ったようだ。

「春菊のあえものも、とってもお洒落。クルミが入ってるのね」

「風呂吹き大根もトロトロよ」

「茄子もピリッとしてて、絶品！　茄子と柚子胡椒って、こんなに合うのね」

常連客やお針子たちの歓声に、シャールの心にじわじわと満足感が込み上げる。クリスタからは費用対効果がなっていないとしばしば怒られてしまうが、自分の料理を喜んで食べてくれる人がいるのは、やっぱり幸せだ。

最後の菜飯も大好評だった。「貧乏くさい」と憎まれ口を叩いたくせに、柳田に至っては、茶碗に三杯も平らげた。

料理が綺麗になくなったところで、シャールは食後のお茶の準備を始めた。

「皆さん、今年の仕事納めはいつ？」

一人一人の体質にあったお茶を淹れながら、シャールは全員の顔を見回す。

「うちは二十八日です。いつもは二十九日なんですが、今年は二十八日が金曜日なんですよ」

「あたしんとこも、基本は二十八日だわ」

「うちも、二十八日だったと思います」

クリスタの返答に、ジャダと真奈が追随した。

「それじゃ、仕事納めの日に、さしつかえなければここに寄ってちょうだい。私も今年はその日を店仕舞いにするから。そのときに、ちょっと、特別なお菓子を作ろうと思うの」

そっと目配せすれば、クリスタが声を出さずに何度も頷く。

「特別なお菓子って、なんですか」

瞳を輝かせながら問いかけてくる真奈に、シャールはふさりと片眼のつけ睫毛を閉じてみせた。

「ただのお菓子じゃないわよ。お楽しみにね」


クリスマス・イブは、小雨が降ったりやんだりの曇天になった。

誰もいない部屋を暖め、シャールは珍しくココアを淹れることにした。ピュアココアパウダーにジンジャーとシナモンをブレンドして熱湯を注いだら、最後にメープルシロップを垂らす。オリジナルのジンジャーシナモンココアが完成した。

窓辺の一人掛けソファに腰かけ、シャールはゆっくりとココアを飲んでみる。こんな寒い日は、甘い飲み物もいいものだ。マグカップで両掌を温めながら、シャールは窓の外に眼を移した。すっかり葉を落としたハナミズキの枝が、静脈のように冬の空に広がっていた。

　ポストになにかが投函された音が響く。郵便がきたらしい。

　膝にかけていたショールで身体を包み、シャールは硝子戸をあけて中庭に下りた。

「おお、寒い……」

　余りの気温の低さに、思わず両腕を抱く。雨はやんでいたが、重く垂れこめた曇天からは、そのうち雪がちらついてきそうだ。毎年、暑さ寒さが厳しくなっていくように感じられるのは、寄る年波のせいだけではないだろう。年々進む温暖化が、その両方に拍車をかけていると聞く。

　枯葉を踏んで中庭を渡り、シャールはポストをあけた。クリスマスカードらしい封書が何通か届いている。

　カードをひっくり返して差出人を確認しながら硝子戸まで戻ってくると、どこからともなく小さな影が忍び寄ってきた。今やすっかりこの辺の地域猫になっている、キジトラだ。

「トラ君、寒かったでしょ」

　硝子戸をあけてやれば、我先にと部屋の中に飛び込んでいく。その片耳の先が小さく欠けているのを、シャールはじっと見つめた。

　先月、シャールは比佐子と相談した結果、キジトラの猫に去勢手術を施した。片耳の先をほんの少しだけカットするのは、その印だ。印があることで、近所の住民たちは無駄な繁殖を心配することなく、安心して地域猫に餌をやることができる。去勢された雄猫は性格も大人しくなるので、喧嘩で怪我をすることも少なくなり、感染症のリスクも減る。

　でも、それは全部、こちらの勝手な解釈よね――。

　硝子戸を閉めて、シャールは小さく息を吐いた。

トラ君は、元々、気性の荒い猫ではなかったし……。

台風の晩に煮干しを与えて以来、キジトラの猫は野良とは思えないほど、人に対する警戒心を解いていた。動物病院に連れていったときも、ケージの中ですやすやと寝ていたほどだ。

そこまで信頼を寄せてくれた若い猫の野性を取り上げるような真似をしたことを、シャールは未だに思い切れていない。

だがシャールの屈託とは裏腹に、キジトラはどこまでも自由闊達だった。性を失ったことなどまったく気づかぬ様子で、部屋の中で一番暖かい場所を探し出し、クッションの上でぱたりと横になる。しばらくそのまま伏せていたが、そのうちくるりと起き上がって熱心に毛繕いを始めた。

「ごめんね、トラ君」

顎の下に手をやると、ぐるぐると喉を鳴らす。あちこちで手厚い歓迎を受けているらしく、毛並みはふさふさとして艶やかだった。やがてキジトラは、前脚で交互にクッションをぎゅうぎゅうと踏み始めた。うっとりと眼を閉じ、幸せそうに踏んでいる。母猫の乳を吸っていた子猫時代を反芻する行動らしい。その純粋な恍惚は、シャールの自責の念を幾分か和らげてくれた。

くつろぐ猫の邪魔をしないように、そっと傍を離れる。

窓辺のソファに戻り、シャールはテーブルの上に置いておいた封書を手に取った。一通ずつ、丁寧に封をあける。

上海の塔子からのクリスマスカードは、真っ赤だった。中国では、赤はなによりもおめでたい色とされるのだそうだ。達筆な文字で、近々「アドベントスープ」用の乾物を送る旨が記されていた。

シャールは毎年、アドベントスープと称して正月に特製の蒸し煮スープを作っている。最近では、塔子が上海から送ってくれる鱶鰭や鮑等の高級乾物が、スープの欠かせない材料になっていた。

次の一通は、今は葉山に一人で住んでいる燿子からだ。真っ白な教会を象った、燿子らしく繊細で美しいクリスマスカードだった。篠崎燿子――。かつて、一緒に働いていたときの旧姓に戻った燿子の署名を、シャールは感慨深い思いで眺めた。彼女は柳田同様、御厨清澄時代を知っている、数少ない友人の一人だ。

燿子のことを思うと、シャールの胸は微かに疼く。それは、燿子の記憶の中に今も生きているであろうかつての自分への、哀惜に似たものだった。

最後の一通の封をあけ、シャールは軽く眼を見張った。

キャラクターもののクリスマスカードの中に、一枚の写真が挟まれている。お腹が目立ち始めた更紗が、初老の女性と一緒に写真に納まっていた。どこかの漁港だろうか。背後には、漁船が浮かぶ海が写っていた。この隣の女性が、更紗のカップ麺やインスタントスープにだけ、いつもたまごを落としてくれたという母親なのだろうか。

母の愛情を信じられない自分が、よい親になれるとは思えない――。

そう言って涙をこぼしていた更紗は、少し居心地が悪そうに女性と肩を並べていた。カードにはなにも書かれていなかったが、更紗は母親の元で、子供を産むことを決めたらしい。

完璧なメイクをしていた以前と違い、写真の更紗は素顔だった。それでもやはり、人目を引く顔立ちをしている。対して、傍らの女性はとても地味な容貌だった。顔の造作はまったく違うのに、二人の口元に微かに浮かんでいるぎこちない笑みが、驚くほどよく似ていた。

遺品整理で古いアルバムを見つけたときのことを、シャールは思い出した。五十代の父の立ち姿が脳裏をよぎり、鼻の奥がつんと痛くなる。その佇まいもまた、今の自分にそっくりだったのだ。

シャールは立ち上がり、ステレオのスイッチを入れた。

主よ、人の望みの喜びよ――。バッハによる、壮麗なカンタータ。

バイオリンとピアノによる美しい演奏に、シャールは耳を傾けた。

今年のクリスマスは静かだ。

クリスマス・イブが誕生日の比佐子は、手芸仲間の希実と一緒に教会のチャリティーバザーに参加している。台風被害や大きな地震のあった被災地に、義捐金を送る集まりだという。二人が作る質の高いビーズアクセサリーは、いつものようにすぐに完売することだろう。

この日のために、シャールは希実と一緒に密かに比佐子の好物のタルト・タタンを作った。今頃二人で、それを食べながら休憩しているかもしれない。実の祖母と孫のような二人の様子を想像し、シャールは口元を緩めた。

他の常連客やお針子たちも、それぞれのクリスマスを楽しんでいる。二丁目のショーパブで夜通し騒ぐもの、お洒落をして恋人とデートに出かけるもの、家族と一緒に過ごすもの。

そして、一人の時間に浸るもの――。

シャールは、飲みかけのジンジャーシナモンココアのマグカップを手にした。まだ温かいココアを、ゆっくりと時間をかけて飲み干す。

弦楽器の緩やかな調べ。猫の微かな寝息。シナモンが香るココアの甘い湯気……。

自由で安らかな時間だった。

だが孤独を存分に楽しめるようになったのは、自分が一人きりではないと気づいてからだ。

四時を過ぎると、周囲は既に薄暗い。今は一年で一番、昼が短い季節だ。

日没後の冷気が部屋に入らないように、シャールはカーテンを引きにいく。硝子戸に映る自分の姿に、ふと手がとまった。

今日のシャールは、ゴージャスなシルクのドレスを纏っていた。

退院祝いにジャダたちに作ってもらった、美しい銀色のドレス。胸元には、雪の結晶を象ったレースが、贅沢に施されている。自分の回復を祈り、お針子たちが一針一針、丁寧に編んでくれたレースだ。たとえ一人きりであっても、シャールは特別な日の装いに手を抜いたりはしなかった。

美しく装うのは、誰かに見せるためではない。自身の心を潤わせ、瑞々しく満たすためだ。

退院後、初めてこのドレス姿を披露したとき、店にいた全員が絶賛してくれた。

否、全員、ではなかった。

〝バカぬかすな、どこからどう見ても化け物だ〟

柳田が吐き捨てた一言を思い出し、シャールはもう少しで噴き出しそうになる。

そうね。見る人によっては化け物よね。

苦笑を浮かべながら、厚いカーテンを引いた。

だが、最初の頃は、女装した大男にそんな正直な感想を言ってくれる人は一人もいなかった。会う人、会う人、誰もが、驚愕の表情を浮かべて無言で遠ざかる。

禁忌。恐怖。不快。見てはいけないもの。

そして、親しい人たちにとっては裏切り。理不尽。愕然。苛立ち。絶望。

父の怒りに震える表情と怒声は、今も胸を離れない。それでも我を通した己が正しかったのかどうかは、正直に言って分からない。

晩年、父は認知症の症状が出て、一人息子が突然会社を辞めて〝おかま〟になってしまったことはすっかり記憶から抜け落ちていた。そのときだけはシャールもスーツ姿に戻り、清澄として父を見送った。未だに息子が証券会社に勤めていると思い込んでいる父と、話を合わせるのはつらかった。自分の病を打ち明けることもできず、最後の最後に嘘をついたことが正しかったのかどうかも、よく分からない。

結局己を偽り、父を騙したという思いは今も消えない。

だが挫けそうになるたび、鏡の中の〝シャール〟が、自分を叱咤した。

なにをくよくよしてるの。しっかりなさい。私は意気地なしのいじけたおかまじゃないの。私はね、愛と平和と革命に燃える、誇り高きドラァグクイーンなのよ――！

思えば、一体どこから〝シャール〟はやってきたのだろう。

ショッキングピンクのボブウイッグを揺らし、シャールはソファに身を沈める。

考えれば考えるほど、分からない。

それこそ〝顕現〟というものかもしれない。明確な理由はどこにもないけれど、初めて女装をしたそのときから、シャールは自分の中に忽然と現れた。

シャールは誰よりも勇敢で強かった。

つらい放射線治療に耐え、〝おかまフォビア〟の偏見にも断じて屈しなかった。

いきなり店に襲撃を仕掛けてきたヤンキーの集団も、あっさりと返り討ちにしてみせた。鉄パイプで殴りかかってきた不健康そうなヤンキーたちを、完膚なきまでにぼこぼこに叩きのめしたのだ。

なにを隠そう、そのうちの一人がジャダだった。

角刈り頭の人相の悪い少年を見た瞬間、しかし、シャールには分かってしまった。それが〝ジャダ〟だということに。ニューヨークのドラァグクイーンたちが自分を同類と見抜いたように、シャールにもはっきりと分かった。それもまた、エピファニーのようなものだった。

このとき初めて、シャールは長年抱えてきた不可解と戸惑いが、自分一人のものでないことを悟った。

ジャダもまた、自分と似た苦しみを抱え、自暴自棄になっていた。

シャールがトランスジェンダーのためのホームページを開設したのはその頃だ。今のようにSNSが発達している時代ではなかったけれど、驚くほど反響があった。攻撃も多かったため、パスワード制にしたが、手間を乗り越えてアクセスしてくる人たちが結構いた。状況や性別や症状はそれぞれに違っても、悩み苦しんでいるという事実だけは共通していた。千差万別の苦悩を吐き出し合うことが、いつしかホームページの趣旨になっていった。

書き込み用の掲示板は、ときに荒れることもあったが、シャールは敢えて放任していた。こらえていた本音を吐き出す場所が、誰にでも必要だと思ったからだ。シャールが管理をしなくても、いつしか、投稿者の中に調整役が現れた。誰かと誰かが揉め出すと、双方の意見を聞き、いつしか綺麗に火種を鎮火する。〝クリスタ〟というハンドルネームの投稿者だった。

現在、ここで働いているお針子たちは、ほとんどが当時ホームページに書き込みをしていた人たちだ。今はホームページは閉鎖されているが、お針子たちは変わらず、互いをハンドルネームで呼び合っている。

最近でこそ、ＬＧＢＴという言葉がよく話題に上るようになったが、あの頃はこうした問題がほとんど公に語られない時代だった。

ホームページには、予期せぬ世代からのアクセスもあった。

集団生活を免れることができない、とても難しい年代からも——。

シャールは当時に思いを馳せる。

たとえ解決は示せなくても、そこで、自分が一人きりではないことに気づいてもらえればいいとシャールは考えていた。哀れな御厨清澄が、己の中の〝シャール〟と対面し、〝ジャダ〟を見出し、どんどん強くなっていったように。ホームページとの出会いが、そのきっかけになってくれればいいと思った。

今ではシャールは、心ゆくまで孤独を楽しんでいる。孤独だけれど、決して一人きりではないからだ。

時計に眼をやり、シャールはソファから立ち上がる。今日はまだ、たっぷりと時間がある。

三枚のクリスマスカードを大切に棚に飾り、シャールはその下の抽斗に手をかけた。

そろそろ着替えて、〝特別なお菓子〟の支度を始めよう。

夜のカフェは気紛れな不定期営業なので、通常予約を取ることはしないのだが、今回の仕事納めの夜食会だけは、珍しくメールで出欠を取った。なぜなら——。

シャールはゆっくりと抽斗をあけてみる。

中には、先日専門店で買い求めた小さな陶器のアイテムが、綺麗に並べられていた。

仕事納めの夜食会には、ジャダやクリスタを始めとするお針子たちの他、たくさんの常連客がやってきた。

いつもの比佐子や柳田や真奈の他に、漫画家の裕紀、ライターのさくら、巣鴨の割烹料亭で働く料理人の省吾も、仕事帰りに駆けつけてくれた。

省吾がズワイガニとほうれん草のあえもの、ゆり根の飛竜頭、鴨肉の和風ロースト等のご馳走を差し入れてくれたので、シャールは汁物とご飯を用意するだけでよかった。

もっとも、出汁が決め手となる〝椀物〟は、日本料理の神髄だ。プロの料理人相手に凝った汁物を作るのはさすがに気が引けたので、シャールはいつもの蕎麦の実と根菜のベジタブルスープを作った。

差し入れの鴨肉に、フライパンでじっくり焼いた長葱と、レモン汁とオリーブオイルであえたクレソンをたっぷりつけ合わせてカウンターへ運ぶ。

白い長葱、ピンク色の鴨肉、鮮やかな緑のクレソンは色合いも美しく、常連客やお針子たちから歓声が上がった。

シャールの店ではアルコールは出さないので、蕎麦茶を片手に和やかな夜食会が始まる。

「このスープ、隠し味に梅干を使ってますね。甘みのある根菜に、酸味がいい感じです。出汁もよくとれてます」

すかさず省吾に隠し味を当てられ、シャールは赤くなった。

「あなたみたいなプロ相手に、素人料理を出すのは恥ずかしいわ」

「そんなことないですよ。いつも美味しくて感心しています」

省吾が柔らかな笑みを浮かべる。

「オネエさん、いっつもなんにも量らないで作っちゃうのよ。だから、まともなレシピが一個も無くて、弟子のあたしとしては困っちゃう」

またジャダが余計なことを言い出した。傍らのクリスタが、くすくすと笑っている。

「だってさ、作り方聞いても、お塩をぱらぱらとか、お醤油をたら～りとか、そんな感じよ。

せめて、小匙(こさじ)何杯とか言ってほしいのよ」

「言われたところで、お前は作れないだろうが」

「ああん？　なんだと、オヤジ」

小競り合いを始めたジャダと柳田を捨て置き、シャールは省吾の差し入れの鴨肉を皿に取った。

久々に食べる鴨は、しっとりと柔らかく脂(あぶら)が甘い。料亭らしい、上品な味だった。

「鴨を食べて、やっと私もクリスマスって感じかな」

今年のクリスマスも忙しかったらしいさくらが、溜(た)め息(いき)交じりに天を仰ぐ。

「さくらっち、今年は二丁目にもこれなかったのよね」

「振替休日だったのに、ばっちり校了と重なっちゃって徹夜ですよ」

そのさくらの横顔を、省吾が眩(まぶ)しそうに見つめていた。差し入れの奮発は半分はさくらのためだったのだろうと、シャールは密かに口元を綻ばせる。

「あ、そういえば、高輪の『ＡＳＨＩＺＡＷＡ』、七万円のクリスマスディナーを完売させたそうですよ。私、そのうち、また取材にいくことになりそうです」

さくらの情報に、ジャダが食いついた。

「へえ、大復活じゃない、偽装王子。そう言えば、最近またテレビによく出てるわよね、あの炎上イケメン」

「七万円のディナーって、一体どういう人が食べるんですかね」

鴨肉に舌鼓(したつづみ)を打ちながら、裕紀が呆れたような声を出す。

「そこまでいくと、料理って言うより、アトラクションだよなぁ」

「そうですね。芦沢(あしざわ)さんと僕がお世話になった『ジパング』は、〝美食じゃなくて体験〟っていうのが、コンセプトだったんです」

省吾が穏やかに説明した。

「それでも、一食に七万円はないわ」

「私食べてみたいけど」

「いやいや、真奈ちゃん、それ無理だから」

若い裕紀たちの話を聞きながら、シャールは芦沢庸介の整った顔立ちを思い出した。省吾はいつも美味しそうに自分の料理を食べてくれるが、庸介は違った。調理の仕方から値段のつけ方まで、なにもかもが素人くさいと、上から目線で指摘してきた。

縁あってこの店にきた人たちは大抵が常連客になってくれるが、庸介だけは、二度とこの店にくることはないだろうとシャールは予感している。

伝統に忠実な家族経営の小さな料亭で働く省吾と、高輪に自らのブランド「ASHIZAWA」を出店した庸介は、共に〝世界一のレストラン〟でホールスタッフを務めた、日本で二人だけの料理人だ。まったく個性の違う二人の若き料理人を、シャールは同じくらい頼もしく思っている。

しかし、鋭い味覚の持ち主の省吾に、適当に作った賄いを食べさせるのは、やっぱりどこかで気が引けた。もっとも省吾は、シャールの料理よりも、さくらの顔を見るためにここへやってくるようだったが。

クリスマスや忘年会でご馳走疲れしているだろうと踏み、シャールはしめにさっぱりとした生姜ご飯を用意した。適度な辛みが爽やかで、身体を温める作用のある生姜ご飯は、若いさくらたちにも、高齢の比佐子にも好評だった。

「そうそう。シャールさん、特別なお菓子って、一体なんですか」

あらかたの料理がなくなると、真奈が待ちきれない様子で身を乗り出してくる。

「そうね、それじゃ、お楽しみのデザートにしましょうか。ジャダ、お茶を淹れてもらえるかしら」

「了解、オネエさん」

バタフライピーティーのポットをジャダに任せ、シャールは立ち上がった。クリスタが後からついてくる。

一緒に厨房に入った途端、クリスタが感嘆の声をあげた。

「さすがシャールさん、素晴らしいです！」

キッチンテーブルには、表面に月桂樹（げっけいじゅ）の葉模様が美しく描（えが）かれた、大きな丸いパイ菓子が載（の）っている。そのパイの上に、クリスタが持参してきた銀細工に金色のビーズをちりばめた王冠（おうかん）をかぶせた。王冠をかぶせることで、初めてこの菓子は完成する。

クリスタに取り分け用の皿を持ってもらい、シャールは王冠をかぶったパイ菓子の盆を恭しく持ち上げた。

店内に戻ると、鮮やかなコバルトブルーのバタフライピーティーを前に、ジャダと柳田がまた一悶着（ひともんちゃく）起こしていた。

「なんだ、このお茶の色は。どう考えても、人間の飲み物じゃないぞ」

「うるさいわねー。ブルーハワイだって、こういう色じゃないの」

「ブルーハワイはカクテルだろうが。お前、まさか、インクでもこぼしたんじゃないだろうな」

パイ菓子の盆を持ったまま、シャールが二人の間に割って入る。

「インクじゃないわよ。それは蝶豆（ちょうまめ）の花の色なの」

「蝶豆？」

「そう。タイの伝統的なハーブよ」

シャールの背後で「分かったか、クソオヤジ」と、ジャダが舌を出した。

「しかし、この真冬に随分寒々しい色のお茶だな」

柳田が負け惜しみのように鼻を鳴らす。

「色に文句があるなら、そこのレモンを入れてみて」

シャールの言葉に従い、真奈が硝子のカップに注がれたバタフライピーティーにレモンを一切れ落とすと――。

あっという間にコバルトブルーが、朝焼けのような綺麗な薔薇色に変化した。

「きゃー、なんでっ！」

「魔法みたい」

驚くジャダや真奈を後目に、柳田は淡々と頷いている。

「ああ、そりゃ、魔法でもなんでもない。アルカリ性が酸性になっただけのことだ。リトマス試験紙と同じ原理だな」

「理科教師は夢がないわね」

シャールは笑いながら、パイ菓子の載った盆をカウンターの上に置いた。途端に全員から歓声が上がる。

「可愛い！　王冠かぶってる」

「すてきな模様ね。月桂樹かしら」

早速、さくらと比佐子が盛り上がった。

「これはね、ガレット・デ・ロワって言って、本当は一月六日の公現祭（こうげんさい）に食べる、フランスの特別なお菓子なの」

カウンターの席に着き、シャールはナイフを手に取る。

「公現祭？」

「東方の三博士が、赤い星に導かれて、生まれたばかりのイエス・キリストに出会ったという、キリスト教の祝日よ。救世主が公に現れる、で、公現祭。エピファニーとも言うわね」

シャールが真奈に説明していると、さくらが眼を丸くした。

「へえ、エピファニーって、そういう意味もあるんですか。私は、文学的な比喩のことだと思ってました」

「それもあるわよ。そもそもエピファニーって、顕現って意味だから。元々は神様や仏様が姿を現すっていう意味だけど、それだけじゃなくて、日常生活や普通の出来事の中に、なにかの本質が突然姿を現す瞬間とかにも使われるわね」

「俺、それ、編集さんに言われたことありますよ。〝この辺で、エピファニー的な描写があるといいんだよねぇ〟とか。意味分からなくて、後でスマホで調べちゃいましたよ。最初から、分かるように説明しろって話ですよ」

裕紀が肩をすくめる。

「でも、すてきな言葉ね。エピファニーって。大切なことって、実際、何気ないものの中に、ふっと現れるような気がするし」

「僕も、その考え方好きです」

比佐子と省吾が眼を見かわした。

「それからね、ガレット・デ・ロワにはもう一つ、とってもすてきな習慣があるの」

シャールはパイ菓子を人数分に切り分け、一つずつ皿の上に載せる。クリスタが、それを皆の前に配膳した。

「美味しいお菓子だけど、気をつけて食べてね。実はこのお菓子の中には、〝フェーブ〟っていう陶器のアイテムが入ってるの。それに当たった人は、王冠をかぶり、王として一年間祝福を受けるっていう伝承があるのよ。ガレット・デ・ロワは、直訳すると〝王様のお菓子〟っていう意味なの。でも……」

「きゃーっ、あたし、当たったわ！」

シャールの説明の途中で、ジャダが大声をあげる。

「見て、見て！」

ジャダのパイの中に入っていたのは、花籠のフェーブだった。

「いてっ！　おい、歯が取れたぞ！」

今度は柳田が絶叫する。

「だから、気をつけて食べてって言ったじゃない」

「もう、そのフェーブとやらは、おかま二号が引き当てたんじゃないのか」

「違うの。説明の途中だったけれど、私は今回、全員分のフェーブを入れたのよ」

「なんだと、早く言え。おかげで俺は、歯が折れたぞ」

柳田が小さな白いものを皿に転がした。

「柳田先生、それ、歯じゃないですけど」

クリスタが笑いをこらえながら指摘する。

「はあ？」

よく見ると、皿の上にあるのは白いイルカのフェーブだった。

「わあ、可愛い！」

「幸せを呼ぶ白イルカね」

「私のはなんだろう」

全員がいそいそと自分のフェーブを探し始めたが、「なにがイルカだ、異物混入もいいところだ」と、柳田は顎をさすりながらまだぶつぶつ文句を言っている。

「まあ、私のフェーブはすてきな靴だわ」

比佐子が取り出したのは、花模様のパンプスだった。

「あ！　私のは本でした」

さくらがきらきらと瞳を輝かせる。

真奈のパイからはリボンのかかったプレゼント、省吾のパイからは帆を張ったヨット、クリスタのパイからはアルザスの民族衣装を着た乙女、裕紀のパイからは丸々とした子豚がそれぞれ出てきた。

「誰になにが当たるかは分からないけれど、それこそ、エピファニーじゃないかって思ったの」

最後に残ったシャールのパイからは、アラジンの壺のようなフェーブが出てきた。

「なんか、シャールさんらしい」

「本当、あの壺からなんでも出てきそう」

真奈とさくらが顔を見合わせて笑う。

「私は、ちゃんと歩けってことかしら」

「僕は、しっかり帆を張れってことかな」

「あたしは、この花籠に、一杯すてきなものを集めろってことだと思うわ」

「私のは、プレゼントの中身を自分でしっかり考えなさいってことかも」

「それでは私のは、もっと民族衣装の研究を極めて、より美しい衣装づくりを目指せってことかもしれませんね」

それぞれが自分のフェーブの解釈を始めたところで、裕紀がいささか不満そうに手をあげた。

「あの〜、俺の豚は、一体どういう意味でしょうか」

「リア充、この豚野郎って意味じゃないの？」

嫉妬(しっと)むき出しのジャダを遮(さえぎ)り、シャールは王冠を手に取る。

「豚は豊穣(ほうじょう)の象徴よ。きっと、これからも傑作(けっさく)をたくさん描(か)きなさいって意味ね。実は、今回の当たりは豚のつもりだったの。だから、王様は、あなたよ。一年間の祝福を！」

シャールが王冠を裕紀にかぶせると、本人以上に、真奈が嬉しそうな顔をした。その陰で、ジャダが「けっ」と吐き捨て、さくらにたしなめられている。

全員のフェーブを確認した後で、バタフライピーティーを飲みながら、ガレット・デ・ロワを楽しんだ。本場のガレット・デ・ロワは、アーモンドクリームとカスタードクリームを混ぜたフランジパーヌというクリームをパイに詰めるのだが、シャールはカスタードクリームの代わりに裏ごししたサツマイモを使っていた。

「アーモンドとサツマイモの組み合わせは鉄板よ。美味しいお菓子ができないわけがないわ。その分カロリーも低いし、繊維(せんい)もビタミンもたっぷりだし」

シャールが片方のつけ睫毛をふさりと伏せる。サツマイモの自然な甘さが、パイの美味しさを一層引き立てていた。

「本当のことを言うと、私も長年、このお菓子のことは知らなかったの。今回のお夜食会の陰のプロデューサーは、実はクリスタよ」

シャールに花を持たされ、クリスタが嬉しそうに頬(ほお)を染める。

「私もたくさんのガレット・デ・ロワを見てきましたが、人数分のフェーブが入っているのを食べたのは、今夜が初めてです。シャールさんらしくて、とてもいいアイデアだと思います」

それからしばらく、クリスタが語るフェーブの美術館やコレクターの話に耳を傾けたり、たわいのない話に笑い合ったりする時間が穏やかに流れた。やがて、日づけが変わる時間になり、仕事納めの夜食会はお開きとなった。

各自がそれぞれのフェーブを大切に持って帰り支度を始めている中、シャールは柳田の肩を叩いた。

「ねえ、大晦日、店にこられる？」

「なんだ、今日が店仕舞いじゃないのか」

「そうだけど、ちょっと会ってもらいたい人がいるのよ」

ジャダたちに聞こえないように、柳田の耳元で囁(ささや)く。

「まさか、恋人とやらを紹介したいとか言うんじゃないだろうな」

「バカね、そんなんじゃないわよ」

柳田は少し考えていたが、「ま、いいだろう」と頷いた。

「どうせ、細君も娘も、正月はまたハワイだからな」

「相変わらず、孤独な人ね」

「それじゃ、大晦日の夜、ここで待ってるわ」

吐き捨てる柳田に、シャールは微笑む。

「お互い様だ」


大晦日は夕刻から冷たい雨になった。

正月用の蒸し煮スープの仕込みを終えたシャールは、身体にショールを巻いて、店内に戻ってきた。この日はキジトラの猫もいつものパトロールを諦め、籐の椅子のクッションの上で丸くなっている。

シャールはステレオのスイッチを入れた。

グレン・グールドのピアノによる、バッハのフーガの技法、通称「未完のフーガ」。音楽の父と呼ばれるバッハの最晩年の曲だ。内障眼によって視力を失いかけていたバッハの絶筆とも言われている。

静かな室内でこの曲を聞いていると、誰もがハッとするに違いない。自分の演奏するピアノに合わせて歌っているグールドの微かな声が、一緒に録音されているのだ。至高のピアニストの無我の境地は、聞く人をも恍惚に誘う。

シャールはじっと眼を閉じて、微かな歌声を伴うピアノの旋律を味わった。

未完の曲は、突如、中途半端なところでパタッと終わる。その唐突さに、いつも心がしんとする。終わりというのは、こんなふうに、突然やってくるものなのだろうか。

一層深く感じられる静寂に身を浸していると、呼び鈴が鳴り響いた。シャールは我に返り、客人を迎えにいく。

「寒いなぁ」

玄関には、柳田が傘を畳みながら立っていた。

「悪かったわね、こんな雨の中」

「いや、この日ばかりは家にいても、さすがにやることも無いしな」

シャールの労いに、柳田は肩をすくめる。この時期、妻と娘が常夏のハワイに遊びにいく間、柳田はいつも一人で留守番をしていた。海外にいってまで、女二人の買い物につき合わされるのは真っ平だというのが表向きの理由だが、実際のところ、春に受験を迎える中学三年生の学年主任は年末年始もなにかと忙しいらしい。

加えて、来春より柳田は、学年主任から副校長に昇格することが決まっている。この先、柳田は今まで以上に若い教員たちを束ねて、学校全体をサポートしていくことになるのだ。

「恒例のスープは新年の三日に解禁するから、今夜はけんちん蕎麦でどうかしら」

柳田のコートを預かり、シャールは再び店内に入った。

「年越し蕎麦か、悪くないな」

いつものカウンター席に腰を下ろし、柳田は早速新聞を広げ始める。

「今、お茶を用意するわね」

「ああ、あの青いのはやめてくれ」

「じゃあ、今夜は煎茶にしておくわ」

濃い緑茶を淹れて差し出すと、柳田は満足そうに湯呑みを受け取った。

青は嫌だけど、緑ならいいのね――。元来日本人は、緑を青と看做す民族なのに。

「なに、ニヤニヤしてるんだ」

ふと、柳田が新聞から視線を上げる。

「誰もニヤニヤなんてしてないわよ」

「相変わらず、妙な奴だなぁ……」

眉を顰めて吐き捨て、柳田は再び新聞に眼を落とした。

シャールはステレオに近づき、新しいＣＤをセットした。スタートボタンを押すと、バッハの荘厳なコラール「眼を覚ませと呼ぶ声が聞こえ」が流れ出す。

黙って新聞を読む柳田の向かいで、シャールもぼんやりと頬杖をついて音楽に浸った。大晦日は、この界隈(かいわい)も静かだ。しとしとと降り続く雨の音と、規則正しい猫の寝息に交じり、時折車の走行音が遠くから響く。

気ぜわしかった年末の時間も、大晦日だけはゆったりと揺蕩(たゆた)っている。

再び鳴り響いた呼び鈴の音に、シャールはハッとした。コラールに合わせたように、柳田も眼が覚めたような顔をする。

「おい、会わせたいっていうのは、一体誰なんだ」

問いかけようとする柳田を遮るようにして、シャールは席を立った。逸(はや)る気持ちを抑え、磨(みが)き込まれた廊下をみしみしと歩く。メールでは長年やり取りをしていても、直接顔を合わせるのは、随分と久しぶりだ。そしてこの先、再び会えるのは、いつになるかも分からない。

遠来からの客を迎えるために、シャールは一呼吸整える。

「いらっしゃぁああい」

いつものように低い声をあげて重たい玄関の扉を押しあけると、そこに、スーツケースを引いた一人の青年が、黒いコートを着て立っていた。

褐色を帯びた髪、白く小さな顔、細く通った鼻梁、長い睫毛、鳶色の瞳――。

少し怖いくらいの美貌だった。

マサチューセッツの大学でＡＩ理論を学んでいた青年は、既に日本人離れした雰囲気を纏っている。

「シャールさん……」

青年が懐かしそうな声をあげた。

「エリック」

シャールも万感の思いを込めて、その名を呼ぶ。

「この間は、すれ違いになっちゃってごめんなさいね」

「いえ、僕も、突然訪ねたりしたから」

「それにしても……、本当に立派になったわね」

相変わらず、鍛えているのだろう。細いけれど、しなやかな筋肉に包まれた肩に手をかけると、シャールの中に込み上げてくるものがあった。

「さ、入ってちょうだい。もう一人、懐かしい人を呼んであるの」

新しいスリッパを出し、青年を促す。

「あなた、転居してから店にくるのは初めてよね。前の道が狭いから、スーツケース、大変だったでしょ」

「いえ、すてきな場所なんで驚きました」

「今はね、深夜に夜食カフェもやってるの。あなたも食べていってちょうだいね」

「懐かしいな、シャールさんの料理」

青年がはにかむような笑みを浮かべた。そうすると、一瞬だけ、昔の面影が甦る。

一緒に部屋に戻ると、柳田がぽかんとしてこちらを見た。シャールの傍らにいる美貌の青年が誰なのか、まったく見当がつかない様子だった。

「柳田先生……！」

だが青年のほうは、明らかに驚いた顔をした。

「先生、ご無沙汰してます」

前に進み出た青年が、丁寧に頭を下げる。柳田の分厚い眼鏡の奥の小さな眼が、一杯に見開いた。

「まさか……、雪村なのか」

柳田のかすれた声に、青年が静かに頷く。

「今は、エリックと名乗っています」

「そ、そうか」

かろうじて応じているが、柳田の眼差しには隠し切れない動揺が浮かんでいた。

「あの頃は、本当にお世話になりました」

柳田の狼狽に臆することなく、穏やかに言葉を返すエリックの様子を、シャールはじっと見つめる。

「確か……。アメリカの大学に進学したんだったな」

ようやく教師らしい落ち着きを取り戻し、柳田が言葉を継いだ。

「はい。卒業後、大学の研究チームに残りましたが、今後は就労ビザを取って、ボストンのＡＩ研究所で働くつもりです」

「そうか、ＡＩか……。昔から、君は理数系が強かったものな」

あくまで冷静を装っているが、柳田の声は時折上ずる。だが、そうした反応にも既に慣れているのか、エリックの態度は淡々としていた。

二人を部屋に残し、シャールは厨房に向かった。

根菜をたっぷり入れたけんちん汁を温め直し、蕎麦をゆでる。長葱を小口切りにしながら、シャールはエリックの落ち着いた佇まいを思い返した。

ここまでくるのに、相当の苦労をしたに違いない。

エリックこと、雪村襟香(えりか)――。

八年前、シャールと柳田の母校でもある中学に通っていた頃のエリックは、線の細い十五歳の少女だった。以前、シャールが開設していたホームページの掲示板にアクセスしてきた最年少の性同一性障害(GID)が、雪村襟香だ。

それが地元の、しかも自分の母校に通う中学生だと知ったときは、本当に驚いた。以来、シャールは特別の思い入れで、襟香のことを見守ってきた。

女子としての制服、体育の着替え、異物を弾き出そうとする苛(いじ)め――。

中学校という逃げ場のない集団生活の中で、襟香は誰よりも苦しんでいた。

そして、その襟香に〝男子部員〟という立ち位置を与えたのが、当時柳田が顧問を務めていた水泳部だった。シャールがデザインした身体の線を補正する全身水着を着て、襟香は大会の男子メドレーリレーにまで出場した。通常では考えられない掟破りを、柳田は生徒のために認めたのだ。

冗談じゃない。俺は生徒たちに押し切られただけだ――。

時折当時のことに話が及ぶと、今でも柳田は顔をしかめて否定する。

確かにあれは、襟香を取り巻く生徒たちが自主的に起こした行動だった。けれどその責任を引き受ける大人がいなければ、十代の子供たちだけではやっぱり壁を乗り越えられなかっただろうとシャールは思う。

掲示板以外にも、自分を受け入れてくれる人たちがいる。そこで自分にしか果たせない役割がある。

その経験が、たった一人で悩み続け、壊れそうになっていた十代のＧＩＤの心をどれだけ支えたかは、想像に難くない。

柳田はきっといい副校長になる。散々愚痴も言うだろうし、嫌みも言うだろうし、憎まれ役も買うだろうが、最終的なところで、傷ついた生徒を放り出すような真似だけは絶対にしないに違いない。

〝柳田は、やるときにはやる男です〟

大昔の中学時代、生徒会長選挙の推薦スピーチでマイクを握ったときのことを思い出す。詰襟の制服に身を包んでいた当時の自分たちの姿が甦り、シャールは口元に笑みを浮かべた。

考えてみれば、昔からそうだった。柳田は、やるときにはやる男なのだ。

けんちん蕎麦の丼を盆に載せて運んでいくと、カウンター席で柳田とエリックがすっかり話し込んでいた。

「……それじゃ、日本に帰ってくるのは随分と久しぶりだったんだな。上野たちとは、まだ連絡を取ってるのか」

「はい。上野や三浦とは、ＳＮＳでやり取りをしています。上野は商社勤めですよ。相当忙しくしてるみたいです」

「そうか。今はどこへいっても、簡単に連絡が取れる時代だからな」

柳田の戸惑いも、幾分か薄れているように見える。

「あら、未だにガラケーの、ネット原始人もいらっしゃるようだけど」

丼を置いて二人の間に割り込むと、柳田があからさまに顔をしかめた。

「緊急連絡さえ受けられれば、ガラケーで充分だ。第一、ＳＮＳなんてのはな、学校的に言えば、迷惑極まりないだけなんだ。あんなもの、未成年には断じて必要ない」

「ね、こういうところは、ちっとも変わってないでしょ？」

シャールの目配せに、エリックは穏やかな笑みを浮かべる。

それからは三人で、温かな蕎麦を啜った。途中でキジトラの猫が眼を覚ましたので、シャールは出汁を取った煮干しをやった。しばらくは蕎麦を啜る音と、猫がカタカタと鳴らす皿の音だけが響いた。

「やっぱり、シャールさんの料理は美味いや」

やがて、汁まで飲み干したエリックが小さく呟く。

「俺……」

言いかけてエリックは「僕」と言い直した。

「シャールさんから昔、掲示板で教えられた言いつけを今でも守ってますよ」

本当の自分を取り戻したければ、身体と精神を鍛えろ――。

そのために、今はジョギングをしているとエリックは語った。

「大学のあったケンブリッジには大きな公園があって、よくそこを走りました。プラタナス並木や広々とした芝生があって、早朝、誰もいないところを走るのが気持ちいいんです」

エリックは明るい眼差しでシャールを見る。

「それと、三つの感嘆も」

「なんだ、それは」

丼を空にした柳田が、不思議そうに眉を寄せた。

三つの感嘆――。それは、病気が判明したときに、シャール自身がやり始めた方法(メソッド)だ。

なにかを食べたら、「美味しかった」

朝起きたら、「よく寝た」

スポーツをしたり、風呂に入ったりしたときには「気持ちよかった」

そう声に出して呟くのだ。実際にはそれほどでなくても、実感を込めて呟くことで気分は変わる。

「最初に、嗚呼(ああ)という感嘆詞をつけると、より効果があるわね」

シャールが人差し指を立てると、途端に柳田が眉を顰めた。

「なんだ、そりゃ。単なる自己暗示だろう」

「あら、自己暗示って大事よ」

「そんなの気分の問題だろうが」

「でも、人生って、大概が気分なんじゃないかしら」

「また、お前は適当なことを……！」

言い合う柳田とシャールの前で、ついにエリックが噴き出した。せっかくの美貌をくしゃくしゃにして、眼尻に涙が浮かぶほど楽しげに笑っている。

つられてシャールも笑い出すと、柳田だけは仏頂面で肩をすくめた。

ふとシャールは、水泳大会の男子メドレーリレーで優勝した後、男子部員たちと肩を組んで笑っていた十五歳の襟香の笑顔を思い出した。

「……それで、もう決めたの？」

一頻(ひとしき)り笑い合った後、メールに書かれていた内容をシャールはさりげなく尋ねた。

「はい、決めました」

眼尻に滲(にじ)んだ涙をぬぐいながら、エリックが静かに頷く。

成人してからホルモン治療を続けてきたエリックは、この先、本格的に性転換の準備に入るという。手術は、いずれボストンで受けることになる。今回は、その治療の承諾書(しょうだくしょ)に両親のサインをもらうための帰国でもあったのだ。

「サインは、もらえたの」

「はい。ただ……」

エリックがわずかに口ごもる。その顔に、一瞬苦しげな影が差す。

「母だけが、泣いていました」

部屋の中がしんとした。

シャールは立ち上がり、大きく腕を開いてエリックの身体を抱きしめる。腕の中、エリックのしなやかな肩の筋肉が小さく震えた。いつしかエリックの白い頬を、涙が一筋伝っていた。エリックの微かな嗚咽(おえつ)を、シャールはじっと抱きかかえる。

傍らの柳田は、無言で下を向いていた。

「ご馳走様でした。それじゃ、そろそろいきます」

やがてエリックは、シャールの胸をそっと押し返した。

このまま空港に向かうというエリックに、シャールは包みを差し出した。

「これ、お土産(みやげ)よ。飛行機に乗る前にでも、食べてちょうだい」

「シャールさん、ありがとう」

包みを受け取りながら、エリックが改めてシャールを見る。

「シャールさん、あなたに出会えなかったら、僕はここまでこられなかったと思います。あなたに教えてもらったことを、僕は一生忘れず、これからは他の誰かに少しずつ返していきたいと思っています」

シャールは静かに首を横に振った。

「私のほうこそ、あなたから、色々なことを教えてもらったわ。どうか忘れないで。あなたも私も決して一人じゃないのよ」

「はい」

深く頷き、エリックはシャールと柳田を見やる。

「シャールさん、柳田先生、どうかお元気で。お二人のことは絶対に忘れません」

玄関先でもう一度しっかりとハグをして、シャールは柳田と一緒にエリックを送り出した。雨が霙に変わり始めた夜の中、エリックはしっかりとした足取りで、細い路地を去っていった。

その後ろ姿を見送りながら、シャールは熱いものが込み上げてくるのを感じた。

今度日本に帰ってくるとき、エリックはもう、雪村襟香ではなくなっているのかもしれない。

なにかを選び取っていくためには、なにかを失う覚悟をしなければいけない人生の不自由さに、胸が震える。シャール自身、一つのことを得るたびに、多くのものを失ってきた。

ときにはそれが、周囲を傷つけることにもつながる。

悔みながら、苦しみながら、それでも自分の道をいこうとする雪村襟香の姿に鼓舞されてきたのは、長年遠くから見守ってきたシャールのほうだったのかもしれなかった。

「……しかし、あれで本当によかったのかね」

部屋に戻ってくるなり、柳田が溜め息交じりに呟く。

「なにが」

言わずもがなシャールの問いかけに、柳田は首を横に振った。

「雪村を、あのままいかせてよかったのかって話だ。親御さんの気持ちを思うと、俺はいたたまれん」

娘を持つ柳田からすれば、とても他人事とは思えなかったのだろう。随分と打ちのめされた表情をしていた。

「すべては本人にしか決められないことよ。私たちには、見守ることしかできないわ」

「見守る、ねえ……」

上着のポケットから、柳田は先日の白いイルカのフェーブを取り出す。

「この間のパイ菓子からこいつが〝顕現〟したとき、俺はなんの冗談かと思ったよ。よりによって、イルカとはな」

かつて柳田の一人娘の真紀が、高校二年の冬に突然、理転——文系から理系への転身——をしたいと言い出した騒ぎがあった。そのときの真紀の理転の理由は、イルカだった。ハワイでイルカの保護センターを見学した真紀はすっかり感動し、自分もイルカの研究者になりたいと言い出したのだ。海洋学部の生物科を受験するため、苦手な理系受験をすると言ってきかなかった。

「結局この俺が、一年間つきっきりで物理基礎を教えることになったんだぞ」

父である柳田の厳しい指導の下、真紀は懸命に勉強した。ところが、ようやく見込みが出てきたかというところで、急に憑き物が落ちたようになり、結局真紀は当初の志望通り国立の英文科を受験したのだった。

今では真紀は強情に理転を言い張った過去などすっかり忘れたように、元気一杯で英文情報処理の勉強に精を出している。

「無駄なことに執着するのが大事な時期もあるとか言うけどな、あの一年間は一体なんだったんだって、未だに俺は思ってるよ」

眉を八の字に寄せて、柳田はシャールを見た。

「なにもかもを一緒くたにするつもりはないが、でも、もし雪村の今の気持ちが突如変わったりしたらどうなるんだ？　あの子は、魅力的で聡明な女性として生きていく可能性を失い、後戻りができなくなってしまうんじゃないのか」

「それは……、ないと思うわ」

シャールは静かに首を横に振る。

「本当に、そう言い切れるのか。万一、男子メドレーリレー出場を認めたことが、今回の雪村の決断につながっているなら、俺はあの子のおふくろさんに申し訳が立たない」

「それは違うわ」

今度はシャールはきっぱりと否定した。

「言ったでしょ。いくつになってもなにが本当に正しいのかは分からないけれど、物心ついた途端に、分かってしまうこともあるって。あのときのあなたの決断に、あの子は間違いなく救われたはずよ」

曖昧（あいまい）な表情を浮かべている柳田に、シャールは続けた。

「あのときのあなたには、私も救われたんだから」

「なんで、お前が……」

「別に分かってもらえなくてもいいんだって、思えたからよ」

思えば、柳田との再会は、雪村襟香がきっかけだった。

〝よくもそんな姿で、俺の前に顔を出せたものだな〟

そう怒鳴りつけてきた柳田の嫌悪に満ちた形相を、今でもシャールははっきりと覚えている。

今だって柳田は、現在の自分を本当に認めているわけではないのだろう。証拠に、柳田だけは決して自分を〝シャール〟とは呼ばない。

「でも、それで充分だって、思えたのよ」

柳田は、難しい顔をしたままイルカをポケットの中に戻した。

「俺には、よく分からないな」

「仕方ないわよ。教師もおかまも、神様じゃないんだから」

シャールの言葉に、柳田がふっと苦い笑みを浮かべる。

「お前、昔も俺にそんなことを言ったことがあったな」

「そうだったかしら」

「そうだよ」

柳田は思い切ったように、ふいに口調を変えた。

「天気はどうなんだ。飛行機の遅延がないといいけどな」

「雪にはなってないから、大丈夫なんじゃないかしら」

シャールは重いカーテンを少し引いて、硝子戸から暗い空を眺める。柳田も硝子戸の傍に立ち、シャールと一緒に霙交じりの雨が降る空を見上げた。

「教師なんてつまらんよ。なにもできずに、ただただ、見送ってばっかりだ」

それは、この先独立していく一人娘のことを思う、父親としての呟きにも聞こえた。

「旅立つ人にとって、見送ってくれる人がいるのは嬉しいことよ」

考えが違っても、一緒にいることはできる。認められなくても、見守ることはできる。

理解ができなくても、思いを馳せることはできる。

それが双方にとって、どれだけ大きな救いになっているか、本当は知らない二人ではないのだった。

シャールはエリックへの土産に、小さなガレット・デ・ロワを送った。銀細工の王冠をかぶせ、フォークと一緒に、食べるときの注意書きの手紙もつけた。

エリックのガレット・デ・ロワに忍ばせたフェーブは、本物そっくりの陶器のソラマメだ。

フェーブというのは、元々フランス語でソラマメという意味だ。昔のガレット・デ・ロワには、本物のソラマメが使用されていたという。

胎児(たいじ)の形をしたソラマメは、古(いにしえ)から再生の象徴だった。

それがいつしか陶器に変わり、色々な形のアイテムができるようになっても、ガレット・デ・ロワに仕込まれるものはすべて、フェーブと総称されるようになったのだ。

ソラマメ(フェーブ)と銀細工の王冠に、エリックは一体なにを思うだろう。

その決断が周囲からどう受け止められたとしても、生きていく限り、人は己の人生の王様だ。

すべての采配(さいはい)と責任を、一身に引き受けていかなければならない。

それは決して、自分やエリックのような人間に限った話ではない。誰もが後戻りのできない選択をしながら、日々を模索しているのだ。

寛大にして、誇り高き王であれ——。

暗い夜空を眺めながら、シャールは密かに祈る。

「お」

柳田が小さな声をあげた。

どこからか、除夜の鐘の音が聞こえてくる。

「今年ももうお仕舞いね」

「色々あったな。面倒くさいことばっかりが……」

暗い夜空から落ちてくる霙交じりの雨は、涙の雫のように見える。

ふとシャールは、この店で流された、いくつもの涙のことを思った。

この世には、安易な生きやすさを求めるために、権力にすがって徒党を組み、叩きやすい人間を踏みつぶし、自分を守ろうとする人たちが大勢いる。むしろ社会や大きな組織の中では、そうした人たちのほうが主流だ。

油膜がどぎつい虹色を放つように、そこには強烈な精彩や活気が溢れていたりもする。けれど、ぎらぎらとした油に交じることができずに弾かれた透明な涙の雫を、シャールはここでたくさん見てきた。

復興から取り残された仮設住宅暮らしの友達の境遇を思い、自ら母の手料理を食べなくなった少年がいた。彼は今、高校生になり、被災地のボランティア活動に積極的に取り組んでいる。

自分は不幸だから、幸せな人間を貶めてもいいと嘯いていたブロガーがいた。あの娘は今頃、どこでどうしているだろう。〝ディスりブログ〟を閉鎖した彼女は、シャールが教えた保存食作りで、日頃の憂さを晴らせるようになったのだろうか。

幼い息子が発達障害なのではないかと怯える、若い母親がいた。彼女の息子は今、小学三年生になり、新一年生の手を引いて、楽しそうに学校に通っている。

店にやってきた一人一人の顔が、暗い夜空に浮かんで消えていく。

すべてが上手くいくわけではないだろう。

ライターのさくらは、今でも大手出版社のクライアントたちに振り回され、無記名原稿の執筆に追われている。派遣社員の真奈にも、正社員になる道は開けていない。念願だった漫画家デビューを果たした裕紀もまた、相変わらず実家との折り合いが悪いようだ。

それでもマカン・マランで一息つきながら、再び自らの道を歩いていこうとする彼らや彼女らの姿を見るたび、シャール自身、大いに慰められ、励まされてきた。

自分が客を選ぶのではない。客が自分を受け入れるか否かだ。

以前、この店を訪れた一人に告げた言葉が、深い実感を伴ってシャールの中に落ちてくる。

ときに、自分を魔法使いのようだと言う人もいるが、それは違う。

本当に魔法を使ったのは、ここへきて、自分とかかわってくれたすべての人たちだ。

夜空を見上げるシャールの眼の奥が、じんと熱くなる。

明けない夜はないというけれど、なに一つ確かなものが見つからないまま、白々と明けていってしまう朝に、押し潰されそうになることもあるだろう。

かつての自分がそうだったように。だから、シャールは深夜にカフェを開いた。

行き先の分からない道を、己の足だけを頼りに歩いていくことはつらく、寂しい。

されど、寛大にして、誇り高き女王であれ――。

なにかを得るたびに、なにかを失いながら、明確な答えのない毎日を懸命に生きている我々は、それだけで勇敢だ。

「……御厨、お前、その後、身体のほうは大丈夫なのか」

ふいに柳田が心配そうに尋ねてくる。

「お陰様で、術後の経過は順調よ」

シャールはかぶっているショッキングピンクのボブウイッグを少しずらした。

「段々地毛も甦ってきてるみたいだし。このままいけば、男性用のウイッグはかぶらなくても済むようになりそうよ」

もっとも、五年、十年と経過を見守らなければならないのが、進行性の病の難しいところだが。

「そいつは結構だ。この歳になって髪が甦るなんてのは、お前くらいのもんだろうけどな」

安堵と皮肉が入り混じった笑みを浮かべ、柳田がすっかり白髪(しらが)の増えた自分の頭に手をやる。

「ところで」

シャールは人差し指を立てた。

「いい加減、その呼び方、改めてもらえないかしら。私はここではシャールなの」

「呼べるかっ……！」

途端に柳田が顔をしかめて吐き捨てる。

「なに、笑ってるんだ」

「笑ってなんかないわよ」

カーテンの裾にじゃれつくキジトラの猫を両手で抱き上げ、シャールは温かな毛並みに頬ずりした。

除夜の鐘が鳴る。

また一つ、マカン・マランの歳が暮れる。

新しい年には新しい年の、悩みや苦しみが待ち受けているだろう。それ故に人の心には、暗い闇を照らすささやかな明かりが必要だ。その活力となる滋養や、一時、翼を休める止まり木も。

だから、次の年も、また次の年も、そのまた次の年もきっと。

都会の町の片隅で。

シャールは深夜のカンテラに、小さな希望の灯をともす。

謝辞（あとがきに代えて）

四年間に亘り執筆してきた「マカン・マラン」シリーズが、ついに最終巻を迎えました。第一作に当たる『マカン・マラン　二十三時の夜食カフェ』の発売後、「続編を書いてみませんか」というご依頼をいただき、「それでは四部作にしませんか」とお返事をしました。

「ふたたび」「みたび」「お四まい」で、と——。

そのときは、この言葉が本当になるかどうか、自分でもよく分かっていませんでした。シリーズは、著者の思いだけで実現するものではないからです。

一話一話、二人三脚で、アンケートや取材協力やリサーチにご尽力いただいた、中央公論新社書籍編集局文芸編集部の山本美里さん、毎回美しい装画を寄せていただいた西淑さん、細部にまで趣向を凝らした本づくりをしていただいた装幀の鈴木久美さんに、深く御礼を申し上げます。

「マカン・マラン」シリーズは、装画と装幀の素晴らしさに支えられていたと思います。私自身、毎回、装画とデザインをとても楽しみにしておりました。

また、本稿の準備に当たり、料理関係者の皆様をはじめ、数多くの方々にインタビューやアンケートにご協力をいただきました。この場をお借りして、改めて御礼を申し上げます。

「マカン・マラン」シリーズを店頭展開していただいた書店関係者の皆様、この本をお手に取っていただいた読者の皆様は、私にとって、「本物の魔法使い」でした。このシリーズが「おしまい」までたどりつくことができたのは、ひとえに皆様のご支援の賜物(たまもの)です。心より感謝申し上げます。

「マカン・マラン」という物語は、ここでいったん幕を閉じますが、シャールやジャダや柳田教諭はこれからも日々を模索していくのだと思います。いつかまた、機会があれば、改めて彼らの物語を書いてみたいと思います。

四年間に亘り、「マカン・マラン」にご来店いただき、誠にありがとうございました。ご愛顧への心からの御礼を以(もっ)て、あとがきに代えさせていただきます。

二〇一八年十一月

古内一絵

主要参考文献

『美人のレシピ　マクロビオティック　雑穀編』カノン小林　洋泉社
『リリアン編みで作る大人のビーズアクセサリー』（レディブティックシリーズｎｏ．３６４６）関けい子 監修　ブティック社
『チェコメイトビーズのアクセサリー』周藤紀美恵　マガジンランド
『小さな奇蹟を起こす15の方法　天然石ビーズアクセサリーの作り方』清水ヨウコ　日販アイ・ピー・エス
『食品偽装との闘い　ミスターＪＡＳ10年の告白』中村啓一　文芸社
『食品偽装　起こさないためのケーススタディ』新井ゆたか　中村啓一　神井弘之　ぎょうせい
『食品偽装の歴史』ビー・ウィルソン　高儀進 訳　白水社
『フランスの季節を楽しむお菓子作り』西山朗子　柑出版社
『お菓子の由来物語』猫井登　幻冬舎ルネッサンス
『フェーヴ　お菓子の中の小さな幸福』磯谷佳江　二見書房
『和食のごちそう　丁寧に作り、自由に楽しむ、おもてなしの料理』坂田阿希子　主婦と生活社
『やさい割烹　日本料理の「野菜が8割」テクニック』野崎洋光　江崎新太郎　堀内誠　柴田書店

この作品は書き下ろしです。

この作品はフィクションです。実在する人物、団体等とは一切関係ありません。

古内一絵

東京都生まれ。映画会社勤務を経て、中国語翻訳者に。第五回ポプラ社小説大賞特別賞を受賞し、二〇一一年にデビュー。二〇一七年『フラダン』で第六回ＪＢＢＹ賞（文学作品部門）を受賞。他の著書に『鐘を鳴らす子供たち』（小峰書店）、『マカン・マラン　二十三時の夜食カフェ』『女王さまの夜食カフェ　マカン・マラン　ふたたび』『きまぐれな夜食カフェ　マカン・マラン　みたび』『さよならの夜食カフェ　マカン・マラン　おしまい』『銀色のマーメイド』『十六夜荘ノート』（中央公論新社）等がある。

さよならの夜食（やしょく）カフェ
――マカン・マラン　おしまい

2018年11月25日　初版発行
2020年４月５日　７版発行

著　者　古内（ふるうち）一絵（かずえ）

発行者　松田陽三

発行所　中央公論新社
〒100-8152　東京都千代田区大手町1-7-1
電話　販売 03-5299-1730　編集 03-5299-1740
URL http://www.chuko.co.jp/

ＤＴＰ　平面惑星
印　刷　大日本印刷
製　本　小泉製本

Published by CHUOKORON-SHINSHA, INC.
Printed in Japan　ISBN978-4-12-005140-1 C0093

古内一絵の本

マカン・マラン　二十三時の夜食カフェ

ある町に元超エリートのイケメン、そして今はドラァグクイーンのシャールが営むお店がある。様々な悩みを持つ客に、シャールが饗する料理とは？

単行本

女王さまの夜食カフェ　マカン・マラン　ふたたび

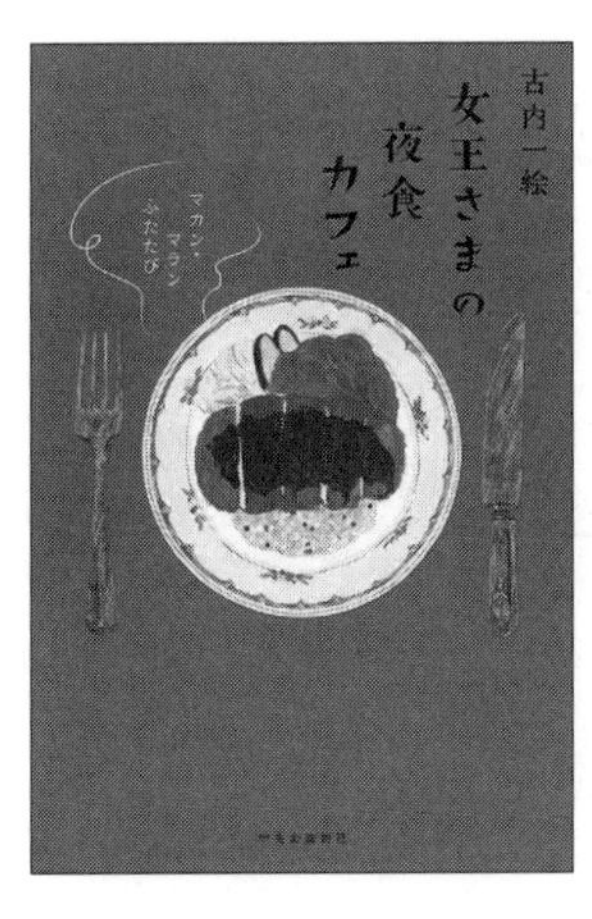

病に倒れていたドラァグクイーンのシャールが復活。しかし、「マカン・マラン」には導かれたかのように悩みをもつ人たちが集ってきて——？

単行本

きまぐれな夜食カフェ　マカン・マラン　みたび

「あなたに、料理は出せないわ」今回マカン・マランを訪れたのは、ネットで悪評をつづるアラサーOL。シャールはそんな彼女に意外な対応をして？

単行本